Catherine R. St..... .. ..
Der Weihnachtsfluch von Callum Hall

Das Buch

Die Geschwister Julie und Sean ziehen mit ihren Partnern in das verschriene alte Herrenhaus, dessen Legenden ihnen in der Jugend, die ein oder andere Gänsehaut bereitet hat. Kurz darauf scheinen genau die wahr zu werden.

Gibt es ruhelose Seelen in Callum Hall, wie Julie glaubt, oder treibt, wie Sean vermutet, ein Einbrecher sein Unwesen auf dem Gelände? Was ist dran an dem Fluch, der zwei der Vorbesitzer zu angeblichen Mördern machte und wird das Haus ein weiteres Opfer fordern?

Die vier Bewohner müssen sich zusammenraufen, bevor die Vorfälle nicht nur ihre Beziehungen, sondern auch ihre Unversehrtheit bedrohen.

Die Autorinnen

Katharina Stürmer wurde 1992 in einer Kleinstadt in Mittelfranken geboren und lebt seit 2015 in einer noch kleineren Stadt, in der sie als Physiotherapeutin arbeitet.

Die verlorene Erinnerung ist ihr Debütroman, den sie unter dem Pseudonym Catherine R. Striker im Eigenverlag veröffentlicht.

Weitere Informationen zur Autorin finden Sie auch auf ihrer Website www.catherineschreibt.de

Nella Beinen stammt aus Norddeutschland. Über Essen, Spiekeroog und Bonn ist sie am Niederrhein gelandet.

Dort hat sie begonnen ihren Geschichten Leben einzuhauchen.

Ihre Protagonisten stoßen an ihre Grenzen, lernen Vertrauen zu fassen, streiten und versöhnen sich wieder.

Catherine R. Striker
Nella Beinen

Der Weihnachtsfluch von Callum Hall

ROMAN

Bibliografische Information der Deutschen Nationalbibliothek: Die Deutsche Nationalbibliothek verzeichnet diese Publikation in der Deutschen Nationalbibliografie; detaillierte bibliografische Daten sind im Internet über dnb.dnb.de abrufbar.

Die automatisierte Analyse des Werkes, um daraus Informationen insbesondere über Muster, Trends und Korrelationen gemäß §44b UrhG („Text und Data Mining") zu gewinnen, ist untersagt.

©2024 Nella Beinen, Catherine R. Striker
Lektorat & Korrektorat: Daniela Seiler www.textkabinettchen.de
Cover: A+K Buchcover www.akbuchcover.de
Illustrationen: Adobe Stock: Ilya, 3295730, Trendy CraftSVG, KsanaGraphica, sumonbrandbd, ViktoriaSapata@depositphotos.com
PantherMediaSeller@depositphotos.com,
shellystill@depositphotos.com

Verlag: BoD · Books on Demand GmbH, In de Tarpen 42, 22848 Norderstedt
Druck: Libri Plureos GmbH, Friedensallee 273, 22763 Hamburg

ISBN: 978-3-7583-7491-3

Kapitel 1

Sean

»Uff, noch eine Etage nach oben schleppen.« Sean stöhnte. Er sah die große Treppe am Ende der Eingangshalle hinauf. »Können wir die Kommode kurz abstellen?« Sein Freund Cathal lachte und sie stellten das Möbelstück ab.

Die Treppe war ihm bisher nie so gewaltig vorgekommen, wie am heutigen Tag. Wie waren sie nur auf die Idee gekommen, Callum Hall, diesen alten englischen Landsitz zu kaufen?

Dabei war es ursprünglich der Einfall seiner Schwester gewesen, damit sie als Innenarchitektin ihre Büroräume und einen Showroom unter einem Dach unterbringen konnte. Aber sie hatte ihn solange bearbeitet, bis er und Cathal zugestimmt hatten, mit ihr und ihrem Mann Timothy, der praktischerweise Seans bester Freund war, das Haus zu kaufen.

Die Unterschrift auf dem Kaufvertrag war nicht getrocknet, da hatte Sean Julies erste Ideen für seine und Cathals Privaträume unterbunden. Cathal und er wollten sich selbst darum kümmern, die Gemeinschaftsräume im Erdgeschoss hatten sie Julie überlassen.

Sean bewunderte die tolle Eingangshalle. Julie hatte die alten hellen Bodenfliesen mit dem abwechselnden Dekor aus dunklen Quadraten und beigen Sternen erhalten. Die Wände hatten sie passend in einem matten beige gestrichen. Die schlichten hellen Holztüren fügten sich in das Ensemble ein und verliehen dem ganzen einen modernen Touch.

»Was ist, bist du so weit? Von alleine trägt sich die Kommode nicht hoch und da wartet noch einiges auf uns.« Cathal stützte sich auf dem Möbelstück ab, sodass sein dunkler Vollbart beinahe das Holz berührte.

Sean streckte den Rücken durch. Seine Muskeln schmerzten mittlerweile überall vom vielen Möbel schleppen. Sie hatten am frühen Morgen begonnen und bis auf eine kurze Lunchunterbrechung gearbeitet. Nun, zu Beginn des Nachmittags lichtete sich das Innere des Transporters langsam.

»Sean, wir wollen heute fertig werden, nicht in drei Tagen.« Cathal schmunzelte.

»Hör schon auf zu hetzen.« Sean packte die Kommode an, hielt allerdings inne. Aus der ersten Etage hörten sie Julie mit ihrem Mann Timothy streiten.

»Ich hoffe, wir ziehen nicht direkt wieder aus.« Sean fuhr sich durch seine Haare. Die Locken wollten sich heute nicht bändigen lassen. Bei regnerischem Wetter, das in dieser Gegend Irlands oft herrschte, waren sie besonders widerspenstig. Seine Schüler lachten oft über seine wüsten Frisuren.

»Sean? Bist du da?« Seine Mutter erschien in der Tür zur Küche. Sie hatte ihre langen weißen Haare, in denen einige dunkle Strähnen zum Vorschein kamen, zu einem Zopf zusammengebunden.

»Ja, Mam, bin ich.«

»Komm mal bitte. Ich glaube, an meinem Stew fehlt etwas. Probier mal. Du auch, Cathal.«

»Natürlich, Fiona.«

Mit einem breiten Grinsen folgten sie Seans Mutter in die geräumige Küche, die sich an der linken Seite der Halle befand.

»Dad, du hier?« Sean sah überrascht zu seinem Vater, der in dem Stew rührte und sich am Hinterkopf kratzte. Seine Haare waren voll, hatten aber ihre kräftige rote Farbe im Laufe der letzten Jahre verloren.

Sean und Cathal wichen zwei Kisten aus, die sich in der Küche mit anderen stapelten. Geschirr, Töpfe und alles Mögliche an Küchenzubehör wollte noch ausgepackt werden. Zerknülltes Zeitungspapier lag auf dem Esstisch, der mitten im Raum stand. Angeblich sollte in ihrer heutigen Küche früher der Frühstücksraum des verstorbenen Landlords gewesen sein. Davon war nichts mehr zu sehen. Den vorderen Teil hatten sie in eine kleine Kammer umgebaut, daneben befand sich der Zugang zum Garten. Dort hatten sich früher wohl das Büro des Butlers und die Wirtschaftsräume befunden.

»Wo soll ich denn sonst sein?«

»Dachte oben bei Julie zum Helfen.« Es war ungewöhnlich, dass sich Seans Eltern in einem Raum aufhielten und es nicht laut wurde. Sie waren getrennt und wie Hund und Katze. Meistens trafen sie nur aufeinander, wenn es nicht anders ging. So wie heute.

»Jetzt komm mal probieren.« Sein Vater hielt ihm einen Löffel hin und Sean tat wie ihm geheißen.

»Schmeckt gut. Vielleicht etwas Salz.« Sean griff nach dem Salzfass, das bereits seinen Platz im offenen blauen Hängeschrank gefunden hatte und würzte nach.

»Cathal, du bist dran.« Sean hielt ihm den Löffel hin.

»Hm, sehr lecker. Wirklich.« Cathal lehnte sich gegen einen Stuhl gegenüber der Küchenzeile. Diese war an einer langen Wand gebaut mit Ausblick in den weitläufigen Garten. Die Tür dorthin war geöffnet und ein Luftzug fegte einige Zeitungen vom Esstisch. Fiona schloss sie und gleich danach die Tür zum Badezimmer.

Sean runzelte die Stirn. Sie wollten diese abgeschlossen halten. Er hatte bis heute nicht verstanden, weshalb das Badezimmer von Halle auf Küche aus zu betreten sein sollte. Julie hatte ein Gäste WC für ihre Kunden haben wollen, was, wie Sean zugeben musste, nicht ganz unüberlegt war, doch da hätte auch ein Zugang vom Flur aus gereicht.

»Wenn ihr uns nicht mehr benötigt, wir haben noch einige Möbel zu schleppen.« Cathal umfasste Sean am Oberarm und zog ihn mit sich. Dabei stolperte er über einen Karton, der ins Wohnzimmer gehörte.

»Ich soll wirklich die Küche einräumen?« Fiona stellte sich neben Seans Vater, der nun seinerseits das Stew ausgiebig probierte.

»Ja, Mam. Bitte. Wir haben genug anderes zu tun.« Sean hob den Karton auf und stellte ihn auf den anderen Kisten für das Zimmer im Durchgang zwischen Küche und Wohnzimmer ab.

Dann folgte Sean Cathal zurück zur Kommode, doch gerade als sie sie anheben wollten, stürmte Mara, eine von Seans Schülerinnen aus der Primary School ins Haus.

»Cathal, du musst schnell kommen. Pitty bekommt ihr Fohlen«, rief sie und japste nach Luft. Sie hielt sich die Seiten und beugte sich leicht nach vorne.

»Dr. Flannery hat heute Dienst. Kannst du ihn bitte holen?«, fragte Sean die Achtjährige. Aber die schüttelte energisch den Kopf.

»Der ist nicht da. Da war ich schon.« Tränen traten ihr in die Augen. »Bitte Cathal. Sie liegt seit letzter Nacht da und Papa sagt, da stimmt was nicht.«

»Tut mir leid, Sean, aber da kann ich nicht Nein sagen.« Er zuckte mit den Schultern, trat zu Sean und küsste ihn. »Ich habe zwar gesagt, in den Halloweenferien während unseres Umzugs nicht zu arbeiten, doch was soll ich machen?« Der verdrehte die Augen, verstand allerdings Cathals Handeln.

»Komm bald, wieder ja?«

»Ich geb mein bestes.« Cathal zwinkerte ihm zu und wandte sich an Mara. »Bist du zu Fuß?«

Das Mädchen strahlte und nickte.

»Dann fährst du jetzt bei mir mit.« Cathal legte ihr die Hand in den Rücken, bevor sie gemeinsam das Haus verließen und in den Nieselregen hinaus traten.

»Dad? Ich brauche Hilfe«, rief Sean und stützte sich auf der Kommode auf. Von oben drang weiterhin der Streit zwischen Julie und Timothy zu ihm. Hörten die beiden auch mal auf? Konnte ein Tag noch schlimmer werden? Garantiert würde er Cathal jetzt nicht so schnell wiedersehen und er stand mit ihren Möbeln und Kartons alleine da. Genervt seufzte er.

»Bin schon da. Wo ist Cathal?« Sein Vater sah sich um und hob die Augenbrauen.

»Ein medizinischer Notfall.«

»Das tut mir leid.« Oisin ging in die Knie und hob ächzend mit an. »Ihr hättet sie auseinanderbauen sollen. Das ist massives Holz.«

»Ich weiß, Dad. Nun ist es zu spät.« Den genervten Unterton konnte Sean nicht unterdrücken.

Nachdem sie das Möbelstück in ihren Teil des Hauses gebracht hatten, half Oisin ihm dabei, den Transporter weiter auszuräumen. Auf Julies und Tims Seite des Wohnbereiches traute er sich nicht, denn die beiden stritten noch immer.

Als sie die Möbelstücke endlich alle oben hatten, lehnte Sean sich im Flur an das Geländer. Es umgab das Treppenhaus in der ersten Etage, ging über in eine Galerie, die zu den einzelnen Zimmern führte und eröffnete den Blick nach unten in die Eingangshalle. Nach fast einem Jahr Renovierung zogen sie ein, für Sean noch immer nicht greifbar.

Er fuhr sich über die Stirn. Trotz Oktoberkälte war er schweißgebadet. Lächelnd ließ er nach den Stunden der Anstrengung den Blick schweifen. Ihm gefiel die Aufteilung ihrer Privaträume.

In der ersten Etage hatten die beiden Paare jeweils einen eigenen Wohnbereich mit Bad, Schlaf- und einem kleinen Wohnzimmer. Sean und Cathal im Westflügel, Julie und Timothy im Ostflügel. Dazu kamen noch drei zusätzliche Räume, die bisher ungenutzt waren und das vorerst bleiben würden.

Sein Blick fiel auf den riesigen Kratzbaum, der links neben der Treppe für Julies Katze Miss Woodhouse aufgebaut worden war und der bis zum Beginn des Geländers hochreichte. Timothy hatte ihn mühsm mit Seans Hilfe an der Wand montiert.

Lange und vehement hatte Sean als einziger dagegen argumentiert, jedoch auf ganzer Linie in einer demokratischen Abstimmung verloren.

Er verzog sein Gesicht. In seinen Augen verschandelte das riesige Ding nur die schöne Eingangshalle, aber die anderen drei waren der Meinung, die Katze bräuchte ihn und er kam nicht gegen sie an. Erst recht nicht, wenn ein Tierarzt dafür plädierte.

»Ihr wollt hier wirklich wohnen?«, fragte sein Vater, als er aus Cathals und Seans Schlafzimmer kam und sich neben Sean stellte.

»Die Frage kommt nun zu spät, oder?« Sean konnte es nicht mehr hören. Erst ihre Mutter, die vor dem Kauf lange und ausgiebig mit ihnen über die Entscheidung diskutiert hatte, danach zählte ihr Vater ihnen auf, was hier alles angeblich geschehen war.

Als ob Sean es nicht wüsste, er war hier aufgewachsen. Zudem war seine Mutter Stadtführerin und kannte jedes noch so kleine Detail der Geschichte von Callum Hall.

»Du kennst doch die ganzen Legenden, die sich um dieses Haus ranken.«

Sean schnaubte. »Dad, hier sind vor ewigen Jahren mal Leute gestorben, das passiert in allen Häusern.«

»Aber ihre Seelen spuken hier noch. Das weißt du doch. Heiligabend traut sich keiner her und alles hat seinen Anfang heute vor vielen Jahren an Samhain genommen.«

»Ich möchte nicht weiter drüber reden, in Ordnung? Wahrscheinlich wird Mam das später eh machen.« Sean wandte sich ab.

»O nein, das Bett kommt nicht dorthin.« Julies Stimme klang dumpf zu ihnen.

»Lass uns nach unten gehen und die Kartons holen.« Sean hatte es eilig, fort von seiner geladenen Schwester zu kommen, als ihm Timothy mit einem genervten Gesichtsausdruck aus ihrem Flügel entgegenkam.

»Warum nochmal wollten wir umziehen?«, fragte er und raufte sich die dunklen Haare. Er wirkte genervt von Julie. Dankenswerterweise hielt Oisin sich zurück und folgte ihnen nur. Sean lachte leise. »Wo ist dein Freund?« Timothy sah sich um. »Baut er schon fleißig euer Bett zusammen? Du schläfst doch so gerne.«

»Der hilft einem hilflosen Fohlen auf die Welt. Dagegen kann ich nicht anstinken.«

Timothy klopfte ihm auf die Schulter. »Nein, die sind definitiv süßer als du. Tut mir leid.«

Draußen vor der Tür trennten sie sich. Timothy verschwand in dem Transporter mit seinen und Julies Sachen, während Sean und Oisin den gegenüber ansteuerten.

Mit hochgezogenen Augenbrauen und sinkenden Mundwinkel blieb Sean vor den offenen Türen stehen und sah hinein. Die Möbelstücke waren alle raus, die

Kartons nahmen jedoch einen nicht geringen Teil des Platzes ein.

»Wir haben schon so viel aussortiert. Ich werde bis zum Sankt-Nimmerleins-Tag schleppen«, murmelte er.

»Kopf hoch, wir sind zu zweit.« Sein Vater stieg in den Transporter und reichte Sean einen Karton, Oisin selbst kam mit einem Weiteren hinunter. Irgendwann stieß Julie zu ihnen. Gemeinsam leerten sie den Wagen und als Fiona alle zum Abendessen rief, waren sie bereits beim Zusammenbauen der Möbel angelangt.

Kapitel 2

chritte hallten durch das sonst so stille Haus. Stimmen riefen durcheinander und der Duft von Stew wehte durch die Räume.

Ausgerechnet heute, an Samhain, dem Tag, an dem der Fluch stets einen neuen Anfang nahm. Während diese Leute über die Position von Möbeln stritten, spürte er, wie es sich tief in Callum Hall zu regen begann. Wie die dunkle Energie im Haus stärker wurde, um ihn aufs Neue für die nächsten Wochen zu begleiten.

Er blickte über die Galerie, an deren Geländer sich diese Leute unterhielten.

»Du kennst doch die ganzen Legenden, die sich um dieses Haus ranken«, meinte der eine gerade.

Der andere reagierte genervt. »Dad, hier sind vor ewigen Jahren mal Leute gestorben, das passiert in allen Häusern.«

Schauer überliefen ihn. Ein dumpfes Grollen wanderte durch die Gemäuer, doch die beiden Männer schienen es nicht zu bemerken. Er wimmerte. Aus dem Augenwinkel sah er den Lord an einem Fenster stehen. Wie immer reagierte der nicht auf ihn. Vermutlich hatte er vor all der

Zeit auch dort gestanden, nichtsahnend was in dieser Nacht über ihn kommen würde. Genauso wie es ihm ergangen war, als er das erste Mal die Mauern dieses unglückseligen Hauses betreten hatte. Er wollte den Lord nicht ansehen, konnte seinen Blick nicht von den Männern am Geländer lösen.

»Aber die Geister spuken hier noch. Das weißt du doch. Heiligabend traut sich keiner her und alles hat seinen Anfang heute vor vielen Jahren an Samhain genommen.« Der ältere Mann wirkte besorgt.

»Ich möchte nicht weiter drüber reden, in Ordnung? Wahrscheinlich wird Mam das später eh machen.«

Er wandte sich ab. Wollte davon huschen, doch er stand wie festgefroren. Blickte wieder zu den Männern hinüber. Seine Hände zitterten, wenn er daran dachte, was in wenigen Stunden seinen Anfang nehmen würde. Wussten sie es denn nicht? Warum hörten die jungen Leute nicht zu, wenn ihnen weisere Menschen Lebensratschläge gaben?

In seinem Magen entfaltete sich die Angst vor dem Kommenden, wanderte in jede seiner Gliedmaßen. Nun sah er doch zu der Gestalt des Lords hinüber, schauderte ob des verzerrten Gesichts, in dem nichts Symmetrisches zu finden war und das aus purem Schmerz zu bestehen schien. Andere Worte hatte *er* nie dafür gefunden.

»Diese Menschen, sie sind so jung und unbedarft«, murmelte er dem Schatten zu. »Sie lernen nicht aus der Geschichte, sondern stellen sich ihr trotzig entgegen. Wissen sie denn nicht, dass das nichts bringt?« Seine Augen huschten umher, fanden die Männer, die vom

Geländer fortgingen. »Im Gegenteil: Am Ende wird es sie alle ins Verderben stürzen. Heute Abend beginnt der Fluch von neuem und wird wie immer alles mit sich reißen.« Er krümmte sich, als ob der Schmerz ihn bereits im Griff hatte.

Kapitel 3

Sean

»Wo bleibt ihr denn?« Fionas Stimme drang in Seans Schlafzimmer, in dem er das Bett mit seinem Vater zusammenbaute.

»Laut konnte deine Mutter schon immer sein«, murrte Oisin, verdrehte die Augen und zog die Schraube des Mittelbalkens an. Dort würden sie gleich den Lattenrost festschrauben.

»Das Stew wird kalt, wenn ihr nicht endlich kommt.« Fiona erschien in der Tür und schnaufte.

»Sofort, Mam. Ich will nur eben das Bett fertig bekommen.« Sean legte mit seinem Vater einen der beiden Lattenroste auf das Bettgestell, griff nach dem Akkubohrer und begann die Schrauben festzuziehen.

»Aber danach kommt ihr sofort runter«, ermahnte sie die beiden. »Oisin, komm bloß nicht auf den Gedanken, noch schnell dieses oder jenes zu machen.«

»Jawohl, Frau General«, entgegnete Oisin gereizt und Sean enthielt sich jedweden Kommentars. Das waren seine Eltern, wie er sie kannte. Er unterdrückte einen Seufzer. In ihm hatte sich für einen halben Nachmittag die Hoffnung aufgebaut, seine Eltern könnten nach ihrer

Trennung endlich normal miteinander umgehen, das war wohl hoffnungslos. Was wären das für schöne Familienessen geworden, ohne die angespannte Stimmung, in der Sean, Julie, Timothy und Cathal genau darauf achteten, nichts Falsches zu sagen und somit einen Grund für die nächste Auseinandersetzung zu liefern.

Fiona drehte sich um und ging. Sean richtete sich auf und streckte seinen Rücken durch, wie er es schon den ganzen Tag machte, und blickte sich um. Cathal und er hatten das letzte große Zimmer im Flur als ihr Schlafzimmer auserkoren, daneben gab es mit direktem Zugang ein Badezimmer, von dem man auf der anderen Seite in ihr zukünftiges Wohnzimmer gelangte. Ob es auffiel, wenn Sean sich auf die Couch im Wohnzimmer legte?

Er seufzte leise, als er die vielen Kisten mit Klamotten an der Wand gestapelt sah. Sie mussten alle in den Schlauchraum, wie Sean das schmale Zimmer neben dem Badezimmer nannte und das ihr begehbarer Kleiderschrank werden würde. Angeblich war dieser Raum auch das ehemalige Ankleidezimmer des vornehmen blaublütigen Vorbesitzers gewesen.

Bis es zu ihrem Schlafzimmer wurde, würde es noch dauern. Bisher hatten sie nur das Bett zusammengebaut. Es blieb so viel zu tun, bis aus dem Chaos, das in ihren Räumen herrschte, Ordnung geschaffen war.

Er hoffte, seine Mutter kam nicht auf die Idee, ihm beim Ausräumen der Kartons helfen zu wollen. Wenn er nur daran dachte, was Cathal und er zwischen der Kleidung versteckt hatten, wurde ihm heiß und er wandte sich schnell dem zweiten Lattenrost zu, welches an der

Kommode gegenüber dem Bett lehnte. Dabei schweifte sein Blick durchs Fenster.

Draußen wurde es dunkel und der Wind nahm zu, rüttelte an den Bäumen, die in dem weitläufigen Garten standen. Sein Spiegelbild verwischte im Glas durch die Bewegungen der Äste. Es wirkte fast, als ob sie ihn im Fenster erfassen und mit sich reißen würden. Sean schüttelte sich. Was für einen Müll dachte er da? Es gab keine Gespenster und Geister und all den anderen Kram, den seine Mutter in ihren Stadtführungen immer anbrachte.

Sean riss sich von dem Anblick los und trat zu seinem Vater, der den Akku in das Aufladegerät steckte und den neuen an den Schrauber anbrachte. »Lass uns den zweiten Lattenrost anbringen und runtergehen.«

Als die Männer in der Küche Platz nahmen, saßen Julie, Timothy und Fiona bereits am Tisch und unterhielten sich. Seine Mutter hatte am Nachmittag einiges in der Küche geschafft. Es standen nur noch drei Kartons herum und auf den Schubladen und Türen klebten Post-its mit den Infos, was sich darin verbarg.
Sean lächelte und Wärme überkam ihn, gleichzeitig allerdings auch Wehmut. Es befanden sich im ganzen Haus noch so viele unausgepackte Kisten, doch er war seiner Mutter für die Hilfe dankbar. Sie konnte nerven und er biss sich auf die Unterlippe, als er daran dachte, wie oft sie mit Julie und ihm heftig über den Kauf des

Hauses diskutiert hatte. Wie sein Vater beharrte Fiona auf den Fluch, der angeblich auf Callum Hall lag und jeder, der darin lebte, wurde unglücklich und verstarb auf die unterschiedlichsten Arten.

»Weißt du schon, wann Cathal zurückkommt?«, fragte Fiona und schöpfte Stew in die Teller, die sie verteilte. Sean und Oisin setzten sich zu den Frauen an den Tisch.

»Nope, er hat sich nicht gemeldet. Ich werde einen Teufel tun und versuchen, ihn anzurufen. Wenn er einen Kaiserschnitt machen muss, ist er voller Blut oder so.« Sean nahm seinen gefüllten Teller entgegen.

»Das arme Pony. Hoffentlich geht alles gut.« Fiona verzog das Gesicht.

»Cathal ist ein guter Tierarzt. Miss Woodhouse lässt sich gerne von ihm behandeln und das ist nicht selbstverständlich.« Julie führte einen Löffel zum Mund.

Timothy grummelte etwas Unverständliches, doch Julie schien es verstanden zu haben, denn sie warf ihm einen bösen Blick zu.

»Missy ist keine merkwürdige Katze«, fuhr sie ihn an und hob Timothy den Löffel zum Gefecht entgegen.

»Ach nein? Jeder darf sie streicheln, nur ich nicht.«

»Ihr hattet einen schlechten Start, du musst ihr nur Zeit geben.«

»Das mache ich seit vier Jahren und laut deiner Katze sind wir ihre Untergebenen.«

»Überhaupt nic…«

Timothy unterbrach Julies Protest, in dem er ihre Hand mit dem Löffel ergriff, sie zu sich zog und ihr einen Kuss gab. Lächelnd löste er sich von ihr.

»Vielleicht mag sie dich wirklich nicht«, gab Julie zu und ihre Mundwinkel zogen sich minimal nach oben.

Sean verdrehte die Augen, als er den kleinen Disput zwischen seiner Schwester und seinem besten Freund beobachtete.

»Wie lange dauert es denn in der Regel, wenn Cathal zu einer Geburt gerufen wird?«, fragte Oisin und lenkte das Gespräch auf das eigentliche Thema zurück.

Sean zuckte mit den Schultern. »Unterschiedlich. Ist wie bei den Menschen. Manchmal geht es schnell, manchmal dauert es Stunden.«

Sean dachte an seinen Freund und wie er ihn am Morgen freudestrahlend aus dem Bett geworfen hatte. »Heute ist der erste Tag in unserem neuen Heim«, hatte er gerufen und dem Morgenmuffel Sean die Bettdecke weggerissen.

»Der arme Cathal. Er hat sich so auf den Umzug gefreut und muss jetzt ein Fohlen zur Welt bringen, anstatt Möbel aufzubauen«, bemerkte Sean traurig.

»Keine Sorge, ich werde genug aufbauen.«

Sean drehte sich um und grinste. Cathal stand in der Tür. Er hatte einige Blutflecke auf seiner Kleidung und überall hing helles Fell. Normalerweise trug er immer einen grünen Ganzteiler, aber manchmal reichte der nicht aus als Schutz. Der Geruch nach Stall, Pferdedung und, wie Sean mittlerweile wusste, Geburtswasser drang zu ihnen an den Tisch.

»Du stinkst, Doc«, begrüßte Sean ihn.

»Der Geruch nach einer schweren, aber glücklichen Geburt. Mutter und Stutfohlen geht es gut und das Kleine steht passabel auf wackligen Beinen.« Cathal strahlte, wie jedes Mal, wenn er einem Tierkind auf die Welt geholfen hatte. »Ich gehe mich mal duschen. Lasst mir etwas vom Essen übrig.«

»Natürlich.« Fiona lächelte ihn an.

»Ich gehe mit hoch und esse nachher mit dir zusammen.« Sean stand auf und folgte Cathal, der in die Halle getreten war.

»Aber dein Essen wird kalt«, rief Fiona ihm nach.

»Wir haben eine Mikrowelle, Mam.« Sean folgte Cathal die Treppe nach oben in die erste Etage, bog links ab zu ihren Zimmern.

»Unser Bett steht ja schon«, rief Cathal freudig aus und blieb abrupt stehen. Sean wäre fast gegen ihn geprallt, konnte sich allerdings rechtzeitig stoppen.

»Ich dachte, es wäre schön, wenn wir heute nicht auf den Matratzen auf dem Boden schlafen müssen. Die letzte Nacht hat mir gereicht.«

»Du kleine Mimose.« Cathal lachte und drehte sich um. Er wollte Sean küssen, doch der wich zurück.

»Du kennst die Nicht-Küssen-Regel, wenn du von einem Einsatz zurückkommst und stinkst.«

Cathal verdrehte die Augen und ging ins Badezimmer. Sean kam ihm hinterher, setzte sich auf den zugeklappten Toilettendeckel, stellte einen Fuß darauf und umschlang sein Bein mit den Armen.

»Du bist manchmal anstrengend«, bemerkte Cathal, aber Sean hörte den sanften Ton aus den Worten heraus.

»Das ist einer der vielen Gründe, weshalb du mich liebst.« Sean grinste und bewunderte seinen Freund, der bei allem, was er tat, so unglaublich geschmeidig wirkte. Sogar, wenn er seine stinkenden Klamotten auszog.

»Willst du mit unter die Dusche?«, fragte Cathal, als er die Glaskabine betrat und das Wasser anstellte.

Ein verlockendes Angebot für Sean, dem es schwerfiel, ungerührt dazusitzen, während sein Freund nackt in greifbarer Nähe war. Sie hatten in den letzten Wochen viel zu wenig Zeit füreinander gehabt. Das Haus und ihre jeweilige Arbeit nahmen sie vollkommen in Anspruch.

Sean legte den Kopf schief und beobachtete lächelnd, wie Cathal sich die Haare mit Shampoo einrieb. Ein minziger Geruch breitete sich aus.

»Nope, ich dusche später. Jetzt genieße ich nur den Anblick. Schätze außerdem, es lohnt sich nicht, da wir nach dem Essen weitermachen.«

Cathal beeilte sich, fertig zu werden und gemeinsam gingen sie zurück in die Küche, in der die anderen noch immer saßen und sich unterhielten.

Fiona sah ihnen entgegen, schöpfte Stew für Cathal in einen Teller und stellte den für Sean in die Mikrowelle.

»Schade, dass deine Eltern nicht kommen können«, sagte Fiona zu Cathal, als sie sich wieder setzte.

»Sie könnten schon, nicht wollen ist da eher der richtige Ausdruck«, erwiderte Cathal und nahm mit einem Lächeln seinen Worten die Schärfe. Er hatte ein gutes Verhältnis zu seinen Eltern, doch seit sie nach ihrer beider Ruhestand nach Spanien gezogen waren, gab es regelmäßig Krach zwischen ihnen. Sie und Cathal setzten unterschiedliche Prioritäten, was die Wichtigkeit von Ereignissen anbelangte, zu denen sie nach Irland kamen.

Sean legte eine Hand auf seine neben dem Teller liegende und drückte sie.

»Egal.« Cathal rührte in seinem Stew. »Was haben wir heute noch alles geplant? Jeder erst mal in seinem Wohnbereich und hier unten gehen wir es später an?«

»Das dachte ich auch. Mam könnte hier in der Küche weiter ausräumen und ab morgen würde ich vorschlagen, teilen wir die Tage auf. Vormittags räumen wir in den Gemeinschaftsräumen und nachmittags wieder in den privaten«, schlug Julie vor.

Kapitel 4

Julie

»Was für ein Tag!« Julie warf sich seufzend in die Kissen des senffarbenen Sofas. Die Gestaltung des gemeinsamen Wohnzimmers, das an die Küche grenzte, hatten sie und Cathal in die Hand genommen und Julie hatte die Idee gehabt, sie könnten unterschiedliche Arten und Farben von Polstermöbeln nutzen. So standen sich nun das samtene, »gelbe Sofa«, wie Timothy es nannte, und eines in Petrol gegenüber, die von Sesseln in Grau und mit Gold besticktem Violett ergänzt wurden. Das Auge wurde lediglich von den herumstehenden Kartons gestört, die nur teilweise, oder gar nicht ausgepackt waren.

Die Umzugshelfer waren fort und zum ersten Mal an diesem Tag herrschte Ruhe im Haus. Cathal erhob sich vom Kamin, in dem er ein Feuer entfacht hatte. Nun setzte er sich ächzend neben Sean.

Timothy gesellte sich zu ihnen und schenkte allen Rotwein ein. »Frisch aus unserem neuen Weinkeller«, bemerkte er und grinste. Sie hatten überhaupt keinen Keller, stattdessen spielte er damit auf ein Regalfach in ihrer Vorratskammer an.

27

»Oh, unser Weinkeller.« Julie kicherte. »Unser Vestibül, unser Salon, unser Musikzimmer, unsere Bibliothek …«, zählte sie mit näselnder Stimme auf. Nach den Streitigkeiten am Nachmittag mit ihrem Mann hatten sich die Wogen vollständig geglättet. Julie war für ihre impulsive Art berüchtigt, sie war jedoch auch ebenso schnell wieder zahm wie ein Kätzchen.

»Unglaublich, dieses Haus gehört nun uns.« Sean erhob sein Glas. »Auf Callum Hall und seine neuen, jungen und gutaussehenden Besitzer.«

Leises Klirren erklang, als sie miteinander anstießen.

»Wir haben heute Halloween«, bemerkte Julie, als sie alle getrunken hatten.

»Samhain, wenn ich bitten darf, Halloween hat sich aus dem von Christen erfundenen All Hallows Eve ergeben, um den *Heiden* ihre Feiertage nicht zu nehmen«, korrigierte Sean sie in belehrendem Ton.

»Verzeihen Sie, Herr Lehrer.« Julie lehnte ihren Kopf gegen Timothys Schulter. Ihre roten Haare waren ein starker Kontrast auf seinem blauen Shirt. »Aber ob Samhain oder Halloween, es ist auf jeden Fall die richtige Zeit für Gruselgeschichten.«

Ihr Mann stöhnte gequält auf und kratzte sich am Drei-Tage-Bart. »Du und deine Vorliebe für Morbides. Wir können stattdessen nette Anekdoten aus unserer Jugend ausgraben. Sean, erzähl nochmal die Geschichte von Julies erstem Rausch.«

»Das kannst du dir jeden Tag im Jahr anhören, Tim.« Sie stupste ihren Mann gegen die Schulter. »Wir haben jetzt genügend Zeit alle miteinander, aber heute ist die

Nacht der Nächte und wo wäre ein besserer Ort für Horror als hier?« Ein wohliger Schauer durchlief sie. Sie liebte Gruselgeschichten.

Cathal legte den Arm um Sean. »Wirst du uns etwa zum hundertsten Mal in die unheimliche Geschichte von Callum Hall einweihen?«

Julie grinste breit. »Das ist der perfekte Abend, um sie zu erzählen.«

Alle drei Männer stöhnten genervt auf. Sie konnten es nicht mehr hören. Bereits als Kinder mussten sie sich die Legende des Fluchs von Callum Hall anhören. Jedes Mal, wenn sie an einer bestimmten Stelle im Haus renovierten, an der einer der Morde geschehen sein sollte, zitierte Julie aus den Geschichten.

»Nein, nicht, verschone uns, Julie«, wandte Sean ein, und verzog das Gesicht. »Ich bin Dad heute schon über den Mund gefahren. Wir sollten die Vergangenheit lieber ruhen lassen und unsere eigene Geschichte in diesem Haus schreiben.«

»Ach kommt schon«, flehte Julie, »nur noch heute, dann lassen wir das Thema bleiben, ja?«

Cathal zuckte mit den Schultern. »Also ich habe nichts dagegen. Keiner von uns glaubt ernsthaft an Geister oder irgendwelche Flüche. Es ist nur eine Legende, die die Älteren den Jüngeren erzählen, um ihnen Angst zu machen, oder?«

Timothy grummelte, tauschte einen genervten Blick mit Sean, seufzte aber schließlich ergeben. Julie durchfuhr ein Stich der Eifersucht, als sie ihren Bruder und ihren Mann dabei beobachtete, den sie aber entschieden beiseiteschob. Timothy und Sean waren nun mal seit ihrer Kindheit befreundet und kannten sich in- und auswendig.

»Wenn du unbedingt willst, meinetwegen, aber sollte ich deswegen die halbe Nacht nicht schlafen können, bist du schuld.« Timothy knuffte Julie gegen die Schulter. Auf ihrem Gesicht breitete sich ein zufriedenes Lächeln aus.

»Sean?« Sie warf ihm einen bittenden Blick zu.

»Nur heute Abend, ab dann wird das Thema hier nie wieder zur Sprache kommen!«

»Versprochen«, versicherte seine Schwester fröhlich, stellte ihr halb leeres Glas auf den schweren Couchtisch zwischen ihnen und rieb sich die Hände.

»Die Geschichte von Callum Hall beginnt etwa im Jahre 1816«, begann sie mit gesenkter Stimme. Ihr Blick schweifte über die Gesichter der Männer. »Der Erbauer des Hauses war ein Engländer namens Reginald Chimney, der mit seiner Familie nach Irland kam. Sie bezogen Callum Hall, als der Westflügel fertig gestellt war, doch seine Frau verstarb vor der endgültigen Fertigstellung an Schwindsucht.«

»Es gibt kein altes Herrenhaus ohne eine an Schwindsucht verstorbene Frau.« Cathal grinste und trank.

»Das gehört fast schon zum guten Ton«, bestätigte Timothy ernst nickend, bevor seine Mundwinkel sich zu einem Schmunzeln verzogen.

»Was ist Schwindsucht überhaupt?« Sean warf einen fragenden Blick auf seinen Freund.

Julie schnipste mehrfach mit den Fingern in der Luft. »Hey, Männer, hier spielt die Musik. Ich versuche, hier Stimmung aufzubauen.«

»Schwindsucht ist Tuberkulose«, erklärte Cathal und warf Julie einen entschuldigenden Blick zu. »Verzeihung, wir sind ganz Ohr.«

Die junge Frau seufzte theatralisch, konnte sich aber ein Lächeln nicht verkneifen. »Also, Reginalds Frau verstarb an Schwindsucht …«

»Warum sagt man dann nicht Tuberkulose?« Sean sah einen nach dem anderen an.

Julie warf ihm einen tadelnden Blick zu. Ihr Bruder konnte nicht mal den Mund halten, wenn ihm etwas unlogisch erschien, was ihr schon so manche Geschichte verdorben hatte. »Weil Schwindsucht nun mal viel dramatischer klingt.«

»Ist doch logisch.« Timothy nickte ernst. »Aber jetzt lasst Julie endlich weitererzählen. Ich platze schon bei all der unterdrückten Spannung.«

Alle drei Männer begannen zu lachen.

Julie verdrehte die Augen. »Jetzt seid doch bitte mal ernst und verderbt mir den Spaß nicht.« Sie räusperte sich, wartete einen Moment, bis sie die gesamte Aufmerksamkeit hatte und startete einen neuen Versuch. »Nachdem seine Frau an Schwindsucht verstorben war …« Sie warf einen Blick in die Runde, aber diesmal schien sie keiner unterbrechen zu wollen. »… zog Reginald mit seinen Kindern zurück nach England. Einige Jahre stand das Haus leer, bis James Redfield es kaufte und viel Geld hineinsteckte, um es zu vollenden und nach seinen Vorstellungen umzugestalten. Das Gebäude in seinem jetzigen Zustand geht auf den heutigen groben Grundriss zurück. Die Böden, auf denen wir gehen, sind dieselben, auf denen auch James und seine Frau Cordelia wandelten und am Ende ihrer beider Blut vergossen wurde.«

Julie nutzte eine bedeutungsschwere Pause, um einen Schluck von ihrem Wein zu nehmen. »James war der grausame Verpächter der Höfe ringsum, Arbeitgeber hier im Haus und Ehemann. Jeder Pächter, der ihm die Pacht stundete, wurde vertrieben. Meist einen Tag später. Im schlimmsten Fall wurden ihnen die Häuser unter dem Arsch angezündet und neue Pächter mussten die Kate neu errichten.«

»Was bin ich froh, in der heutigen Zeit zu leben«, warf Cathal ein und handelte sich einen bösen Blick von Julie ein. »Was? Ist doch so.«

»Wir hätten nicht zusammen sein können«, sagte nun auch Sean.

»Meine Güte, lasst mich die Geschichte erzählen.«

»Sie ist hartnäckig.« Timothy küsste seine Frau auf die Schläfe. »Mach weiter, meine Liebe.«

Julie atmete tief ein. »Er war gefürchtet in der ganzen Gegend und seine Pächter kamen kaum über die Runden. Eines Abends an Samhain waren die Gemüter besonders erhitzt. Die Wut über den ungeliebten Landlord entlud sich in einem Fluch, den sie über James Redfield aussprachen. Ein Geist sollte ihn heimsuchen und ihn davon abhalten das Haus jemals wieder zu verlassen.« Sie legte eine dramatische Pause ein, um dann flüsternd fortzufahren. »Auch über seinen Tod hinaus.«

»Damals gab es kein Internet oder Netflix«, bemerkte Cathal schmunzelnd. »Da muss es die Hölle gewesen sein, im Haus festzusitzen.«

Julie fuhr dieses Mal unbeeindruckt fort. »Die Wochen vergingen, der Fluch entfaltete seine Wirkung und James wurde zunehmend wahnsinnig. Der Geist trieb ihn zur Verzweiflung, eine Verzweiflung, die an Weihnachten ihren Höhepunkt fand. In unserer Küche, dem damaligen Frühstückszimmer des Paares, erstach er zunächst seine Frau und schließlich sich selbst. Angeblich war er gar nicht mehr bei klarem Verstand und wusste nicht, was er tat.«

»In unserer Küche?«, fragte Timothy und ließ seinen Blick zur Küchentür schweifen.

»So ist es«, bestätigte Julie, erfreut über den mulmigen Gesichtsausdruck ihres Mannes.

Das hatte sie während der gesamten Renovierungszeit verschwiegen und sich bis heute aufgehoben. Jeder wusste über die Morde Bescheid, doch kaum einer beschrieb, in welchem Raum genau sie passiert waren. Sie selbst hatte tagelang die Stadtarchive durchwühlt, bis sie auf eine angebliche Aussage des damaligen Butlers gestoßen war, die gebündelt in einem Ordner mit den anderen Aussagen der Angestellten lag. »Danach stand das Haus viele Jahre lang leer. Neue Bewohner zogen nach wenigen Jahren wieder aus. Oft wurden die hohen Instand-haltungskosten als Grund genannt, doch insgeheim war die Rede von Geräuschen und Stimmen, die nachts laut wurden. Besonders in der Zeit zwischen Samhain und Weihnachten wurde der Spuk immer intensiver und an Heiligabend sollen laute Schreie durch das Haus dröhnen.«

»Na, das war eine schöne Gute-Nacht-Geschichte.« Sean leerte sein Glas, doch Julie hielt ihn davon ab sofort

33

aufzustehen. »Aber Sean, du weißt genauso gut wie ich, sie ist noch lange nicht zu Ende.«

Ihr Bruder seufzte und verdrehte die Augen. »Bringen wir es hinter uns.«

Julie senkte erneut die Stimme. »1973, vor 50 Jahren, kauften Hutch und Rhona Murphey das Haus. Hutch richtete nacheinander die Räume her, doch seiner Frau fielen kurz nach Samhain Veränderungen an ihm auf. Sie litt zunehmend unter den Wutausbrüchen des sonst so ruhigen Mannes. Er war unausgeglichen und rastlos. Eine Angestellte erzählte später, Rhona hätte regelrecht Angst vor ihm bekommen. Es war, als würde er heimgesucht werden.« Julie unterbrach ihre Erzählung, griff nach ihrem Glas, um einen Schluck zu trinken, und sah der Reihe nach die Männer intensiv an. »Hatte der Fluch von Callum Hall auch von ihm Besitz ergriffen? Angeblich sah ihn nach Samhain niemand mehr das Haus verlassen. Er verlor dadurch seine Arbeit und schließlich kam es an Weihnachten zum Schlimmsten. Keiner weiß, was in jener Heiligen Nacht geschah, doch als das Haus betreten wurde, lag Rhona mit einem Dolch erstochen im Badezimmer, während Hutch Murphy an einem Seil am Geländer der Eingangshalle hing.«

Im Kamin knackte laut das Holz und Julie zuckte zusammen. Zufrieden sah sie, wie es den Männern ebenso erging. Sie beugte sich vor und flüsterte: »Seitdem lebte niemand mehr lange genug hier, um Weihnachten zu feiern. Zufall, oder Glück für die Bewohner? Erst im Jahr 2024 wagen sich erneut zwei mutige und verdammt attraktive Paare in dem Haus zu leben. Wird der Fluch sie verschonen, oder gibt es an Heiligabend ein Massaker ungeahnten Ausmaßes?«

»Das ist nicht witzig Julie.« Sean stand auf.

»Kommt schon, das war ein Spaß«, erwiderte diese.

»Du weißt doch, dein Bruder glaubt nicht an Geister und Flüche, trotzdem kann er keine Witze in die Richtung ab.« Cathal grinste Sean an. »Außerdem bin ich total attraktiv.«

Sean lachte und beugte sich für einen Kuss zu ihm herab. »Das war vermutlich das einzig Wahre an der Geschichte.« Er nahm Cathal sein Glas aus der Hand und stahl sich den letzten Schluck Rotwein, was ihm einen Knuff seines Freundes einbrachte. »Vergessen wir nicht, das in so alten Häusern viel geschehen ist. Gutes, wie Schlechtes, genauso wie es gute und schlechte Menschen gibt. James und Hutch gehörten wohl eher zu letzterer Kategorie. Alles drum herum mit dem Fluch und den Geistern ist vermutlich mehr oder weniger begabten Geschichtenerzählern eingefallen.« Sean streckte sich. »So, mir tut alles weh und wir haben morgen genug zu tun. Ich weiß nicht, wie es euch geht, aber ich werde mich jetzt ins Bett begeben.«

»Gute Idee.« Timothy erhob sich und zog Julie mit sich. »Vermutlich werde ich trotz dieser Geschichte schlafen wie ein Murmeltier.«

Ein Poltern schloss sich an Timothys Worten an und das Paar fuhr erschrocken herum.

»Was war das?«, fragte Julie unsicher und krallte sich in Timothys Oberarm fest. Der gab einen unterdrückten Schmerzlaut von sich.

Sean und Cathal sahen sich ratlos an.

»Gesehen habe ich nichts.« Cathal erhob sich auch.

Da war es wieder. Julie stellte sich hinter Timothy und schmiegte sich an ihn. Der griff nach ihrer Hand und drückte sie.

»Das kommt davon, wenn man unbedingt Geschichten erzählen muss«, murmelte er. Das Geräusch erklang erneut und erinnerte eher an ein dumpfes Klopfen, denn poltern. Cathal pfiff leise, wieder hörten sie es. Julie hielt die Luft an.

Sean wandte sich an seine Schwester. »Wie wäre es, wenn du mal nachsiehst?« Ihm war eine gewisse Anspannung anzumerken, doch seine Stimme hatte etwas Herausforderndes.

»Das ist jetzt die Rache, oder was?« Julie zuckte zusammen, als sie das Klopfen erneut vernahmen und ihr Puls beschleunigte sich.

Cathal ging einige Schritte in die entsprechende Richtung. »Ich glaube, es kommt von hier.« Er stand vor ein paar Kartons, die halb aufeinandergestapelt waren. Plötzlich wurde aus dem Klopfen Gerumpel. Cathal zögerte nur kurz, bevor er die oberste Kiste herunter nahm, beiseite stellte und den Deckel der Nächsten anhob. Miss Woodhouse, Julies weißer Perser kam ihm maunzend entgegen gesprungen.

»Missy«, rief Julie erleichtert und lief zu der Katze, die etwas zerzaust aussah. »Sie muss sich in den Karton gelegt haben und eingeschlafen sein.«

»Aber wer hat dann den anderen daraufgestellt?«, fragte Sean, der sich Miss Woodhouses Schlafplatz genauer ansah. In der Umzugskiste lagen ein paar Decken und Kissen, dazu die passenden Bezüge.

»Ich glaub, das war ich, um ein bisschen Platz zu schaffen«, meldete sich Timothy schuldbewusst. »Woher sollte ich wissen, wo die Katze sich einnistet?«

Cathal lachte. »Kein Wunder, dass sie dich nicht leiden kann. Aber sie scheint es gut überstanden zu haben.«

Kapitel 5

*D*ie neuen Bewohner von Callum Hall waren in ihren Betten verschwunden, aber er konnte noch lange nicht ruhen. Im ganzen Haus rumorte es. Der Lord war ständig auf seinen Fersen, ließ sich nicht abschütteln.

Beim Blick nach draußen konnte er den fernen Schein der Feuer sehen, dazu die umherhüpfenden Lichter der Fackeln, die von jenen gehalten wurden, die den Fluch vor so vielen Jahren über diese Mauern gebracht hatten.

Nach all dieser Zeit waren ihre blassen Schemen noch immer zu sehen. Er hörte ihre Rufe und Drohungen ebenso deutlich wie das Flüstern im Haus. Das Wispern der Angestellten, die sich ängstlich zurückzogen. Türen klapperten leise, der Wind spielte an den Fenstern, die kaum hörbar klirrten. Er sah durch sie den Schimmer der Fackeln näherkommen und fröstelte.

»Sie kommen«, flüsterte er und war so unendlich müde. Es gab so viel zu tun und die Zeit war so knapp. Wann hörte das endlich auf? Wie viele Jahre musste er das noch ertragen, bis er erlöst wurde? Bis er in Frieden ruhen konnte?

Kapitel 6

Julie

ie Tage vergingen wie im Flug. Immer mehr Kartons leerten sich und neue, wie alte Möbel fanden ihren Platz.

»Es ist unglaublich, wie klein dieser Schrank plötzlich wirkt«, bemerkte Julie, nachdem der wuchtige, antike Eichenholzschrank seine endgültige Position im gemeinsamen Wohnzimmer eingenommen hatte. »In unserer kleinen Wohnung erschien er riesig, aber in einem Raum wie diesem geht er beinahe unter.«

»Das er untergeht, würde ich jetzt nicht behaupten.« Timothy wischte sich den Schweiß von der Stirn. »Er mag kleiner wirken, er ist allerdings genauso schwer.«

Julie verzog entschuldigend ihr Gesicht. »Tut mir leid, trotz Vorplanung wirkt ein Möbelstück an einer anderen Stelle manchmal besser.«

»Kein Problem, nur versuch das nächste Mal daran zu denken, bevor du den Schrank einräumst und ihn so schwerer machst«, meldete sich Sean zu Wort.

»Wird gemacht.« Julie legte gehorsam zum Militärgruß die Hand an die Stirn. »Ihr seid hiermit erst mal entlassen. Die Bücher bekomme ich auch alleine in die Regale.«

Sie hörte die Schritte der Männer im ersten Stock verklingen, als eine weibliche Stimme aus der Küche schallte. »Hallo? Entschuldigen Sie die Störung …«

»Ja bitte?« Julie ging in die Küche, in der eine kleine, drahtige Dame mit weißem, eingedrehtem Haar in der Hintertür stand und unsicher lächelte. In den faltigen Händen hielt sie eine Keksdose.

»Verzeihen Sie, ich habe vorne geklingelt, es hat sich jedoch nichts gerührt, da dachte ich, ich hätte hinten vielleicht mehr Glück.«

Julie seufzte. »Die Klingel hat garantiert wieder einen Wackelkontakt. Da muss nochmal der Elektriker drauf schauen.« Sie musterte ihre Besucherin neugierig. »Sie sind Mrs Walsh, nicht wahr? Von nebenan.« Sean und sie waren in dieser Stadt großgeworden und so waren ihr viele Gesichter vertraut.

»Ja richtig.« Mrs Walsh nickte eifrig. »Sie sind Julie, Fionas Kleine, nicht wahr? Ich habe schon lange beobachtet, wie Sie das Haus renovieren. Natürlich nur aus der Ferne, aber jetzt da Sie einziehen, wollte ich Sie doch gerne in der Nachbarschaft willkommen heißen.«

Selbstverständlich kannte Mrs Walsh ihre Mutter. Als Stadtführerin war Fiona bekannt, ebenso, wie Julie »die kleine Ó Briain«, oder »Fionas Kleine« genannt wurde und sie störte sich nicht daran. Sie hoffte sogar neben ihrer, und der Bekanntheit ihrer Mutter im Ort, ihr Innenarchitektenbüro erfolgreich zu starten.

»Das ist sehr nett, Mrs Walsh. Kommen Sie und setzen Sie sich. Dann bereite ich uns Tee zu.« Sie zog einen Stuhl am Tisch zurück und wies darauf.

»Vielen Dank.« Die alte Dame betrat die Küche und schloss die Tür hinter sich. »Ich habe Ihnen selbstgebackenes Shortbread, ein paar Brandy Butterplätzchen und Gingerbread Cookies mitgebracht. Hoffentlich ist für jeden etwas dabei.« Mrs Walsh stellte die Keksdose auf den Tisch und sah sich bewundernd um. »Wie hübsch Sie es hier gemacht haben. Die Küche ist jetzt viel größer ohne die Wand.«

»Vielen Dank, sowohl für das Gebäck, als auch für die Komplimente.« Julie setzte einen Teekessel auf, präparierte eine Thermoskanne mit losem Tee und öffnete danach einzelne Schränke, auf der Suche nach Zucker und Milchkännchen. Als sie sich umdrehte, wurde sie sich Mrs Walshs Blick auf sich gewahr. »Tut mir leid, meine Mutter hat hier alles eingeräumt und ich finde noch heraus, wo unser Geschirr und so ist.« Die Post-its hatten leider die Nacht nicht überlebt, sondern am Morgen auf dem Fußboden verteilt gelegen.

»Kein Grund, sich zu entschuldigen,« erwiderte Mrs Walsh augenzwinkernd. »Nach so kurzer Zeit ist es bewundernswert, wie viel bereits verräumt ist.«

Julie lachte auf. »Sie sollten mal das obere Stockwerk sehen.« Sie nahm den Kessel vom Herd und goss den Tee damit auf. Das gefundene Milchkännchen, sowie eine Zuckerdose stellte sie auf den Tisch. »Waren Sie schon öfter in Callum Hall?«

»Viele hunderte Male«, bestätigte die alte Dame lächelnd. »Je nach Hausbesitzer war ich hier angestellt.«

»Angestellt?« Julie öffnete die Keksdose, aus der es herrlich duftete. Ein Schwall Weihnachtserinnerungen schwappte wie eine Welle über ihr zusammen. Sie musste unwillkürlich lächeln.

»Nun ja, natürlich gab es zu meiner Zeit niemanden mehr, der sich einen ganzen Stamm an Zimmermädchen, Stallburschen, oder gar einen Butler leisten konnte, aber so ein großes Haus braucht viel Aufmerksamkeit und so wurde ich von diesem oder jenen angestellt, um sauber zu machen oder im Garten zu helfen.«

»Dann müssen Sie das Gebäude gut kennen«, stellte Julie erfreut fest. Sie entfernte das Teeei, gab die heiße Flüssigkeit in eine Thermoskanne und platzierte sie auf dem Tisch.

Mrs Walsh bedankte sich und mischte sich ihren Tee mit Milch und Zucker. »Wenn Sie nicht überall so viel an der Raumaufteilung verändert haben wie hier, würde ich mich sicher einigermaßen zurechtfinden, wobei es mich immer wieder überrascht wie eine neue Einrichtung die Gestalt eines Hauses verändern kann.«

»Da haben Sie recht. Wer weiß das besser als eine Innenarchitektin?« Julie holte ein paar Kuchenteller und füllte einen für sich mit den Leckereien, die die Nachbarin mitgebracht hatte. »Tatsächlich ist im Rest des Hauses weniger passiert. Der letzte längere Besitzer hatte hier, in den ehemaligen Wirtschaftsräumen, eine Art Einliegerwohnung ausgebaut. Die hat leider nicht in unser Konzept gepasst, aber die meisten der Zimmer sind dem ursprünglichen Grundriss treu geblieben, zumindest insoweit ich das einsehen konnte. Die ersten Pläne sind leider nicht mehr existent. Ich kann Ihnen später eine Führung geben.«

»Sehr gerne«, erwiderte Mrs Walsh ehrlich erfreut. »Das mit der Einliegerwohnung war Hutch Murphey. Er hatte hier unten schon alles fertig und war dabei, oben Kinderzimmer einzurichten.«

Julie spürte, wie sich ihre Muskeln anspannten, als der Name des Mannes genannt wurde, der die Legende von Callum Hall komplettierte.

»Kinderzimmer? Erwartete das Ehepaar denn Nachwuchs?« Julie kramte in ihren Erinnerungen, doch sie konnte sich an keine Erwähnung ihrer Mutter in der Hinsicht zu erinnern.

Das Lächeln auf Mrs Walshs Gesicht erlosch. »Ähm, nein.« Ihre Finger glitten über den Rand der Tasse vor ihr. »Rhona konnte nicht schwanger werden, aber die beiden wollten gerne Pflegekinder bei sich aufnehmen.«

»Ah.« Julie versuchte krampfhaft, nicht zu neugierig zu klingen. »Haben Sie denn auch zu ihrer Zeit hier gearbeitet?« In der Geschichte um das Ehepaar wurde sich immer wieder auf die Aussagen einer Angestellten bezogen, die Hutchs zunehmenden Verfall beschrieb. Konnte es sich dabei um ihre Nachbarin handeln? Ein Schauer durchfuhr Julie. Hier saß jemand vor ihr, der die Menschen aus der Legende kannte, mit ihnen gesprochen hatte und sogar intime Details von ihnen wusste.

Mrs Walsh nahm bedächtig einen Schluck Tee, als wollte sie Zeit schinden. Heftig stellte sie die Tasse auf die Untertasse und es klirrte. Hatte Julie mit ihrer Frage alte Wunden aufgerissen?

»Ja, ich war in der Woche ein paar Stunden hier, um Rhona zu unterstützen.« Sie seufzte. »Es tut mir leid, ich weiß, womit die beiden in der ganzen Stadt bekannt wurden, aber für mich waren sie ein nettes Ehepaar. Zwei hart arbeitende Menschen mit Wünschen und Träumen.« Sie zögerte, versteckte ihr Gesicht hinter der Teetasse, als sie einen Schluck trank. »Ich spreche nicht gerne darüber, was damals geschah. Frühere Aussagen von mir wurden oft genug zu Schauermärchen degradiert, wobei mein Schweigen vermutlich zu zusätzlichen Geschichten inspiriert hat.«

Julie nickte mitfühlend. Sie schämte sich dafür, gehofft zu haben, die alte Dame könnte ihre Neugierde befriedigen. Sie hatte absolut recht damit. Hinter den Gerüchten stand das echte Schicksal zweier Personen. »Sie müssen sich nicht entschuldigen. Es ist sogar besser, wenn wir nicht so viel über Vergangenes reden. Schließlich wollen meine Familie und ich das Haus mit neuen, glücklichen Erinnerungen füllen«, zitierte sie lose Seans Worte.

»Das ist ein schöner Vorsatz.« Mrs Walsh entspannte sich spürbar. Sie schenkte sich Tee nach und erkundigte sich nach dem Geschmack der Butterplätzchen, von denen Julie eben eines in den Mund genommen hatte, als sie die Stimmen der Männer in der Eingangshalle hörten, die sich der Küche näherten.

»Es gibt Tee und keiner hat uns geholt?«, fragte Cathal, der den Raum als Erster betrat, kurz stockte und dann Mrs Walsh mit einem Lächeln begrüßte.

»Es gibt mehr als nur Tee, dank unserer netten Nachbarin Mrs Walsh«, erwiderte Julie und hob die Keksdose in seine Reichweite.

»Sie sind unsere Nachbarin?« Cathal griff in die Dose, um sich ein großes Stück Shortbread herauszunehmen. »Wenn ich das vorher gewusst hätte, wäre allein das ein Grund für mich gewesen, hierher zu ziehen.«

»Ihr kennt euch?«, fragte Sean verwundert und zog sich einen Stuhl heran.

»Nicht so gut wie ihren Hund Charles.« Cathal lachte. »Nach jedem erfolgreichen Termin bei uns gibt es Shortbread für die ganze Praxis.«

»Ich hoffe, Sie halten den alten Jungen deshalb lange am Leben.« Mrs Walsh zwinkerte ihm spitzbübisch zu.

Timothy holte für sich, Sean und Cathal Tassen aus dem Schrank und setzte sich ebenfalls. »Sie sind uns hier auf jeden Fall jederzeit willkommen. Ob mit oder ohne Essen ist egal.«

»Aber natürlich lieber mit«, fügte Sean verschmitzt hinzu und biss in einen Keks.

Julie lächelte beim Blick in die Runde. Es war eine gute Idee gewesen, das Haus zu kaufen. Sie war umgeben von Menschen, die sie gern hatte und nun fanden sie sich in die Nachbarschaft ein.

Kapitel 7

Sean

Sean schlich sich am Nachmittag desselben Tages leise die Treppe hinunter. Manchmal knarzte eine Stufe und er hielt kurz inne. Doch als sich nichts tat, ging er weiter. Ob in der Keksdose von Mrs Walsh noch Shortbread war? Er zuckte zusammen, als aus der offenen Wohnzimmertür von Julie und Tim unvermittelt lautes Lachen erklang. Kurz packte Sean die Neugierde. Er war drauf und dran umzukehren und zu fragen, was so witzig war, aber er verwarf den Gedanken. Am Ende kam Julie noch auf die Idee, er könnte bei irgendwas helfen.

Aus ihrem eigenen Wohnzimmer war Hämmern zu hören. Cathal hängte die Ahnengalerie ihrer beiden Familien auf. Ein Hobby, dem er seit Jahren verfallen war. Sollte er nur, es war sein Ausgleich zum stressigen Tierarztalltag und wenn er dadurch gut gelaunt war, ertrug Sean auch die alten Männer und Frauen an der Wand.

Am Treppenende stolperte er fast über die zusammengerollte Miss Woodhouse, die es sich auf der letzten Stufe gemütlich gemacht hatte. Da Sean so darauf bedacht gewesen war, von keinem der drei gesehen zu werden, hatte er kaum auf seinen Weg geachtet.

»Elendige Katze.« Es kam fast einem Zischen gleich, was Miss Woodhouse nicht im mindestens interessierte. Er umrundete das Tier, huschte durch den Flur und in die Küche, hielt an der Keksdose und fand sie leer vor.

»Verfressenes Volk«, murmelte er. Wahrscheinlich hatte er den größten Teil davon gegessen, doch wer zählte schon mit? Schließlich trat er durch den Hintereingang nach draußen. Dort holte er einmal tief Luft. Glücklich, dem Umzugswahnsinn für ein paar Minuten zu entgehen. Immerhin würde dies sein letzter Umzug sein.

Sean reckte und streckte sich, bevor er einige Meter weiter in den weitläufigen Garten ging, der völlig verwildert war. Die Wege zugewachsen und von Unkraut überwuchert. Durch das Gebüsch waren im Laufe der Jahre kleine Pfade getreten worden. Womöglich von Kindern und Jugendlichen, die Mutproben austrugen, wer sich näher an das verfluchte Haus traute.

Timothy und er waren als achtjährige Steppkes nicht anders gewesen, wie er sich lächelnd erinnerte. Zweige knackten unter seinen Schuhen und das nasse Laub klebte an seiner Sohle. Er folgte dem Weg bis zu den alten Ställen, die seitlich des Grundstückes hinter einigen Bäumen versteckt standen. Irgendwann in Zukunft wollte Cathal hier eine kleine Tierklinik einrichten.

Timothy hatte in den alten Garagen vorne am Parkplatz einen Teil für seine Sägen und das Holz in Anspruch genommen, in denen er Arbeiten für ihr Haus erledigte. Sollten sie nur, dann verfielen die Gebäude wenigstens nicht. Die Ställe bestanden aus zwei aneinander gebauten Gemäuern in L-Form. Früher hatten hier vor allem Pferde gelebt sowie ein paar Kühe, Schweine und Hühner, um die Bewohner des Hauses mit den entsprechenden Lebensmitteln zu versorgen.

Davor stand unter einer hervorstehenden Überdachung eine wackelige Bank, die Sean kritisch beäugte. Ach, die würde ihn schon halten. Er setzte sich auf das feuchte Holz, das unter seinem Gewicht etwas nachgab.

Von hier aus hatte er einen perfekten Blick auf sein neues Heim. Zum ersten Mal ergriff ihn Besitzerstolz. Dieses alte große graue Gemäuer gehörte nun ihnen.

Hätte man ihm als Kind erzählt, er würde das verfluchte Herrenhaus kaufen, er hätte die Person lauthals ausgelacht. Dies war ein Haus, zu dem man schlich, um Stoff für Albträume zu sammeln und später mit seinem Mut vor den Kumpels anzugeben, keines, das man besaß, war die einhellige Meinung seit ihrer Schulzeit unter seinen Freunden. Schon allein der Weg hierher war spannend. Sie mussten ungesehen über die Felder und Wiesen kommen, da es ihnen von den Eltern verboten worden war, sich zu nähern. Hatte man das geschafft, musste man sich durch das Dickicht hinter der Steinmauer, die das Gelände umgab, kämpfen und nur im Schein der Taschenlampen den Weg durch den Garten finden. Natürlich fanden Mutproben nachts statt, jeder wusste, Geister zeigten sich nicht am Tag.

Wenn das Haus bewohnt war, bestand die Probe darin, Steine an die Fenster zu werfen und die derzeitigen Bewohner herauszulocken, um zu sehen, ob sie lebten. War es, wie meistens, unbewohnt, sollte man das Haus natürlich betreten.

Er würde nie vergessen, wie er sich das eine Mal fast zu Tode erschreckt hatte, als er ein feuchtes Spinnennetz ins Gesicht bekam und schreiend fortgelaufen war. Timothy hatte ihn wochenlang damit aufgezogen, bis dieser bei einem erneuten Besuch des Grundstücks angeblich einen Geist gesehen hatte, der durch den Garten lief. Stocksteif war er da gestanden und konnte nur auf die Stelle starren, an der er vorgab den Geist zu sehen. Sean war mitten in ihn hineingelaufen. Er hatte Timothy die Taschenlampe abgenommen und den Platz ausgeleuchtet, aber nichts entdeckt. Damals waren sie zwölf gewesen und seitdem war Timothy nicht mehr dazu zu bewegen gewesen, sich nachts hierher zu schleichen.

Ob jemals einer der Jungs es bis ins Haus geschafft hatte, wusste Sean nicht. Timothy und er bekamen es erst von innen zu sehen, als Julie sie zur Besichtigung hergeschleift hatte. Über den angeblichen Geist im Garten verloren Timothy und er nie wieder ein Wort.

Die Erinnerung brachte Sean zum Lächeln. Als sie den Garten besichtigten, hatte Timothy kurz gezögert, ihn zu betreten. Niemandem war es aufgefallen, nur Sean, da er ihn genau beobachtete hatte.

Sean seufzte, als er den Garten betrachtete. Den wieder hinzubekommen würde im Frühjahr ein großes Stück Arbeit bedeuten. Früher war das bestimmt mal ein wunderschön angelegter englischer Garten gewesen. In der Mitte stand ein großer Springbrunnen, jeder Weg hier führte dorthin. Ob der wohl noch funktionierte? Sie würden es herausfinden.

»Jesus Christ, was haben wir uns nur gedacht, als wir das hier alles mitten im Nirgendwo gekauft haben?«, murmelte er und blickte die dreistöckige Fassade entlang. Sie war in Ordnung gewesen und sie hatten lediglich jedes Fenster vom Erdgeschoss bis in den Dachboden auswechseln müssen. Einige waren nicht mehr dicht gewesen, andere hatten nette Risse geziert. Mit einer modernen Dreifachverglasung hatten sie alle nicht mithalten können.

Sean wusste noch genau, was er empfand, als er auf dem Parkplatz gestanden und das Gebäude betrachtet hatte. Die drei nebeneinanderliegenden Giebel ließen das Haus herrschaftlicher erscheinen. Der mittig Gelegene war etwa doppelt so hoch wie die daneben. Er bildete mit den darunterliegenden Stockwerken und der imposanten Eingangstür nach vorne den Mittelteil des Hauses. Während die anderen drei gestaunt hatten, war er völlig überwältigt gewesen von dem vielen Raum, der geputzt werden musste. Dasselbe dachte er nun wieder, als er das Haus von der Seite aus ansah.

Er holte tief Luft. Der Wind trug den Geruch von verbranntem Holz zu ihm, das vermutlich gerade im Kamin des gemeinsamen Wohnzimmers niederbrannte, damit sie es nachher schön warm hatten. Mehrere graue Schornsteine, die in den Himmel ragten, spien Rauch aus.

Sein Blick blieb an einem Fenster des Dachbodens hängen, das zum Flur führte. Dort befanden sich die alten Dienstbotenzimmer, die Julie für ihre Firma zu Showrooms ausgebaut hatte. Sean reckte sich. Bewegte sich da etwas hinter dem Glas? War da jemand? Die Bewegung fesselte ihn. Der Schatten sah aus wie eine männliche Gestalt. Er kniff die Augen zusammen und beugte sich vor. Das Fenster stand offen. War das eben schon gewesen? Er konnte sich nicht erinnern. Vielleicht war es Tim, der etwas für einen Termin für Julie vorbereitet. Wobei …

Sie wollte erst nächste Woche anfangen zu arbeiten.

Sean kratzte sich an seinem Dreitagebart. Er musste sich unbedingt rasieren. Sein Blick fiel wieder auf das Fenster, aber dahinter bewegte sich nichts mehr. Hatte er sich das nur eingebildet? Er war viel zu weit weg, um überhaupt etwas erkennen zu können.

Er schüttelte den Kopf. Nun sah er schon Gespenster. Wurde Zeit für ihn, mit dem Umzug fertig zu werden und wieder in die Schule zu kommen. Er brauchte seinen Alltag, dann kam er nicht auf krude Gedanken.

»Na du Drückeberger?«, erklang Cathals Stimme vom Hintereingang des Hauses. Sean schrak auf. »Glaubst du, wenn du dich raus schleichst, fällt es keinem auf?«

»Ein Versuch war es wert, oder?« Sean stand auf und ging seinem Freund entgegen.

»Kläglich gescheitert. Vor allem, wenn du auf diese Seite des Gartens gehst, aus der ich dich durch unser Wohnzimmerfenster sehen kann.«

»Ich kann doch nichts dafür, wenn der Großteil hier angelegt worden ist.« Sean hob die Schultern. »Wobei ich nicht verstehen kann, warum man unbedingt auf die Ställe schauen musste.«

»Vielleicht war der Erbauer ein Kontrollfreak gewesen, der wissen wollte, ob seine Angestellten ordentlich arbeiteten?« Cathal zog Sean an sich.

»Das kommt mir nicht zu Gute. Ich muss mir ein anderes Versteck suchen.«

Cathal lachte laut und küsste Sean. »Wie wäre es, wenn du mir einfach hilfst? Dann sind wir schneller fertig.«

Sie gingen gemeinsam zum Haus zurück.

»Julie will das Regal im Büro aufbauen, oder? Dieses große schwere Monstrum?«

»Jepp, und Timothy wartet schon auf unsere Hilfe.«

Sean seufzte. Das hat irgendwann ein Ende, sprach er sich gut zu und ergab sich seinem Schicksal.

Kapitel 8

Julie

Die Halloweenferien waren anstrengend gewesen, doch schließlich fand beinahe jeder Gegenstand seinen Platz im Haus. Es fehlten nur ein paar Kleinigkeiten. Immerhin die Klingel funktionierte jetzt einwandfrei, allerdings gab es noch einige Möbel zu kaufen, um zumindest die Wohnräume vollständig und gemütlich einzurichten. Julie hatte trotz ihrer Berufserfahrung unterschätzt, wie viel es brauchte, um ein so großes Haus auszustatten. Dennoch begann Callum Hall sich langsam wohnlich anzufühlen.

Alle hatten ihre Arbeit wieder aufgenommen und die erste Woche nach den Ferien näherte sich dem Ende. Julie saß im Arbeitszimmer an ihrem Schreibtisch, der früheren Bibliothek des Hauses.

»Ich habe Ihnen eben den Kostenvoranschlag geschickt«, bestätigte Julie ihrem Kunden am Telefon. Sie musste sich zusammenreißen höflich zu bleiben. Nach all dem Hin und Her fragte sie sich, ob sie Mister Green überhaupt halten wollte, doch ihre frühe Selbständigkeit und der Kauf von Callum Hall ließen ihr nicht viele Alternativen.

»Aber da ist die Gestaltung der Gästezimmer schon mit drin, oder?«, fragte ihr Gegenüber am anderen Ende der Leitung. Julie verdrehte die Augen, froh, ein weiteres Videotelefonat abgelehnt zu haben.

»Sie hatten mich gebeten, die außen vor zu lassen.«

»Ach so.« Nachdenkliches Schweigen machte sich breit, in dem Julie sich langsam in ihrem Bürostuhl drehte. Dieser Raum im Erdgeschoss war für beide Paare, doch am Vormittag hatte sie ihn in der Regel für sich, da Sean in der Schule, Cathal in der Tierpraxis und Timothy in der Schreinerwerkstatt arbeitete. Der Raum war eher dafür gedacht, um ihre Steuererklärungen zu erledigen oder Versicherungen zu ordnen, für all den privaten Bürokram.

Nur Sean wollte hier seinen Unterricht vorbereiten. Allerdings waren Julies Ausstellungsräume, einschließlich eines zusätzlichen Büros, noch nicht fertig eingerichtet. Deswegen mussten die Geschwister sich den Raum auch arbeitstechnisch zumindest nachmittags teilen, lediglich getrennt durch ein großes Bücherregal.

»Könnten Sie mir vielleicht doch mehrere Kostenvoranschläge schicken? Einen mit den Gästezimmern, einen ohne und einen, wenn Sie theoretisch das Esszimmer mitmachen würden?«, durchbrach Mister Greens monotone Stimme Julies Gedanken.

Sie brauchte einen Moment, um sich zu sammeln und antwortete angestrengt: »Das Esszimmer? Über das hatten wir gar nicht gesprochen.«

»Ja, aber meine Frau und ich haben uns gestern gefragt, ob es nicht sinnvoll wäre, gleich alles machen zu lassen, wenn der Preis es erlaubt.«

»Ich habe gar keine Aufzeichnungen über diesen Raum.« Sie stützte den Ellbogen auf den Schreibtisch und vergrub ihr Gesicht in ihrer Hand. »Ich kann Ihnen keinen Kostenvoranschlag machen, wenn ich weder die Daten, noch Ihre Vorstellungen zu dem Raum kenne.«

»Aber Sie waren doch bei uns wegen der anderen Zimmer, da sind Sie durch das Esszimmer gekommen und unsere Wünsche kann ich Ihnen am Telefon mitteilen. Die Details klären wir sowieso erst, wenn wir uns endgültig für Sie entschieden haben, nicht wahr?«

In Julie ballte sich Wut zu einem Knäuel im Bauch. Sie kniff die Lippen zusammen, um nichts Falsches zu sagen. Warum dachten ihre Kunden ständig, sie hätte sofort die Grundrisse der Räume im Kopf? Sie wollte den Mund öffnen, um ein paar wenig durchdachten Worten Platz zu machen, als sie eine Berührung an ihrem Bein zusammenzucken ließ. Verwundert blickte sie auf Miss Woodhouse hinab und dann hinter sich, auf die Tür zum Arbeitszimmer, die einen Spalt breit offen stand. Julie runzelte die Stirn. War diese nicht eben noch geschlossen gewesen?

»Also, was meinen Sie?«, fragte Mister Green ungeduldig am anderen Ende der Leitung.

Julie seufzte verhalten. »Ich mache Ihnen einen Vorschlag: Ich schicke Ihnen erst einmal einen zusätzlichen Kostenvoranschlag mit den Gästezimmern, dann haben Sie zumindest den Vergleich zwischen diesen beiden Varianten. Wenn Ihnen Letzterer schon zu teuer ist, müssen wir gar nicht weiter über das Esszimmer sprechen.« Sie hob Miss Woodhouse auf ihren Schoß und kraulte das schnurrende Tier hinter den Ohren. »Wenn Sie doch Interesse daran haben, alles umzugestalten, komme ich noch einmal vorbei und sehe mir das Ganze an, in Ordnung?«

»Nun gut«, erwiderte ihr Gesprächspartner, nach einer weiteren Bedenkpause. »Dann erwarte ich Ihre E-Mail.«

»Sehr gut. Vielen Dank für das Gespräch und einen schönen Tag«, flötete Julie, legte auf und stöhnte genervt. »Das mit der Selbständigkeit habe ich mir einfacher vorgestellt.« Sie strich der Perserkatze durch das dichte Fell. »Jetzt erklär du mir mal, wie du hier hereingekommen bist. Die Türen kannst du nicht aufbekommen.« Sie erhob sich mitsamt dem Haustier, das unwillig maunzte und ging zur Tür, die in den Flur führte. Sie bestand aus massivem Holz und hatte eine Eisenklinke.

Miss Woodhouse hatte in ihrer alten Stadtwohnung kein Problem gehabt, die Türen zu öffnen, aber diese hier war eine Nummer zu schwer. Julie drückte die Tür zu und öffnete sie wieder. Hatte sie sie doch nicht richtig geschlossen, als sie an den Schreibtisch gegangen war?

»Oder hast du etwa Superkräfte?«, dachte sie laut an ihre Katze gewandt und drückte dem Tier einen Kuss auf die Schnauze. »Na komm, ich geb dir was zu fressen.«

Sie setzte Miss Woodhouse auf den Boden zurück und machte sich auf den Weg auf die gegenüberliegende Seite der Eingangshalle, in der sich die Küche befand. Die Perserkatze stolzierte indes auf den Kratzbaum zu und sprang von einer Plattform auf die nächste. Julie beobachtete das Tier und schmunzelte. »Du hast dich schon eingelebt«, stellte sie fest, doch noch während sie diese

Worte aussprach, gab es plötzlich ein ächzendes Geräusch. Sie riss die Augen auf und erstarrte. Der Kratzbaum kippte in ihre Richtung. Erst im letzten Moment sprang sie beiseite. Eine Sekunde später und der Baum wäre auf ihr und nicht neben ihr krachend in seine Einzelteile zerbrochen.

Mit rasendem Puls starrte sie auf den ehemaligen Kratzbaum, auf dem Miss Woodhouse wenige Sekunden zuvor herumgeklettert war.

Miss Woodhouse! Julies Starre löste sich und sie trat an einige der Einzelteile heran. Ihr Herz setzte einen Schlag aus und es lief ihr eiskalt den Rücken hinunter. Wo war ihre Katze?

»Missy?«, rief Julie in die Stille. In ihren Ohren rauschte es, als ob sie an einem Wasserfall stehen würde. »Süße?«

Empörtes Maunzen erklang aus einem der Körbe des Kratzbaums, die weiße Katze kam zum Vorschein und Tränen der Erleichterung schossen Julie in die Augen. Schnell hob Julie das Tier hoch und untersuchte sie auf etwaige Verletzungen.

»Gehts dir gut, Kleine?« Sie streichelte über das lange Fell. Miss Woodhouse zuckte unter keiner ihrer Berührungen zusammen, was Julie schon einmal beruhigte. Trotzdem sollte Cathal sie sich später sicherheitshalber ansehen. Unvermittelt begann Julie zu zittern, als ihr klar wurde, wie viel Glück sie gehabt hatte.

Sie ließ ihren Blick über die Bescherung wandern. Zwang sich zu rationalen Gedanken, um sich in den Griff zu bekommen. Was ihr allerdings schwerfiel. Nur mühsam schweifte ihr Blick über die ganzen Teile des

Kratzbaums. Die Fliesen schienen unbeschädigt, doch das würde noch einer genaueren Überprüfung bedürfen, sobald das Chaos aufgeräumt war.

»Wie konnten nur die Schrauben nachgegeben haben? Timothy hatte sich sogar nach dem Anbringen des Baumes daran gehängt«, murmelte sie vor sich hin, strich über das Fell der Katze. Sie wog nur einen Bruchteil von ihm. Misstrauisch betrachtete sie die Stellen, an denen die Konstruktion befestigt gewesen war. Das Mauerwerk schien intakt zu sein, nirgendwo konnte sie Putz entdecken. Von ihrem Standpunkt aus konnte Julie klar die sechs Löcher sehen, in denen die Schrauben gesteckt hatten. Auf dem Boden konnte sie die Übeltäter allerdings nicht finden, was jedoch bei dem Durcheinander kein Wunder war.

Julie zitterte immer noch. Kopfschüttelnd betrat sie die Küche, um den Fressnapf der Katze aufzufüllen und sich selbst ein Bier aus dem Kühlschrank zu holen, auch wenn es noch Vormittag war. Als sich die wohltuende Kühle des Getränks in ihrem erhitzten Körper ausbreitete, fiel ihr Blick auf den hölzernen Küchentisch in der Mitte des Raumes.

Vor Schreck rutschte ihr die Flasche Bier aus der Hand und zersprang auf den Küchenfliesen in drei Teile. Die Flüssigkeit verteilte sich schäumend. Miss Woodhouse fauchte und sprang davon.

»Jesus Christ, was für eine Sauerei«, schimpfte Julie, ignorierte diese allerdings zunächst. Langsam, als handle es sich um ein schreckhaftes Tier, näherte sie sich dem Tisch. Dabei trat sie in die große Bierpfütze, geriet ins

Rutschen und fluchte laut. Als sie sich gefangen hatte, nahm sie einen der Gegenstände auf, die darauf lagen. Es waren Schrauben. Sechs Stück. Genau die, die den Kratzbaum an der Wand halten sollten. Sie wog sie in der Hand und drehte den langen Metallstift zwischen ihren Fingern hin und her. Die Vorlegescheiben hingen ordentlich vor dem Schraubenkopf und klirrten leise dagegen. Es klebten sogar noch Putzreste in den Rillen der Schraube. Diese hier waren nicht neu und lagen für ein anderes Projekt bereit.

Julie sog heftig die Luft ein, presste ihren Mund zu einem Strich zusammen. Die Verwunderung über die Schrauben wandelte sich immer mehr in Wut. Sie zog ihr Mobile aus ihrer Jeanstasche und tippte auf dem Startbildschirm auf Seans Kontakt. Er musste es gewesen sein. Kein anderer war so gegen den Kratzbaum wie ihr Bruder. Was bildete er sich bloß ein?

Es tutete lange, doch schließlich ertönte Seans Stimme am anderen Ende der Leitung.

»Ich hoffe, es ist etwas Wichtiges! Ich bin auf dem Weg in die nächste Stunde.«

»Ich glaube, es ist bedeutend genug, deinetwegen wäre ich beinahe vom Kratzbaum erschlagen worden«, erwiderte Julie spitz und unterdrückte den Drang, ihren Bruder anzuschreien.

Am anderen Ende herrschte kurz Stille. »Was genau ist passiert?«

»Ist das dein Ernst?« Julie schloss die Hand so fest um das runde Stück Metall, dass es wehtat. »Du entfernst die Schrauben, die den Kratzbaum an Ort und Stelle halten, lässt sie in der Küche liegen und hast dann die Nerven mich zu fragen, was passiert ist?« Nun zitterte ihre Stimme und hätte ihr Bruder vor ihr gestanden, wäre sie sich nicht sicher, ob sie auf ihn losgegangen wäre.

Miss Woodhouse kam zurück und strich schnurrend um Julies Beine. Ihr fiel die Bescherung auf dem Boden wieder ein und schnell hob sie Miss Woodhouse hoch, bevor die sich noch eine Scherbe in die Pfoten lief oder Bier ins Fell bekam. »Kannst froh sein, Missy ist nichts passiert, geschweige denn mir. Der Kratzbaum ist völlig im Eimer und die Fliesen haben hoffentlich auch keine Sprünge abbekommen.«

»Was redest du da?« Seine Stimme schwankte zwischen Besorgtheit und Verärgerung. »Welche Schrauben? Was soll ich getan haben?«

Julie war viel zu wütend, um ins Zweifeln zu kommen. »Jetzt frag nicht so respektlos! Hier liegen sechs Schrauben mit Vorlegescheiben und Putzresten auf dem Küchentisch und rate mal, wo genau die hingehören.«

Am anderen Ende wurde es erneut kurz still. »Julie, ich hab jetzt keine Zeit, mir das anzuhören. Ich muss in meine Klasse.« Sean klang genervt. Wenn sie nicht aufpassten, würden sie in einen Streit geraten. »Ich habe nichts getan, glaub mir oder nicht, ich hab Besseres zu tun, als mich von dir anschreien zu lassen.« Damit klickte es in der Leitung und das Telefonat war beendet. Julie entfuhr ein spitzer Schrei, dabei konnte sie sich gerade so beherrschen, ihr Telefon nicht durch die Gegend zu werfen.

Sie schloss die Augen und atmete mehrmals tief durch, bevor sie Missy im Flur absetzte, die Tür zur

Küche hinter sich zuzog und ihre Sauerei reinigte, immer noch innerlich brodelnd. Danach ging sie in ihr Büro. Die Einzelteile des Kratzbaumes ignorierte sie, tat so, als ob er nicht im Weg liegen würde, als sie darüber stieg. Sollte Sean sich selbst um den Dreck kümmern, den er verursacht hatte.

Kapitel 9

Sean

Sean parkte auf dem Vorplatz ihres Hauses neben Julies Wagen und stieg aus. Weder Cathals noch Timothys Auto waren in Sichtweite. Dann würde er sich alleine mit seiner Schwester auseinandersetzen.

Ihr Anruf hing ihm nach. Er hatte keine Ahnung, was genau passiert war, nur dass die Schrauben des Kratzbaums aus der Wand gedreht worden waren, in deren Nähe er nicht einmal gekommen war. Wieso hätte er das machen sollen?

Wieder wallte Wut in ihm auf, als er an den ungerechtfertigten Anruf Julies dachte. Er kannte seine Schwester, wusste, dass sie impulsiv war, trotzdem könnte sie manches Mal erst nachdenken, bevor sie Schlüsse zog und losmarschierte. Offensichtlich war ihr bis auf einen Schrecken nichts weiter passiert.

Sean öffnete die hintere Tür seines Wagens und holte die Tasche mit den Aufsatzheften seiner Schüler hervor, die er am Wochenende korrigieren wollte. Vor der Haustür hielt er kurz inne und atmete tief durch. Bloß nicht aus der Ruhe bringen lassen, egal wie unfair er sich behandelt fühlte.

Er schloss die Tür auf, trat ein und blieb auf dem Absatz stehen. Mitten in der Halle lag der Kratzbaum in seine Einzelteile zerlegt. Einzelne leere und zusammengeklappte Umzugskartons, die noch immer an den Seiten lagerten und darauf warteten auf den Dachboden gebracht zu werden, lagen im Raum verteilt.

Sean stellte die Tasche mit den Heften auf dem Boden ab und Hitze kroch ihm in Wellen den Nacken hinauf. Er kniff die Lippen fest aufeinander und seine Nasenflügel bebten.

»Julie!«, brüllte er und es hallte von den Wänden wider. »Was soll die Scheiße? Warum liegt hier alles herum?« Er musste nicht lange warten, bis die hintere Tür zum Büro aufflog.

Julies Hände waren zu Fäusten geballt, der gesamte Körper schien unter Anspannung zu stehen. Auch wenn Sean es über die Entfernung nicht sehen konnte, pulsierte bestimmt ihre Pulsader am Hals, wie immer, wenn sie so wütend war. »Weil du für dieses Chaos verantwortlich bist. Mach deinen Dreck gefälligst selbst weg!«, schrie sie ihn hochrot im Gesicht an.

»Wie oft noch, ich war es nicht. Warum zum Henker hätte ich das bitte machen sollen? Was hätte ich davon?«

»Du wolltest den Kratzbaum von Anfang an nicht.«

»Aber ich kann durchaus eine demokratische Entscheidung akzeptieren.« Sean verschränkte die Arme vor der Brust und trat heftig eines der runden Hauptelemente beiseite.

»Ach ja? Warum platzierst du dann gut sichtbar die Schrauben auf dem Küchentisch?« Julie warf ihm eine vor die Füße. Laut klirrend donnerte sie auf den Fliesenboden und rollte ein Stückchen, bis sie liegenblieb.

»O ja, jetzt mach auch noch den Boden kaputt. Du hast dich nicht wochenlang abgemüht, um den zu erhalten«, höhnte Sean und funkelte seine Schwester an. »Hast du dir mal überlegt, wann ich die Schrauben auf den Tisch hätte legen sollen? Während ich in der Schule war?«

»Was weiß ich, wann du das gemacht hast? Vielleicht hast du sie unter deiner Zeitung vergraben und als du fertig warst, sie unauffällig beiseite genommen?«

Sean fuhr sich durch die Haare. Nun pulsierte seine Halsschlagader hart und schnell und er hörte das Blut in seinen Ohren rauschen.

»Jesus Christ, so einen Müll, den du da verzapfst, habe ich schon lange nicht mehr von dir gehört.« Sean hob den Zeigefinger und deutete in ihre Richtung. »Wenn du wieder logisch denken kannst, gib mir Bescheid. Ich mache mir doch nicht die Mühe, deinem Mann beim Aufbau zu helfen, nur um dann alles zu zerstören.«

»Was ist denn hier los?« Timothys Stimme erklang hinter Sean und Julies Blick richtete sich auf ihn.

»Mein lieber Herr Bruder hat die Schrauben aus den Halterungen des Kratzbaums gedreht und als Miss Woodhouse sich heute Morgen in einen Korb legen wollte, ist sie mit dem ganzen Ding zusammengekracht. Das ist hier los.« Julie zeigte anklagend auf die ganzen Einzelteile in der Halle.

»Sean? Du gibst dir aber viel Mühe, um den Kratzbaum loszuwerden.« Ein Hauch von Amüsement klang durch Timothys Stimme, trotz der angespannten Stimmung in der Halle. Er suchte Seans Blick und hob fragend die Augenbrauen an, um sich danach die Bescherung anzusehen.

Erleichtert seinen besten Freund in der Nähe zu haben, fuhr Sean etwas runter. Timothy hatte bereits einige Streitigkeiten zwischen ihm und seiner Schwester geschlichtet. Sie kannten sich seit der ersten Klasse und Timothy war vom ersten Tag an mehr bei ihnen aufgewachsen als in seinem eigenen Heim.

»Ich war das nicht, aber meine Schwester sieht das anders. Wir haben das Ding mühsam einen ganzen Vormittag zusammengebaut und angeschraubt. Wieso sollte ich das zunichtemachen?«

»Um mir eins auszuwischen.«

Timothy ging zu Julie, streckte die Hand aus, machte aber nicht den Fehler seine bebende Frau anzufassen und ließ sie wieder sinken. Sie wirkte wie ein gespannter Pfeil, der bei der kleinsten Berührung losflog. Sie liebte ihre Katze abgöttisch.

»Jetzt beruhigen wir uns erst mal ein wenig. Heiliger Strohsack, so aufgebracht habe ich euch schon lange nicht mehr erlebt.« Er sah zwischen Sean und Julie hin und her. »Das alles wegen eines Kratzbaums.«

»Miss Woodhouse hätte ums Leben kommen können, ich bin fast von dem Baum getroffen worden. Wenigstens konnte Cathal bei seiner Untersuchung keine Verletzungen feststellen.« Julies Stimme klang gepresst, immerhin schrie sie nicht mehr.

»Wie kommst du darauf, dass es Sean war?«, fragte Timothy ruhig. Julie berichtete ihm kurz und knapp, wie sich alles abgespielt hatte und auch Sean hörte die Geschichte zum ersten Mal komplett.

Julie war gerade beim Teil angekommen, als Cathal am Nachmittag kurz nach Hause gekommen war und sich Miss Woodhouse angesehen hatte, als eben diese laut fauchend vor der Treppe auftauchte.

Überrascht richteten sich drei Augenpaare auf die Katze, deren Fell sich steil aufgestellt hatte.

Seans Wut verrauchte und er runzelte die Stirn. Normalerweise ließ sich Miss Woodhouse nicht so schnell aus der Reserve locken. Außer Timothy wollte sie streicheln. Der stand jedoch mindestens vier Meter von ihr entfernt.

»Missy, was ist denn?«, fragte Julie besorgt. Timothy und Sean blickten zu der Wand, an der vor kurzem noch der Kratzbaum gestanden hatte. Doch die Katze reagierte nicht auf Julie, fauchte wieder und buckelte. »Missy, es ist alles gut. Da ist nichts.« Julie hockte sich neben sie, redete auf sie ein und streckte die Hand nach ihr aus, um ihr über das Fell zu streicheln.

»Sei vorsichtig«, warnte Timothy sie, der so seine Erfahrungen mit den Krallen der Katze gemacht hatte, wie Sean wusste. Julie nickte, doch Sean war sich nicht sicher, ob sie zugehört hatte. Sowohl er als auch Timothy näherten sich der Wandecke, die Miss Woodhouse so leidenschaftlich anfauchte.

»Merkwürdig, was hat sie denn auf einmal?« Sean legte seine Stirn in Falten und ging einen Bogen um seine Schwester und der Katze schlagend in die Ecke. Er griff mit seiner Hand durch die Luft ins Leere, als wollte er etwas Unsichtbares greifen, dann klopfte er gegen die vertäfelte Wand und hielt schließlich sogar sein Ohr dagegen. »Nichts, keine Ahnung, was das Tier auf einmal haben könnte.«

Timothy stellte sich neben ihn und horchte seinerseits. Er fuhr über die Wand und schüttelte den Kopf. »Vielleicht irgendein Nagetier im Gemäuer. Anders kann ich es mir nicht erklären.«

Langsam beruhigte sich die Katze wieder unter Julies Streicheleinheiten.

»Keine Ahnung, was Ihre Hoheit mal wieder hat, aber wenn wir einen Geist ausschließen, ist es wohl nur eine Maus gewesen. Vielleicht hat der Kammerjäger neulich nicht alle Tiere erwischt. Könnte man ihm in einem Haus dieser Größe nicht verdenken«, meinte Timothy.

»Der Sturz von heute Morgen hallt noch nach.« Julie nahm ihre Katze auf den Arm und erhob sich. »Lieber eine Maus als eine Ratte.« Sie verzog das Gesicht bei diesen Worten. »Sollten wir sicherheitshalber noch Fallen aufstellen?«

Sean zuckte mit den Schultern. »Schaden kann es nicht.« Er seufzte tief und wandte sich Julie voll zu. »Ich war das nicht mit dem Kratzbaum«, schlug er einen ruhigeren Ton an. »Wann hätte ich das denn machen sollen? Mitten in der Nacht? Überleg doch mal, Julie.« Sean sah seine Schwester eindringlich an. Hoffentlich würde sie nicht erneut explodieren. »Ich hätte die große Leiter und den Akkubohrer aus Tims Werkstatt im alten Stall holen und hinterher alles wieder wegräumen müssen.« Sean zählte es an seinen Fingern ab. »Das hätte zudem Krach gemacht, von dem bestimmt jeder wach geworden wäre. Außerdem«, Sean zeigte auf sich, »ich bin es, dein fauler Bruder, der solche Arbeiten hasst. Glaubst du wirklich, ich hätte das in der Nacht getan?«

Julie biss auf ihrer Unterlippe herum und Sean konnte ihr ansehen, wie es in ihr arbeitete. Gedankenverloren streichelte sie über das Fell ihrer Katze, die sich an sie schmiegte und sich in ihrer Armbeuge zusammenrollte.

»Ich muss Sean zustimmen. Bevor er so was freiwillig macht, friert die Hölle zu.« Timothy trat zu seiner Frau und strich ihr über den Rücken.

Julie atmete hörbar ein und wieder aus. »Das ist nicht von der Hand zu weisen. Aber wer war es dann? Wer hat die Schrauben entfernt und sie auf den Küchentisch gelegt? Cathal sicher nicht. Er hat mich erst auf die Idee mit dem Kratzbaum gebracht.«

Die Katze auf ihrem Arm wurde unruhig und wand sich. Julie bückte sich leicht nach vorne und sie sprang auf den Boden, nur um dann nach einem Sprung auf das Treppengeländer hoheitsvoll in die erste Etage zu marschieren.

»Hallo Familie. Wie ich sehe, sind wir alle beisammen, um die Bescherung wieder in Ordnung zu bringen.« Cathal kam in die Halle, unterstreichte in einer ausladenden Armbewegung die Einzelteile des Kratzbaums und trat zu Sean, um ihm einen Kuss zu geben. »Habt ihr alles geklärt?«

Um Timothys Mundwinkel zuckte es und Sean und Julie schnaubten.

»Sich wohl eher laut schreiend Vorwürfe gemacht«, beschrieb Timothy die letzten Minuten.

Cathal verdrehte die Augen und legte Sean einen Arm um die Schultern. Der schmiegte sich in die Umarmung und fühlte sich schlagartig ruhiger.

»Julie hat mir Vorwürfe gemacht, ich habe nur darauf reagiert. Wie würde es euch denn gehen, wenn ihr in der Pause angerufen und angeschrien werdet? Dabei wusste ich nicht mal, was passiert war.« Sean warf Julie einen bösen Blick zu, die zur Seite sah.

»Vielleicht nicht meine beste Idee gewesen.« Sie fuhr sich durch ihre dichten roten Haare. »Trotzdem möchte ich wissen, wie das passieren konnte.«

»Warum steht ihr überhaupt hier?« Cathal hob die Augenbrauen und sah sich in der Runde um. Sean klärte ihn rasch über Miss Woodhouse merkwürdiges Verhalten auf. Cathals Blick schweifte über die Mauer, aber auch er konnte nichts entdecken.

»Lasst uns die Episode vergessen und den Kratzbaum wieder aufbauen. Danach können wir auch direkt die restlichen Kartons auf den Dachboden bringen«, schlug Timothy vor.

»Gute Idee. Dabei können sich die Gemüter gleich beruhigen.« Cathal nickte.

»Also ich habe da noch einige Klas…«

»Die du gerne ins Büro legst und uns hilfst, wolltest du sagen, richtig?« Cathal erhöhte den Druck auf Seans Schulter, damit dieser nicht weglaufen konnte.

Sean seufzte. »Natürlich. Genau das wollte ich.« Er küsste Cathal auf die Wange und grinste.

»Würdet ihr euch dann bitte die Hand geben?«, fragte Timothy lächelnd und griff damit ein altes Kinderritual auf, wenn Julie und Sean sich nach einem Streit wieder versöhnt hatten.

Sean streckte seiner Schwester die Hand entgegen, die sie zögernd ergriff. Sie ist sich nicht sicher, ob sie mir glauben soll, schoss es ihm dabei durch den Kopf. Das versetzte ihm einen Stich, denn auch wenn er gegen den Kratzbaum war, er würde Missy oder einem anderen Lebewesen bewusst nie etwas antun wollen.

»Wo sind die Schrauben?«, fragte Timothy an Julie gewandt.

»Fast alle im Büro. Eine liegt hier irgendwo.« Sie ging los, gefolgt von ihrem Mann. Auf dem Weg sammelte sie die Weggeworfene ein und sie verschwanden im Büro.

»Schon merkwürdig, wie das passieren konnte.« Sean kratzte sich an der Nase und ging zu dem Kratzbaum.

»Vielleicht haben wir doch einen Geist«, sagte Cathal amüsiert.

»Hör auf mit dem Quatsch. Du klingst schon genauso wie meine Mutter.« Sean boxte Cathal liebevoll gegen seine Brust.

»Autsch.«

»Du liebst meine Mutter, also beschwer dich nicht.«

»Na gut.«

Julie und Timothy kamen mit den Schrauben zurück.

»Die kenne ich doch«, stieß Cathal überrascht aus. »Die lagen um die Treppe, als ich heute früh nach dem Frühstück noch einmal hoch bin. Auf dem Rückweg habe ich sie auf den Küchentisch gelegt.«

»Ach, tatsächlich? Dann wissen wir zumindest schon mal, wie sie dort hingekommen sind«, erwiderte Julie.

»Sie hat dir also nicht gesagt, wo sie die Schrauben gefunden und mich daraufhin beschuldigt hat?«

»Nein, wir haben uns nur die Bescherung hier angesehen, dann habe ich Miss Woodhouse untersucht und musste wieder in die Praxis. Viel Zeit war nicht.«

»Hm, vielleicht muss ich die Schrauben verstärken.« Timothy kratzte sich am Kinn und fuhr mit dem Finger ein Bohrloch in der Wand nach. »Dabei sollten die Schwerlastdübel genügen. Normalerweise sind die sogar zu viel.«

»Kommt, lasst uns endlich das Puzzle zusammen-bauen, während der Meister über seine Arbeit grübelt«, flüsterte Sean den anderen zu und stellte das unterste Teil des Kratzbaums aufrecht hin.

»Entschuldige bitte.« Julie strich Sean über den Ober-arm und drückte einmal zu.

»Schon gut. Es ging um deine geliebte Katze.«

Sie lächelten sich an und der geschwisterliche Friede war wieder hergestellt.

Kapitel 10

ie Katze spürte ihn. Sie konnte ihn nicht sehen, dafür riechen, eventuell sogar hören. Er musste vorsichtiger vorgehen. Weniger mit dem Lord reden.

Tiere waren so viel schlauer als Menschen, so viel schlauer, als er gewesen war. Sie wusste, dass etwas in diesem Haus nicht in Ordnung war, während ihre Besitzer versuchten, alles rational zu erklären.

Er war auch einmal so gewesen.

Er hatte seine Lektion zu spät gelernt.

Kapitel 11

Sean

Sean hockte mit einem angewinkelten Bein auf seinem Schreibtischstuhl auf seiner Seite des Büros, kaute auf einem Rotstift herum und konnte nicht glauben, was er vor sich in dem Schulheft sah. Das war eine einzige Katastrophe. Zum Haareraufen.

Der Aufbau des Kratzbaums hatte länger gedauert als gedacht und heute waren Cathal und er für das Abendessen zuständig gewesen. So konnte er sich erst mit Verspätung an die Schulhefte zum Korrigieren setzen. Er wollte mit mindestens einem Drittel fertig werden, doch er war gerade einmal beim vierten Schüler angelangt und hatte dafür zwei Stunden benötigt.

Er seufzte und blickte nach draußen. Es war stockdunkel geworden. Daran musste er sich erst noch gewöhnen. Normalerweise hatte eine Straßenlampe durchs Fenster ihres alten Hauses geschienen, nun lag ihr Heim mitten auf dem Grundstück, eingefasst von Gärten.

Der Wind peitschte den Regen gegen das Glas und das monotone Geräusch machte ihn schläfrig. Innerlich verabschiedete er sich gerade von dem ersten geruhsamen Wochenende in ihrem neuen Haus, da er die Durchsicht der Klassenarbeiten heute nicht mehr fertig bekam. Wenn es in dem Tempo weiterging, wie jetzt, würde er den Samstag und Sonntag daran sitzen.

Hinter ihm wurde die Tür geöffnet. Dankbar für die Störung drehte er sich um. Timothy grinste ihm entgegen, in der Hand eine geschlossene Flasche Whiskey und zwei Tumbler.

»Auch Lust?«, fragte er und schloss die Tür hinter sich.

Sean nahm den Stift aus dem Mund und warf ihn auf den Schreibtisch.

»Unbedingt.« Das Korrigieren konnte warten, dafür lag ein ganzes Wochenende vor ihm.

Timothy zog sich Cathals Stuhl heran, setzte sich und öffnete die Flasche. Dann schenkte er Sean und sich einen Schluck ein. Der scharfe Geruch des Whiskeys breitete sich aus und Sean griff seinen Tumbler. Schwenkte ihn sachte und sah zu, wie der ölige Whiskey langsam am Glas hinunterlief.

»Da haben wir einen Guten geschenkt bekommen.«

Timothy beobachtete Seans Tumbler und blickte auf die Flasche. »Connemara Single Malt«, las er vor. »Jupps, der ist gut.«

»Na dann, auf uns.« Sie stießen an und tranken jeder einen Schluck. Sofort machte sich in Seans Mund ein rauchiger, leicht torfiger und trotzdem süßlicher Geschmack breit. Genießerisch schloss er die Augen, behielt die Flüssigkeit einen Moment auf der Zunge, bevor er schluckte und der Single Malt sich brennend seinen Weg hinunter in den Magen suchte, in dem er eine behagliche Wärme verbreitete.

»So ein Whiskey tut immer gut.«, meinte Timothy.

»Absolut.« Sie sahen sich an und lächelten.

Sie brauchten nie viele Worte miteinander, was Sean sehr an der Freundschaft mit Timothy mochte. Er betrachtete seinen Freund, der nachdenklich in sein Glas stierte. Heute würde es definitiv kein Abend mit wenigen Worten werden.

Hatte er mal wieder eine der verletzenden Nachrichten seiner Eltern erhalten, in denen sie ihm Vorwürfe machten, wie wenig er sich um sie kümmerte? Oder brauchten sie erneut Geld und er könnte sie doch bitte im Alter unterstützen? Bei ihrem neuesten Einfall hatten sie von ihm verlangt, hier mit einzuziehen, da das Haus groß genug wäre.

»Haben deine Erzeuger sich gemeldet?«, platzte Sean direkt heraus. Noch so ein Ding zwischen ihnen. Sie machten nie Umwege, sondern sprachen ein Thema rundheraus an.

Timothy schüttelte den Kopf und sah auf. Wie immer las Sean in seinen Augen die altbekannte Traurigkeit und Enttäuschung, wenn sie auf seine Eltern zu sprechen kamen.

»Das letzte Mal war vor dem Umzug. Sie standen auf einmal vor der Wohnungstür und ließen sich nicht vertreiben. Erst als ich ihnen hundert Euro zugesteckt habe, sind sie verschwunden.« Timothys Schultern sackten nach vorne. Er trank einen großen Schluck und verzog das Gesicht.

»Arschlöcher.« Mehr fiel Sean nicht dazu ein und er trank ebenfalls. Er verkniff es sich, Timothy erneut darauf hinzuweisen, seinen Eltern kein Geld mehr zuzustecken. Das brachte seinen Freund nicht weiter. Es war eine gute Entscheidung von Timothy gewesen Julies Nachnamen bei der Hochzeit anzunehmen. Wenn der Name ›Harbyn‹ für Sean schon so einen faden Beigeschmack hatte, wie musste es dann seinem besten Freund gehen? Der setzte sich plötzlich aufrecht hin.

»Erzähl es Julie nicht. Ich habe ihr nichts gesagt und meinetwegen muss sie es nicht wissen. Ich muss mir nur wieder ihre Tirade über das lossagen, Nummern ändern und so anhören. Du kennst den Sermon und wir gerieten in Streit.«

Sean zog die Augenbrauen in die Höhe, ließ Timothys Worte allerdings unkommentiert. Es war seine Sache, was er seiner Frau sagte.

»Okay. Was ist dann?«

»Darf ich nicht mal meinem besten Freund einen Abend zu zweit verbringen und einen Schluck trinken?«, fragte Timothy harsch. Erschrocken schlug er eine Hand vor den Mund. »Sorry.« Er nahm die Flasche und schenkte sich und Sean nach, dessen Glas halb voll war.

»Doch, darfst du.« Sean lehnte sich zurück und drehte sich mit dem Schreibtischstuhl. »Aber ich kenne dich.« Als er wieder vor Timothy ankam, stoppte er den Stuhl, beugte sich vor und tippte seinem Freund vor die Brust. »Muss ich dir wie früher alles aus der Nase ziehen oder tun wir so, als wären wir erwachsen und du sagst einfach, was dich bedrückt?«

Das entlockte Timothy ein Lächeln und Sean lehnte sich zufrieden zurück. Timothy trank erneut, seufzte und stellte das Glas ab. Dann verschränkte er die Hände im Nacken.

»Keine Ahnung, was genau ist. Es ist merkwürdig mit euch unter einem Dach zu leben.«

Sean grinste. »Das müsstest du doch noch von früher kennen. Du hast mehr bei uns gelebt als bei deinen Eltern. Nur liegt nun Julie neben dir und nicht ich.«

»Gott sei Dank. Sie sieht viel besser aus.« Timothy grinste und nahm das Glas erneut zur Hand.

»Hey. Ich sehe auch gut aus. Du weißt das nur nicht zu schätzen.« Sean grinste und kickte Timothy sanft gegen sein Schienbein.

Timothy ließ seinen Blick an Sean hinabschweifen und schüttelte den Kopf. »Nee, du bist zu flach.«

»Warte.« Sean stand auf und kramte in seinem Container unter dem Schreibtisch. Dort fand er zwei Luftballons, blies sie auf und schob sie sich unter seinen Wollpulli. »Besser?«

Sie brachen beide in Gelächter aus.

»Viel besser«, brachte Timothy heraus.

»Komm schon, Timmy, ich bins, Seany«, sagte Sean und benutzte die alten Kosenamen aus ihrer Kindheit.

»Manchmal fühle ich mich total minderwertig zwischen euch«, platzte Timothy heraus und trank sein Glas aus, um gleich wieder nachzuschenken.

Sean zog die Augenbrauen zusammen. »Was?« Mehr wusste er im ersten Augenblick nicht zu sagen. Die Aussage hatte ihn kalt erwischt. Minderwertig? Timothy? Der Typ, der alles zustande brachte? Sogar mit dem Wesen seiner Schwester umzugehen wusste?

»Ja.« Timothy blickte auf seine Füße und scharte verlegen mit ihnen über den Dielenboden.

»Warum?« Sean trank ebenfalls einen Schluck. »Ich meine, wie kommst du darauf?«

»Sieh euch doch an.« Timothy zeigte auf den Schreibtisch. »Du bist Lehrer, Julie Innenarchitektin und Cathal Tierarzt. Und ich?« Er hob die Schultern an und ließ sie wieder sinken. »Ich bin nur ein kleiner einfacher Tischler. Habe nicht mal studiert. Jetzt da ich so viel mehr mit eurer Arbeit konfrontiert werde, wird mir das immer deutlicher bewusst.«

Sean fehlten die Worte und er überlegte zugleich, wie er Timothy diesen absolut absonderlichen Gedanken austreiben konnte.

»Du bist kein kleiner einfacher Tischler.« Sean stellte sein Glas ab, nahm Timothy seines ab, das er erst wieder in die Hand genommen hatte. »Komm mit.« Er griff seinen besten Freund am Oberarm und schob ihn vor das große Bücherregal, das von beiden Seiten beladen werden konnte und als Raumteiler in ihrem Büro diente.

»Wer hat das gebaut?«, fragte er.

»Ich«, antwortete Timothy.

»Genau. Du. Und wer hat sich bei dem Bau fast den Daumen abgesägt, weil er zu blöd dafür ist?«

»Du.«

»Ganz richtig.« Sean zog Timothy weiter und versuchte nicht, an das Fiasko zu denken, das mit dem Bau des Regals einhergegangen war. Sein Daumen musste halb wieder angenäht werden und seitdem hielt er sich von jedweder Säge fern.

Mitten in der Eingangshalle blieb Sean stehen. »Wer hat das Geländer der Galerie aufgearbeitet, die Treppe und so vieles mehr in diesem Haus, sodass wir uns eine Menge Kosten und Handwerker sparen konnten?«

»Schon gut, Sean, ich habs doch verstanden«, wiegelte Timothy ab.

»Nein, sag es mir. Wer hat das alles gemacht?« Sean zog ihn weiter in die Küche. »Wer hat die gebaut? Komplett in Eigenleistung und mit Cathal die Wände für die Speisekammer hochgezogen?«

Timothy wand sich unter Seans bewunderndem Blick. »Lass es gut sein.«

»Sag es mir«, verlangte Sean. Aus dem Wohnzimmer hörten sie den Fernseher und Julie erschien im Durchgang zur Küche.

»Alles in Ordnung bei euch?«, fragte sie und sah sie prüfend an.

»Ja. Wir überlegen Chips zu essen und dabei zu quatschen«, erklärte Sean seiner Schwester, während Timothy weiter mit dem Rücken zu ihr stand und die Tür zur Speisekammer öffnete.

»Okay«, sagte sie langgezogen. »Viel Spaß.«

»Werden wir haben«, erklang Timothys Stimme aus der Kammer. Julie ging zurück ins Wohnzimmer und Timothy kam mit Chips und einem Rotwein zurück.

»Also, sag mir, wer ist dafür verantwortlich gewesen?«, wiederholte Sean leise und unerbittlich.

Timothy seufzte. »Ich.«

»Genau richtig. Du.« Wieder pikste Sean Timothy gegen die Brust. »Keiner von uns hätte das gekonnt.« Er holte aus dem Hängeschrank zwei Rotweingläser und sie gingen zurück ins Büro.

Sean öffnete den Wein und schenkte ihnen ein, während Timothy die Chipstüte aufriss und auf den Schreibtisch legte. »Nur weil du nicht studiert hast, bedeutet nicht, du wärst minderwertig. Du bist genauso viel wert, wie jeder andere auch. Ich bewundere deine Menschenkenntnis, wie du mit Julie zurechtkommst, wie du es geschafft hast, so ein toller Kerl zu werden, trotz deiner Eltern. Die Arschlöcher versuchen dir, genau das einzureden, doch das lasse ich nicht zu.« Selten sprach Sean so ernst mit Timothy. Meistens neckten sie sich oder veräppelten seine Schwester.

Timothy sah auf den Boden, scharrte mit den Füßen. »Es ist schwer, daran zu glauben. Ich sehe euch an, was ihr alles zu tun habt. Cathal wird nachts raus gerufen, weil er Leben retten kann. Julie macht Leute glücklich, nur indem sie deren Zimmer einrichtet und du? Bildest die zukünftigen Erwachsenen von morgen aus.« Er seufzte. »Ich hantiere mit Holz, baue ein paar Möbel, Treppen, Türen. Habe Eltern, die ich nicht unterstütze.«

Sean könnte in der Luft zerspringen, so sauer wurde er auf Timothys Erzeuger. Er konnte sie nicht als Eltern ansehen. Die verhielten sich anders. Selbst seine sich ständig streitenden Eltern kümmerten sich um Julie und ihn, obwohl sie bereits erwachsen waren.

»Timmy, deine Erzeuger haben dich nicht verdient. Keine Ahnung, wie du es geschafft hast, so ein liebenswerter Mensch zu werden, bei den Vorbildern. Du bist es wert, hier zu wohnen und zu leben. Mit Julie verheiratet zu sein und andere mit Möbeln glücklich zu machen. Mich macht das Regal ungemein happy. Es trennt mich von meiner Schwester, wenn wir gemeinsam in diesem Raum arbeiten müssen.« Nun griff Sean nach dem Whiskeyglas und leerte es in einem Zug. Der Whiskey brannte in seiner Kehle, doch er brauchte das jetzt. »Ein Studium sagt überhaupt nichts über einen aus. Du hättest mit links ein Medizinstudium hingelegt, wenn dir die Möglichkeiten offen gestanden hätten.« Sean sah Timothy eindringlich an. »Du brauchst am allerwenigsten Minderwertigkeitskomplexe zu haben. Wenn jemand irgendetwas haben sollte, dann wären das in meinem Fall Schuldgefühle. Ich habe dich nach der Schule alleine hier gelassen, mit deinen elendigen Arschloch-Erzeugern. Wohlwissend, wie sehr sie dir das Gefühl eines nutzlosen Sohnes geben würden. Du musstest arbeiten, damit die faulen Schweine nicht vor die Hunde gingen.« Sean kümmerte sich kein bisschen darum, wie er die Erzeuger von Timothy nannte. Hoffentlich sah er sie irgendwann auch so.

Oft genug bereute Sean, Timothy nicht überredet zu haben, mit ihm nach Dublin zum Studieren gegangen zu sein. Timothy hatte bereits als Jugendlicher im Supermarkt gejobbt, damit sie sich wenigstens hin und wieder mal nicht nur das Nötigste an Lebensmitteln leisten konnten. Sie hatten ihn Zeit ihres Lebens nur nieder gemacht, er war nie genug. Immerhin hatte er keine Geschwister, die dasselbe ertragen mussten.

Sean war bis heute nicht klar, wie viel Julie von all dem mitbekommen hatte. Er hatte dafür ein allumfassendes

Bild, teilweise, weil er es selbst erlebt hatte. Timothy war, seit Sean als Kind seinen Eltern davon berichtet hatte, immer bei den Ó Briains willkommen gewesen. Er war über die Jahre zu einem dritten Kind geworden und Sean fand es überhaupt nicht verwunderlich, als sein bester Freund nach der Hochzeit mit seiner Schwester begonnen hatte, ihre Eltern ebenfalls mit Mam und Dad anzusprechen.

Timothy schluckte und in seinen Augen schimmerte es verdächtig. Unwirsch wischte er sich darüber.

»Danke«, sagte er und griff nach dem Whiskeyglas, um es zu leeren. Er stellte es wieder ab, nahm das Weinglas und drehte es in der Hand.

»Außerdem spricht nichts dagegen, irgendwann noch einmal studieren zu gehen. Zudem baust du gerade neben deiner Hauptarbeit eine eigene Schreinerei auf ganz ohne Studium. Du musst nur den Mut haben, dich selbstständig zu machen, denn du bist einer der gefragtesten Schreiner der Gegend. Das muss man erst mal schaffen. So viel Aufträge, wie du nach deinem Feierabend zum Teil erledigst, haben andere wahrscheinlich nicht.« Sean nahm sich ebenfalls sein Glas und sie stießen an. Ein zartes Lächeln zeigte sich auf Timothys Gesicht.

»Das mit dem Studieren lasse ich mal lieber. Wir brauchen das Geld.«

»Timmy?« Sean stieß seinen besten Freund mit dem Fuß an.

»Ja?«

»Ohne dich wäre ich aufgeschmissen. Das weißt du, oder? Julie und ich haben das Zusammenleben in Dublin während ihres Studiums nur überlebt, weil du hin und wieder vorbeigekommen bist. Ohne dich hätte ich Cathal nie kennengelernt und darf ich dich erinnern, wer mich in der Schule verteidigt hat, als ich im letzten Schuljahr geoutet wurde?«

Timothy lächelte versonnen. »Du bist tatsächlich völlig aufgeschmissen ohne mich. Wie hast du nur die Jahre in Dublin hinbekommen, als du allein gewohnt hast?«

Sean zuckte mit den Schultern. »Ich habe keine Ahnung.«

Sie lächelten sich an.

»Kann das unter uns bleiben?«, fragte Timothy unsicher.

»Jedes unserer Gespräche bleibt unter uns.«

»Danke dir. Ehrlich.«

Sean war sich nicht sicher, ob seinem Freund die Unterhaltung geholfen hatte, aber zur Not würde er ständig wiederholen, was Timothy alles geschafft hatte. Bis er selbst daran glaubte, etwas wert zu sein.

Kapitel 12

Julie

Es war schon nach 23 Uhr, als Timothy endlich ins Bett kam. Julie blickte von ihrem Buch auf, wobei ihr fast die Augen zufielen, und sah ihm fragend entgegen. »Ich hoffe, du und Sean habt es nicht übertrieben.« Sie küsste ihn sanft, schmeckte Whiskey und Wein, gemixt mit der Minze seiner Zahnpasta und bekam nur ein vielsagendes Brummen zurück. Julie rümpfte die Nase. »Riecht nach einer gefährlichen Mischung aus Wein und Single Malt.«

»Irgendjemand muss den Whiskey trinken, den uns deine Eltern zum Einzug geschenkt haben.« Timothy seufzte und ließ sich in die Kissen fallen. »Zum Glück ist morgen Samstag.«

»Ich erinnere dich nur ungern, aber du willst dich morgen um die Kommode der Connors kümmern. Ihr habt den Termin abgesprochen.« Julie legte ein Lesezeichen zwischen die Seiten ihrer Lektüre und platzierte sie auf dem antiken Nachtkästchen neben sich. Ihr Mann stöhnte auf und schlug die Hände vors Gesicht.

»Na komm schon, wer abends lange aufbleiben kann, muss auch früh aufstehen können.« Julie schmunzelte.

»Ja, ja«, murmelte Timothy zwischen seinen Fingern hindurch und krabbelte unter die Decke.

»Gute Nacht, ich liebe dich.« Sie gab ihm einen Kuss auf den dunklen Haarschopf, machte das Licht aus und kuschelte sich in ihre Decke.

Von Timothy bekam sie erneut nur ein Brummen zurück. Wenige Minuten später erklang leises Schnarchen, das hoffentlich nicht schlimmer werden würde.

Was hatten die beiden Männer nur wieder so lange besprochen? Einerseits freute sie sich über die innige Freundschaft zwischen ihrem Bruder und Timothy. Andererseits fühlte sie sich oft ausgeschlossen und seit sie gemeinsam lebten noch mehr als zuvor. Kindische Gedanken. Die beiden hatten schon immer viel miteinander gemacht. Sie seufzte leise, um Timothy nicht zu wecken.

Sie hatte gewusst, worauf sie sich einließ, als sie mit Timothy zusammengekommen war, trotzdem wünschte sie sich manchmal, die beiden wären nicht ganz so eng. Heute Abend hatte sie merkwürdig paradoxe Gedanken. Sie freute sich wirklich über die Freundschaft.

»Jesus Christ, Julie, schlaf endlich und denke nicht über deinen Bruder und deinen Mann nach«, murmelte sie leise. Timothy grunzte und drehte sich auf die Seite. Sie schliefen nicht miteinander, waren nur befreundet. Mehr war da nicht.

Trotzdem beschlich sie das Gefühl, Timothy hatte mal wieder seine Probleme mit Sean statt mit ihr besprochen, wie so oft. Manchmal erzählte er ihr auch davon, doch eher selten. Über seine Kindheit, die sie zum Teil

85

mitbekommen hatte, sprach er nie. Über seine Eltern stritten sie nur. Wie konnte er ihnen immer noch beistehen, obwohl sie ihn wie einen totalen Nichtsnutz behandelten?

Das Karussell in ihrem Kopf hörte nicht auf sich zu drehen und sie konnte nicht einschlafen. Sollte sie vielleicht Baldriantropfen zu sich nehmen? Hatten sie überhaupt welche im Haus?

Als es ihr schließlich gelang, dämmerte sie in einen unruhigen Schlaf.

Als Julie von einem besonders lauten Grunzen ihres Mannes geweckt wurde, zeigte die Anzeige ihres Mobiles drei Uhr vierzehn. Erst versuchte sie wieder, einzuschlafen, doch Timothys Schnarchen und ein starkes Durstgefühl hielten sie davon ab. Es behagte ihr nicht, mitten in der Nacht durch das Haus zu wandern, es ergab jedoch keinen Sinn, bis zum Morgen wach zu liegen. In Zukunft sollte sie an eine Flasche Wasser am Bett denken.

Vorsichtig, um Timothy nicht zu wecken, stand sie auf und warf sich im Licht ihres Mobilebildschirms einen Cardigan über ihr Nachthemd. Erst im Flur aktivierte sie die Taschenlampe ihres Telefons. Im Gegensatz zu dem hellen Holz, das das Erdgeschoss dominierte, hatten sie hier vor allem die dunkle Vertäfelung aus dem 19. Jahrhundert herausgearbeitet. Die dunklen Holzdielen und die dazu passenden, schweren Türen wirkten in der Dunkelheit wie schwarze Abgründe.

Julie konnte sich kaum vorstellen, wie es gewesen sein musste, hier lediglich mit einer Kerze unterwegs zu sein, die den Träger eher blendete, als ihm Licht spendete. Es knarzte und knackte aus allen Richtungen. Geräusche, die Julie beim Schlafen mittlerweile gewohnt war, doch jetzt hier draußen fühlte sie sich plötzlich schutzlos und fröstelte unvermittelt, trotz des Cardigans.

Sollte sie ins Bad nebenan flüchten, um ihren Durst dort zu stillen? Allerdings waren nicht alle Rohre ausgetauscht worden. Wer wusste schon, was diese dem Leitungswasser zusetzten. Am Ende vergiftete sie sich.

Durch ihre dünnen Stoffschlappen kroch die Kälte des Bodens in ihre Füße. Um Geld zu sparen, heizten sie nur die Räume, die genutzt wurden. Die unbarmherzige Frische dieser Novembernacht ließ sie erneut frösteln. Betont langsam und jeden Zentimeter vor sich ausleuchtend, ging sie zur Treppe und machte sich an den Abstieg.

An diesem Geländer hatte Hutch Murphy sich erhängt. Hastig zog sie ihre Hand zurück. Tim hatte es rundherum aufgearbeitet, trotzdem fühlte es sich feucht an ihrer Handinnenfläche an. Ein Schauer lief Julie über den Rücken und sie wischte sich die Hand am Cardigan ab. Ihr Blick schweifte über die im Dunkeln schattenhaften Pfosten. An welchem wurde das Seil gehängt? Wie sah es überhaupt aus, wenn sich jemand erhängte?

Sie schüttelte den Kopf, wollte unbedingt den Gedanken loswerden. Trotzdem stiegen Bilder aus Mittelalterdokus vor ihr inneres Auge. Sie verzog angewidert das Gesicht.

Warum brauchte der Elektriker nur so lange, um das Problem mit dem Strom in der großen Halle in Griff zu bekommen? Dann hätte sie einfach Licht anmachen können und alles wäre fein. Aber nein, er fand das defekte Kabel nicht. Dabei funktionierte bei Abnahme alles.

Sie holte tief Luft. Jesus Christ, sie war erwachsen, was sollte ihr schon passieren? Ihre Fantasie schlug nur im spärlichen Schein der Taschenlampe Purzelbäume, mehr auch nicht.

»Jetzt reiß dich zusammen«, murmelte sie. »Denn genau das ist es doch, Fantasie.« Trotzdem erwartete sie bei jedem Schwenken des Telefons, eine bleiche Gestalt auftauchen zu sehen. Ihr Puls pochte schneller unter ihrer Haut.

Ein Knarzen ließ sie aufschrecken. Sofort erstarrte sie mitten auf der Treppe. Ihr Herz schlug ihr bis zum Hals. Mit der Mobiletaschenlampe leuchtete sie um sich herum und horchte nach dem Geräusch. Der wiederaufgebaute Kratzbaum warf lange Schatten an die Wände. Ansonsten blieb es still. Sie entdeckte nichts Außergewöhnliches.

Es war sicher nur arbeitendes Holz, aber für einen Moment hatte es sich angehört, wie ein gespanntes Seil, das leicht hin und her schwang. Widerlich, so ein Knarren.

Julie straffte die Schultern. So sehr sie sich durch äußere Gefasstheit beruhigen wollte, so konnte sie sich nicht zusammenreißen und lief die letzten Stufen hinab, über die Fliesen hinweg, durch die Tür in die Küche.

Kaum hatte sie schwer atmend den Raum betreten, huschte ein Schatten, viel schneller als ihr Gehirn das verarbeiten konnte, von einer Ecke der Küche quer durch das Zimmer ins Wohnzimmer.

Sie stieß einen Schrei aus und riss die Hand mit dem Telefon nach oben. Das Blut rauschte ihr in den Ohren und sie zitterte. Langsam schwenkte sie das Licht durch die Küche, bis ihr einfiel die Deckenlampe anzuschalten. Sie tastete nach dem Lichtschalter, fand ihn nicht. Wurde hektischer dabei.

»Ganz ruhig, Julie«, flüsterte sie. »Heute Abend war er noch da gewesen.« Sie leuchtete die Wand ab, da war er doch. Schnell klickte sie den Schalter um und die Lampe erhellte den Raum. Erleichtert atmete sie aus.

Sie schluckte trocken. Ihr Mund war endgültig ausgedörrt. Lange starrte sie auf den Durchgang ins Wohnzimmer. Die Schiebetür stand offen. Diese hatten sie heute Abend doch geschlossen. Sie selbst hatte es getan, um die Wärme im Raum so gut wie möglich zu halten. Sean oder Timothy mussten sie wieder aufgeschoben haben, bevor sie ins Bett gegangen waren.

Sie wusste nicht, wie lange sie dort gestanden hatte, ob Minuten oder Sekunden, bis sie endlich den Mut fand, sich aus ihrer Starre zu lösen.

Ihre Füße waren eiskalt, die Kälte zog sich von dort durch den ganzen Körper, trotzdem schwitzte sie. Mit weit aufgerissenen Augen schlich sie auf die Tür zu. Wenn jemand anderer, der sie kannte, sie so sah, hätte derjenige sicher nicht geglaubt, wie sehr sie Horrorfilme und Gruselgeschichten liebte.

Kurz vor der Tür stoppte sie und holte tief Luft. Vielleicht waren Sean oder Cathal noch unterwegs? Oder

Sean war betrunken auf dem Sofa eingeschlafen? Er vergaß doch ständig, die Türen hinter sich zu schließen.

»Verdammt, jetzt sei nicht so ein Angsthase«, schalt Julie sich. Mit einem schnellen Schritt war sie im Wohnzimmer und schaltete das Licht an.

Nichts. Da war rein gar nichts. Kein Sean, der auf der Couch lag und schnarchte, keine Miss Woodhouse, die es sich auf ihrem Lieblingsplatz im Körbchen vor dem Sofa bequem gemacht hatte. Erleichtert trat sie weiter ins Wohnzimmer hinein, ergriff den kleinen Kaminbesen und umrundete die beiden Sofas. Hatte sie sich den Schatten nur eingebildet? Nein, definitiv nicht. Er war größer als sie gewesen und hatte eine menschliche Gestalt gehabt. Oder spielte ihr Unterbewusstsein ihr doch einen Streich? Julie fuhr sich durch die Haare.

»Autsch«, rief sie leise aus. Mit dem Fuß war sie gegen den Schrank gestoßen. Sie hängte den Besen zurück an seinen Platz. Langsam normalisierten sich ihre Körperfunktionen. Dennoch hielt sie inne, bevor sie das Wohnzimmerlicht wieder löschte. Sie sammelte ihren restlichen Mut zusammen, drückte auf den Lichtschalter, packte die Schiebetür und zog sie hinter sich zu, als hätte sie Angst, die Dunkelheit könnte vorher in die Küche schwappen.

Sie atmete tief durch, legte das Mobile auf dem Tisch ab und holte sich eine Flasche Wasser aus der Speisekammer. Sicherheitshalber schaute sie unter die Regale, doch auch hier befand sich niemand. Sie schüttelte den Kopf über sich selbst. Wie konnte sie nur so schrecklich ängstlich sein?

Trotzdem würde sie in Zukunft nicht nur eine Flasche im Schlafzimmer deponieren, sondern einen Kasten in ihrem Bereich des Hauses lagern. Nächtliche Spaziergänge durch Callum Hall würde sie gerne vermeiden. Zumindest, bis der komplette Stromkreislauf endlich funktionierte und sie überall Licht machen konnte. Erschöpft trank sie in großen Zügen direkt aus der Flasche.

Sie sah sich noch einmal um. Irgendwo hier in diesem Raum starben James Redfield und seine Frau. Ihr Blut war auf diesem Boden vergossen worden. Auf denselben Dielen, die sie hier freigelegt und aufgearbeitet hatte. Obwohl von der Gewalttat nichts mehr zu sehen war, konnte sie den Anblick nicht ertragen und sie hatten Fliesen darüber verlegt.

»Hör endlich auf Hirn«, sagte sie laut. »Es ist über ein Jahrhundert her.«

Wieder zuckte Julie zusammen, als sie über sich im ersten Stock eine Tür gehen hörte. Eine Mischung aus Angst und Hoffnung regte sich in ihr. Konnte das einer der Männer sein? Klärte sich gleich auf, wer zuvor durch die Küche gegangen war?

Sie schraubte die Wasserflasche zu und hielt sie wie eine Waffe, während sie vorsichtig in die Eingangshalle trat. Sollte sie das Licht in der Küche anlassen? Im Hinblick auf die Stromrechnung beschloss sie allerdings, es auszumachen. Abgesehen von ihrem Telefon, das sie fest mit der anderen Hand umschlossen hielt, war es jetzt wieder völlig dunkel.

»Du schaffst das schon, Julie«, flüsterte sie sich zu, ließ den nutzlosen Schalter links liegen und ging die Treppe nach oben. Wer auch immer dort unterwegs war, hatte kein Licht angemacht.

Alles oberhalb des Treppenabsatzes lag in tiefer Schwärze. Abgesehen von den üblichen Geräuschen des Hauses war es still. Julies Hände zitterten wieder mehr. Das restliche Wasser in der Flasche schwappte gluckernd hin und her. Sie hielt den Lichtstrahl ihrer Lampe fest auf die Stufen gerichtet.

In der Galerie knarzte es. Langsame Schritte wanderten wenige Meter von ihr entfernt über den Boden.

Julie blieb stehen. »Hallo?«, fragte sie heiser. Sie räusperte sich und versuchte es erneut. Es kam keine Antwort, doch sie hörte die Schritte weiter auf die Treppe zukommen.

Plötzlich kam ihr der Gedanke unerträglich vor, auf dem dunklen Treppenabsatz eine Gestalt auftauchen zu sehen. Sie musste ihr zuvorkommen. Unter Aufbietung all ihres Mutes nahm sie die letzten Stufen und stand vor einer großen Männergestalt. Sie wollte schreien, doch ein Wimmern, war das Einzige, was sie herausbrachte.

Die Wasserflasche fiel dumpf auf den Teppich der Treppe und rollte Stufe für Stufe hinab, während sie es gerade so schaffte, sich am Geländer abzustützen und nicht rückwärts zu stürzen. Erst in diesen endlos langen Sekunden erkannte Julie ihren Mann.

»Tim?«, fragte sie mit bebender Stimme. »Tim! Warum schleichst du hier herum und antwortest mir nicht?« Sie hörte, wie hysterisch sie klang.

Timothy reagierte nicht. Er wirkte zwar wach, doch der Blick in seinen Augen war abwesend. Erst jetzt verstand

Julie, was mit ihm los war. Ihr Ehemann schlafwandelte. Das war schon lange nicht mehr vorgekommen, meist nur dann, wenn er dem Alkohol tüchtig zugesprochen hatte, oder die Lebenssituation besonders stressig war. Zumindest einer von beiden Faktoren war der Fall, wenn nicht sogar beide.

Julie seufzte erleichtert auf und überlegte einen Moment, ob sie die Wasserflasche holen sollte, beschloss dann aber, es erst am frühen Morgen zu tun. Sie konnte auf weitere Abenteuer in dieser Nacht verzichten. Energisch wischte sie sich den Schweiß von der Stirn, dann nahm sie Timothy sanft am Arm und führte ihn zurück ins Schlafzimmer. Er ließ sich widerstandslos mitnehmen.

Konnte er es gewesen sein, den Julie zuvor in der Küche gesehen hatte? Ein Teil von ihr klammerte sich an diese Hoffnung, doch das war unmöglich. Timothy war noch im Bett gelegen, als sie aufgestanden war.

Obwohl, flüsterte ihr eine Stimme zu, er hätte durch eine der anderen Türen im Wohnzimmer herein und wieder herausgegangen sein können.

Hätte er sie überholt beim Runtergehen, hätte sie es ebenfalls mitbekommen und einen anderen Weg gab es nicht. Er konnte nicht vor ihr in der Küche gewesen sein, um dann wieder im ersten Stock aufzutauchen.

Vielleicht waren es doch Cathal oder Sean gewesen, oder sie hatte Miss Woodhouse gesehen und ihr Unterbewusstsein hatte ihr einen Streich gespielt. Dabei wirkte der Schatten so echt und viel größer als die Katze, menschlicher. Tatsächlich kam ihr in der Erinnerung die

Situation nur noch halb so real vor wie vor wenigen Minuten. Energisch schüttelte sie den Kopf. Sie sollte aufhören, darüber nachzudenken und sich mehr auf ihren Mann konzentrieren. Sie wollte keine Anzeichen übersehen, die ihn aggressiv werden ließen. Nur zu häufig hatte sie es erlebt in ihrer Kindheit, als sie noch nicht wussten, wie sie mit Timothys Schlafwandler-krankheit umgehen sollten.

Julie packte Timothy zurück ins Bett und löschte ihre Taschenlampe, als sie selbst darin lag. Sie kuschelte sich fest an seinen warmen Körper und versuchte die düsteren Gedanken an Schatten, Geister und knarzende Dielen, die immer wieder zurückkehrten, zu ver-scheuchen, damit sie noch einige Stunden Schlaf bekam.

Kapitel 13

E s war Nacht.

Es war nicht die richtige Zeit, für Lebende durch das Haus zu schleichen.

Es war zu gefährlich.

Nicht für verlorene Seelen wie ihn und den Lord. Was sollte ihnen noch passieren, was nicht bereits ohnehin geschehen war? Auf ewig würden sie büßen, richtig?

Die Frau hatte sich erschreckt. Das war gut. Sie sollten nicht hier sein. Niemand sollte das. Es hatte längst begonnen. Wenn sie das Haus nicht bald verließen, würden schreckliche Dinge passieren.

Kapitel 14

Sean

Sean und Cathal kamen von einem ausgedehnten Spaziergang zurück. Draußen brach die Dämmerung herein, es war windig und kalt. Immerhin hatte es nicht mehr geregnet, wie Sean erleichtert feststellte. Er hasste es, nass zu werden. Am Eingang zogen sie ihre dicken Wanderschuhe aus und Sean pellte sich aus seiner klammen Jacke.

Er schüttelte sich und hängte sie in den großen antiken Garderobenschrank, der neben der Tür stand.

»Gehst du noch einmal ins Büro?«, fragte Cathal, der seine Jacke ebenfalls ablegte und ihre Schuhe auf die Ablage stellte.

»Ich wollte nur eben die Hefte zusammenpacken und in die Küche legen, damit ich das Montag früh nicht machen muss oder sogar vergesse. Du kennst doch mein Gedächtnissieb.« Sean hatte beinahe den ganzen Samstag über der Korrektur der Klassenarbeiten gesessen, mit ständigen Unterbrechungen, in denen er sich in der Küche herumgetrieben hatte, auf der Suche nach Seelenfutter. Cathal, der zwischendurch nach ihm gesehen hatte, hatte herzhaft gelacht und Sean geneckt, der nach einem Rausch immer so viel Hunger hatte. Timothy und er hatten den Whiskey halb und die Flasche Rotwein ganz geleert.

Julie und Timothy hatten sie nur kurz vor dem Mittag getroffen. Ihr Gespräch von gestern Abend ging Sean nicht mehr aus dem Kopf und er machte sich Gedanken um Timothy. Hatte ihr Gespräch ihm geholfen?

Vielleicht ein wenig.

Er wirkte zumindest vorhin nicht mehr ganz so betreten wie gestern Abend. Ob Timothy sich ihnen gegenüber auch minderwertig fühlen würde, wenn er studiert hätte?

Sean glaubte es nicht. Wahrscheinlich hätte er das Gefühl sogar, wenn er eine Koryphäe als Arzt oder Anwalt geworden wäre. Dafür hatten seine Erzeuger schon gesorgt. Wie gern würde er Timothy zeigen, was er in ihm sah, die Bewunderung über das, was er aus Holz schaffte und wie er sein Leben meisterte bei seinen Startvoraussetzungen. Er war ein geborener Kämpfer, der sich alles hart erarbeiten musste.

»Alles gut?« Cathal stupste ihn an und Sean blickte irritiert auf die offene Tür des Garderobenschranks.

»Ja.« Sean schüttelte den Kopf. »Ich habe nur eben über das gestrige Gespräch mit Timothy nachgedacht.«

»Du willst immer noch nicht drüber reden?«

»Nein, du weißt doch, was ich mit ihm bespreche, bleibt unter uns. Genauso wie unsere Unterhaltungen oder mit jemand anderem.«

»Schon gut.« Cathal beugte sich zu Sean und gab ihm einen Kuss. »Ich gehe hoch und netflixe, bevor wir essen.« Dann schlüpfte er in seine warmen Pantoffeln, durchquerte die Halle und lief die Treppe hinauf, während Sean ins Büro ging.

Im Türrahmen blieb er abrupt stehen, als er die Bescherung vor sich sah.

»Miss Woodhouse«, entfuhr ihm laut und Hitze kroch in ihm hoch. Seine Pulsader begann gefährlich schnell zu pochen und sein Mund verzog sich zu einer Linie.

Ein Teil der Hefte lag auf dem Boden, aufgeschlagen, teilweise in Fetzen gerissen und sein Schreibtischstuhl, am Rücken mit Netzstoff ausgestattet, war aufgeschlitzt worden. Mehrere Risse gingen durch den Stoff und die Sitzfläche.

»Miss Woodhouse, du Mistvieh! Wo bist du?« Sean sah sich um, selbst überrascht darüber, wie ruhig er blieb, angesichts der Zerstörung. Die Hefte seiner Schüler waren essenzielle Dokumente für die Benotung. Er atmete tief durch, ging in die Hocke und hob sie auf. Seine Wut wuchs. Sie waren zum größten Teil unbrauchbar. Er ließ sie liegen, stand auf und untersuchte den Schreibtischstuhl. Konnte eine Katze überhaupt mit ihren Krallen den Netzstoff zerreißen?

Unter einem zerfetzten Heft blitzte etwas Silbernes, Längliches hervor. Irritiert hob er es auf. Sein Brieföffner, ein Geschenk seines Vaters, der die Form eines Dolches hatte. Der lag normalerweise in der Stiftschublade seines Containers. Stirnrunzelnd betrachtete er diesen.

Eine Katze war bestimmt nicht in der Lage eine Schublade zu öffnen, einen Gegenstand herauszuholen und wieder zu verschließen, um den Brieföffner dann zu nutzen, oder?

Sean blickte sich unsicher um. War jemand eingebrochen? Die Eingangstür war verschlossen gewesen und es zog nicht in dem Raum, womit die Fenster alle geschlossen sein mussten. Die in seinem Blickfeld waren es zumindest.

»Hallo?«, rief er und hielt seinen Brieföffner wie eine Waffe vor sich. »Ist hier jemand?« Sein Herzschlag verdoppelte sich und es lief ihm kalt und heiß den Rücken hinunter. Vorsichtig setzte er einen Fuß vor den anderen. Lugte um das Bücherregal herum zu Julies und Timothys Seite. Tür und Fenster waren geschlossen. Er schlich zum Schreibtisch und sah darunter.

Niemand.

Sofort ließ er den Öffner fallen. Er sollte die Garda rufen. Jetzt überdeckten seine Fingerabdrücke die des Täters, wenn er welche hinterlassen hatte.

So schnell er konnte, rannte er aus dem Büro, die Treppe hinauf und in ihr privates Wohnzimmer.

»Du …«, Sean schnappte nach Luft. »Du … musst mitko…« Sean keuchte und Cathal war in zwei großen Schritten bei ihm.

»Sean?« Cathal sah ihn besorgt an. »Was ist los?«

»Die Schulhefte, kaputt. Mein Schreibtischstuhl aufgeschlitzt.« Sean kam nur langsam zu Luft und stützte sich auf seinen Oberschenkeln ab. Er sollte unbedingt mehr Sport treiben.

»Was?«

»Komm mit.« Sean ergriff Cathals Hand und zog ihn mit sich ins Büro. Der stierte für einen Moment auf den kaputten Stuhl und die Hefte am Boden.

»Fast alle zerstört«, sagte er nach einer gefühlten Ewigkeit und trat um sie herum. Auf dem Schreibtisch lagen nur noch drei. »Hast du im restlichen Haus geschaut, ob irgendwo jemand reingekommen ist?«

»Nein.«

»Miss Woodhouse konnte das nicht gewesen sein?«

Sean schüttelte den Kopf. »Ich habe den Brieföffner unter den Heften gefunden. Der liegt doch immer in der Schublade.«

»Stimmt.« Cathal verließ schnell das Zimmer und Sean folgte ihm.

»Wo gehst du hin?«

»Miss Woodhouse rufen. Ich will mich wenigstens überzeugen, ob mit ihren Krallen alles in Ordnung ist.« Cathal holte die Dose mit Katzenleckerlis aus der Küche und schüttelte sie. »Missy«, rief er laut und seine Stimme hallte in dem großen Raum wider. »Komm her, Missy, ich habe Leckerli für dich.« Wieder rüttelte er mit der Dose, in der es laut klackerte. Er wiederholte das Spiel mehrfach, bis die Katze auf dem Galeriegeländer erschien und elegant über ihren Kratzbaum nach unten kletterte.

»Angeberin«, murmelte Sean, der sich langsam beruhigt hatte. Die Katze strich um Cathals Beine und er beugte sich zu ihr nieder. Holte einen Snack aus der Dose und hielt ihn Miss Woodhouse hin. Die fraß ihn aus der Hand und Cathal nahm die Katze auf den Arm. Legte sie auf einen der Böden des Kratzbaums und untersuchte nacheinander die Tatzen. Dabei redete er beruhigend auf Miss Woodhouse ein, die das mit sich geschehen ließ.

»Wie machst du das immer? Bei dir lässt sie alles zu.«

»Sie mag mich eben. Ich bin lieb zu ihr.« Cathal ließ die Katze los, streichelte sie und holte ihr einen weiteren Snack aus der Dose. »Die Krallen sind alle in Ordnung.« Cathal fuhr sich durch seine Locken. »Wir sollten das Haus auseinandernehmen und Julie und Timothy fragen, ob sie etwas mitbekommen haben.«

Zusammen gingen sie im Erdgeschoss und in ihrem privaten Teil nacheinander die Räume ab, rüttelten an jeder Tür, die nach draußen führte und prüften jedes Fenster, aber alles war fest verschlossen.

Dann klopften sie bei Julie und Timothys privatem Wohnzimmer an, doch keiner antwortete ihnen. Sean öffnete die Tür und fand das Zimmer verlassen vor. Er prüfte die Fenster, auch hier war alles verriegelt.

Bevor sie in einen anderen Raum gingen, klopften sie an und betraten ihn nach einer kurzen Wartezeit. So arbeiteten sie sich durch die Zimmer, zwischendurch rümpfte Sean die Nase über Julies Unordnung.

»Wer war das bitteschön und wie ist die Person reingekommen, wenn alles verrammelt ist?«, fragte Sean, als sie wieder im Büro vor den Heften standen. Er holte sein Mobile aus der Hosentasche und wählte Julies Nummer, landete jedoch nur auf der Mailbox. »Jesus Christ, warum geht sie nie ran, wenn ich sie brauche?« Sean warf das Telefon auf den Tisch und verschränkte seine Hände am Hinterkopf. »Rufen wir die Garda?«

Cathal zuckte mit den Schultern. »Keine Ahnung.«

»Ich muss. Das sind Klassenarbeiten.« Sean trat mehrfach gegen den Schreibtisch, verursachte dabei einen Luftzug, der einige Schnipsel aufwirbelte.

»Du solltest weniger Unordnung verursachen, wenn du die Garda rufen musst. Komm, wir verlassen den Raum und du rufst auf der Dienststelle an.«

»Ja, wird wohl besser sein.« Sean griff sein Mobile vom Schreibtisch und sie gingen in die Küche. Seine Wut verrauchte, wurde durch das nagende Gefühl im Magen, jemand Fremdes ohne ihr Wissen im Haus gehabt zu haben, ersetzt.

Es dauerte nicht lange und zwei Gardaí kamen, um alles aufzunehmen. Sean und Cathal machten ihre Aussagen, einer der Guards packte den Brieföffner und die Schulhefte ein, als Julie und Timothy nach Hause kamen.

»Was ist denn hier los?«, fragte Julie fassungslos und deutete auf einen der Guards, mit dem Sean und Cathal in der Halle standen.

»Ist euch was passiert?«, fragte Timothy mit geweiteten Augen.

»Uns geht es gut.« Sean erklärte kurz, was er und Cathal vorgefunden hatten, als sie nach Hause gekommen waren. »Irgendjemand muss hier eingedrungen sein, vermutlich durch einen uns unbekannten Eingang.«

»Es kommt jetzt noch Verstärkung. Wir müssen das Haus auf Einbruchspuren untersuchen«, unterbrach der Guard sie.

»Alles klar«, antwortete Cathal.

Julie schlang die Arme um ihren Oberkörper und wurde kalkweiß. »Ich hätte doch die Ursprungspläne auftreiben sollen«, murmelte sie.

»Selbst du glaubst nicht mehr an ihre Existenz«, sagte Sean und schnaubte.

Zwei weitere Gardaí betraten die Halle und wurden von den Kollegen eingewiesen. Sie machten sich sofort ans Werk, begleitet von Timothy und Cathal, die sie durch das Haus führten.

»Aber wir hätten es versuchen müssen.« Julie hob ihre Stimme an. Sie stand kurz vor einer Explosion. Sean kannte Julie gut genug. »Wo konnten die denn reinkommen, wenn ihr alles überprüft habt?« Sie erschauerte und Sean nahm seine Schwester in den Arm. In ihm selbst schwelte die Angst davor, was alles passieren könnte, wenn sie nicht herausfanden, wie die Person, die das angerichtet hatte, hereingekommen war.

Kurz hatte er in Erwägung gezogen, es könnte einer seiner Schüler oder Schülerinnen gewesen sein. Allerdings stand keiner vor der Wiederholung der Klasse, auch wenn nicht jeder Glanznoten hatte.

»Alles wird gut. Keine Sorge. Es sind nur mein Stuhl und die Hefte betroffen«, flüsterte er sowohl sich als auch Julie Mut zu.

»Dein Wort in Gottes Ohr.«

»Amen.«

Plötzlich versteifte sich Julie in Seans Armen und löste sich aus ihnen. »Missy? Geht's ihr gut?« Julie war bleich geworden.

»Ja, Cathal hat sie eben untersucht.«

Julie stieß Luft aus. »Gut.«

Eine Stunde später verließ die Garda das Haus mit dem Versprechen, sich sofort zu melden, sollten sie weitere Fingerabdrücke als die am Brieföffner oder sonstiges finden.

Erschöpft fanden sich Sean, Cathal, Julie und Timothy in ihrem gemeinsamen Wohnzimmer zusammen. Sean ließ sich auf das Sofa fallen.

»Die Schüler glauben mir doch nie, wenn ich ihnen das erzähle.« Er fuhr sich übers Gesicht.

»Die viel drängendere Frage ist, wie ist die Person reingekommen?« Julie setzte sich Sean gegenüber aufs Sofa.

»Das ist wirklich mysteriös. Die Garda hat nichts gefunden. Nicht mal den kleinsten Kratzer. Dabei haben sie alles auf den Kopf gestellt.« Cathal setzte sich neben Sean und legte ihm eine Hand auf den Oberschenkel.

Sean war froh, Cathal heute an seiner Seite zu haben. Er griff nach der Hand auf seinem Bein und drückte sie dankbar.

»Sie haben sogar auf dem Dachboden nachgesehen. Ich muss unbedingt Lebendfallen aufstellen für die ganzen Mäuse dort und wir sollten einen weiteren Termin mit dem Schädlingsbekämpfer machen.«

Sean schüttelte sich. »Könntest du bitte damit aufhören?« Er ekelte sich vor den kleinen Tieren, die so flink von einer Ecke in die andere huschten.

»Also, was machen wir?«, fragte Timothy, der sich zu Julie setzte und sie in seine Arme zog.

»Keine Ahnung.« Cathal zuckte mit den Schultern.

»Ich bin für ein Überwachungssystem«, warf Sean ein.

»Kameras und so?« Julie biss auf ihrer Unterlippe herum. »Eine Alarmanlage?«

»Das Haus ist groß. Wir bewohnen nur einen Bereich davon. Der komplette zweite Stock steht leer, wird nur als Showroom für Julies Firma genutzt und dann der unbenutzte Teil des Dachbodens.« Sean zählte es an seinen Fingern ab.

»Ich hole uns mal Angebote ein, für alle in Ordnung?« Timothy blickte in die Runde und alle nickten. »Aber vor dem neuen Jahr bekommen wir da bestimmt nichts mehr installiert.«

»Was ist mit einem Wachhund?«, schlug Julie vor, die, wie Sean sehr genau wusste, kein Hundefreund war.

»Der muss erst ausgebildet werden«, wandte Cathal ein. »Nein, wir müssen auf die Garda vertrauen, die hoffentlich Spuren an den Heften, dem Stuhl oder dem Brieföffner findet und wir schnellstmöglich zumindest eine Alarmanlage bekommen.«

Erneut nickten sie. Sean sah sich in der Runde um, sie schienen sich ebenso wie er zu fühlen: Nicht mehr sicher in den eigenen vier Wänden.

»Jemand Hunger?«, fragte Timothy, als sie einige Zeit ihren Gedanken nachgehangen hatten, und erntete nur Kopfschütteln.

Kapitel 15

Dieser Dolch.

Ihn in der Schublade zu sehen, hatte ihn aufgewühlt. Dieser Mann nutzte ihn, um Briefe zu öffnen, doch wenn er die handlange Klinge betrachtete, stiegen vor ihm die Gesichter der Frauen auf, die in Callum Hall durch eine solche ihr Leben gelassen hatten. Wie unbeschwert die jetzigen Bewohner über den Boden gingen, an denen das Blut der Vergangenen klebte. Wenn er nichts tat, würde bald noch mehr vergossen werden.

Viele Menschen waren heute durch die Flure gegangen, hatten ihre Nase in jede Ecke gesteckt. Gefunden hatten sie nichts. Er hatte den Lord mitten unter ihnen gesehen. Sein verzerrtes Gesicht war zwischen den uniformierten Gestalten hervorgestochen wie eine Distel im Rosenstrauch. Wenn sie nicht einmal ihn unter sich spüren konnten, wie sollten sie dann irgendetwas entdecken?

Er war so müde.

Er wollte einfach nur ein Ende.

Kapitel 16

Julie

*J*ulie starrte in die Dunkelheit ihres Schlafzimmers. Vor dem Einschlafen hatten Timothy und sie ein Teelicht im Glas auf der Kommode angezündet, doch das war längst abgebrannt. Auf dem Flur hörte sie Schritte, die sie Sean und Cathal zuordnete. Timothys Wecker würde sich bald bemerkbar machen.

Sie lag schon eine ganze Weile wach und horchte auf die Geräusche des Hauses, während sich ihre Gedanken unaufhörlich im Kreis drehten. Der Einbruch hing ihr mehr nach, als sie es sich eingestehen wollte. Zudem dachte sie ständig an den Schatten in der Küche vor einigen Nächten zurück. Hatte es sich dabei womöglich um einen Einbrecher gehandelt?

Allein die Vorstellung ließ ihr Herz aufs Neue rasen. Vorsichtig tastete sie nach Timothys Körper neben sich und kuschelte sich an ihn. Er brummte leise und griff nach ihrer Hand, bevor seine Atemzüge wieder regelmäßiger wurden. Die Hitze, die er abstrahlte, wurde ihr meist sehr schnell zu viel, weswegen sie diese Stellung normalerweise nicht lange aushielt, doch jetzt war der Trost seiner Nähe wichtiger als ihre körperliche Befindlichkeit.

Langsam wurde ein grauer Streifen Licht neben den schweren Vorhängen ihrer Fenster sichtbar. Die Sonne ging auf und würde hoffentlich ihre düsteren Gedanken über ihre Angst vor einem menschlichen Eindringling und dem Übernatürlichen verscheuchen.

Am gestrigen Abend waren sie alle ganz selbstverständlich von Ersterem ausgegangen, doch seit die Dunkelheit hereingebrochen war, kam ihr die Vorstellung von einem Geist nicht mehr abwegig vor.

Die Gerüchte über Callum Hall gab es nicht umsonst und die Geschichte des Hauses war kein Geheimnis. Die Redfields wie die Murphys hatten genügend Gründe, nach ihrem Tod in diesen Mauern zu verweilen.

Bisher hatte Julie nie ernsthaft an Geister geglaubt, auch wenn sie zu viel Respekt davor gehabt hätte sich an ein Geisterbrett zu setzen oder an einer Séance teilzunehmen. In einem Haus wie diesem allerdings wirkten die gruseligen Legenden, die sie so gerne mochte, viel realer als in ihrer alten Wohnung.

Julie zuckte zusammen, als Timothys Mobilewecker zu einem aggressiven Piepen ansetzte. Sie hatte schon oft versucht, ihn von Musik als Weckton zu überzeugen. Nachdem er jedoch mehrfach verschlafen hatte, war sie davon wieder abgekommen. Während sie also weiterhin jedes Mal senkrecht im Bett saß, ließ sich Timothy gerade so von der penetranten Geräuschkulisse wecken.

Grummelnd gab Timothy ihr einen Kuss und entzog sich dann Julies Umarmung.

»Bleib noch ein bisschen«, bat Julie und versuchte, ihn an den Fingerspitzen zurückzuhalten, doch ihr Bemühen war umsonst. Ihr Mann murmelte irgendetwas von aufstehen und tapste durch das Zimmer, um sich seine Kleidung zusammenzusuchen. Insgeheim bewunderte sie es, wie er sich direkt nach dem Klingeln des Weckers erheben konnte. Würde er es allerdings nicht machen, schliefe er sofort wieder ein.

Missmutig, weil sie keine Kuschelzeit bekommen hatte, beobachtete sie ihn bei seiner Morgenroutine durch die Tür, lauschte dem Rauschen des Wassers in dem kleinen, angrenzenden Bad, als er duschte und wagte einen erneuten Versuch, ihn zu sich zu locken, als er wieder herauskam.

»Willst du dich nicht noch einmal kurz zu mir legen?«, fragte sie in verführerischem Ton, während sie sich lasziv streckte, um ihre Brüste unter dem dicken Flanellpyjama in Szene zu setzen. »Ein wenig Morgensport bevor der Tag beginnt …«

»Tut mir leid, aber ich bin heute im Stress. Ich will als Erstes in der Werkstatt sein, um gleich an das Schleifgerät zu kommen. Ansonsten sind der Chef und sein Verwandter wieder schneller, der mehr Schaden anrichtet als zu arbeiten.«

Timothy setzte sich zu ihr ans Bett und drückte ihr einen Kuss auf die Lippen, doch noch bevor sie ihn näher an sich ziehen konnte, machte er sich daran seine Socken anzuziehen.

Er lächelte entschuldigend. »Außerdem kündigt sich gerade eine Migräne an.«

Julie seufzte. Seit ihrer ersten Nacht in dem Haus waren sie sich nicht mehr körperlich nahe gewesen. Immer waren sie zu müde, zu gestresst, oder nicht in der Stimmung. »Dann vielleicht heute Abend?«

»Wenn meine Tabletten anschlagen gerne.« Timothy zog sich die Hose hoch und streifte Shirt und Pullover über. Dann gab er ihr einen letzten Kuss und öffnete die Vorhänge, was Julie ein Lächeln entlockte. Ihr Mann wusste, wie sehr sie es liebte, im Bett liegend aus dem Fenster zu sehen und den Himmel zu beobachten. »Bis später.«

Auf dem Weg aus dem Zimmer drehte er sich noch einmal um. »Ruf an wenn irgendetwas sein sollte, ja? Also falls du den Verdacht hast, hier schleicht jemand herum oder ähnliches.«

»Vielen Dank für die Erinnerung«, antwortete Julie grummelnd, doch ihr Mann war bereits verschwunden.

Entgegen ihren Erwartungen war Julie noch einmal eingeschlafen. Als sie erwachte, war es hell. Heller würde es heute wohl nicht werden, überlegte Julie, während sie nach draußen und in den dunkel verhangenen Himmel sah. Unwillig schälte sie sich aus ihrem warmen Kokon von Federbett und Biberbettwäsche und trat ans Fenster. Der Blick wurde nicht besser und bot eine düstere Szenerie. Die Bäume im Garten bogen sich im Wind und es war nur eine Frage der Zeit, bis sich Regen darüber ergießen würde.

Unter anderen Umständen liebte Julie diese Art von Wetter, das in Verbindung mit dem Pfeifen des Windes um das Haus genau ihrem theatralischen Charakter entsprach. Heute hätte sie einen freundlicheren Tag begrüßt, um ihr Gemüt zu erhellen.

Sie blätterte in ihrem Kalender, suchte den heutigen Tag. Ihr erster Kundentermin fand heute erst um elf Uhr statt. Da hatte sie noch ausreichend Zeit. Am Nachmittag würde sie in die Stadt fahren, um sich Stoffe für die Esszimmerstühle von Mr und Mrs Green anzusehen, die sich nun doch für eine Rundumerneuerung entschieden hatten. Das Ehepaar war zwar eine Herausforderung für Julies Nerven, aber der Auftrag hatte sich als sehr rentabel erwiesen.

Julie streckte sich und schob alle unheimlichen Gedanken von sich. Sie war schon auf dem Weg in ihr Bad, als sie eine bessere Idee bekam. Die Bäder im ersten Stock waren nur mit Duschen ausgestattet, allerdings gab es im Erdgeschoss in dem großen Bad eine Wanne. Der Gedanke an ein heißes Schaumbad kam ihr gerade sehr verlockend vor und so griff sie ihre Kleidung für den Tag und machte sich auf den Weg nach unten.

In der Eingangshalle wurde sie von Miss Woodhouse begrüßt, die ihr schnurrend um die Beine strich.

»Guten Morgen, meine Liebe«, sagte sie zu ihrer Katze und beugte sich zu ihr hinunter. Ausgiebig widmete sie ihr einige Minuten hingebungsvollen Kuschelns. Langsam schwanden auch die Reste ihrer Angst aus der Nacht.

»Wie sieht's aus? Hast du Hunger?«, fragte sie Miss Woodhouse, während sie ihr den Bauch kraulte. Julie erhob sich und betrat mit ihr die gut geheizte Küche. Zufrieden entdeckte sie die leere Dose Katzenfutter im

Müll. Timothy musste die Katze bereits gefüttert haben, was diese natürlich ganz anders zu sehen schien. Auffordernd trabte das Tier an ihren Napf und stieß ihn mit ihrer Schnauze an.

»O ja, du bist regelrecht am Verhungern, nicht wahr?« Sie begann erneut damit die Katze hinter den Ohren zu kraulen. »Genauso wie du niemals gestreichelt wirst, du armer Schatz.« Sie gab ihr einen Kuss auf die Nase, ließ von ihr ab und betrat das Bad.

Die helle und alte Holzvertäfelung in diesem Raum war mit einer besonderen Beschichtung versehen worden, damit sie die Feuchtigkeit abwies. Ein Sprossenfenster gab die Sicht in den Garten frei und darunter befand sich eine Jugendstilwanne mit Löwenfüßen, die Julie auf einem Antiktrödelmarkt erstanden hatte. Rechts davon stand ein Waschtisch mit einem großen Spiegel darüber, der von einem Goldrahmen umsäumt war. Timothy fand das Teil kitschig, aber es war aus dem Bestand des Hauses. Dafür war ihr eigenes Bad im ersten Stock sehr modern eingerichtet.

Julie warf einen prüfenden Blick aus dem Fenster, bevor sie heißes Wasser in die Wanne laufen ließ. Währenddessen steckte sie sich die roten Haare zu einem Dutt nach oben und besah sich ihre Augenringe. Kurzentschlossen ging sie noch einmal in die Küche, um sich eine Gesichtsmaske aus Joghurt, Honig und geriebener Gurke anzurühren. Heute wollte sie das volle Wohlfühlprogramm auskosten.

Beschwingt betrat sie mit der Schüssel in der einen Hand und ihrem Mobile in der anderen erneut das Bad.

Sie stellte Ersteres auf dem Waschtisch ab, den Blick auf das Display gerichtet, auf der Suche nach der passenden Musik. Ein dichter Schleier aus warmem Dampf bildete sich bereits, der sich feucht auf ihre Haut legte und tief in ihre Lunge eindrang.

Julie war fündig geworden. Die feinen Töne von Harfe und Flöte erklangen aus dem Lautsprecher. Sie legte das Telefon ab und schloss den Wasserhahn der Wanne. Dann entledigte sie sich ihres Pyjamas und nahm stattdessen einen Bademantel von einem Haken, den sie sich überwarf. Ein letztes Mal rührte sie die Gesichtsmaske in der Schüssel um und wandte sich wieder dem Spiegel zu.

Mitten in der Bewegung erstarrte sie. Ihr Gesicht erkannte sie nur schemenhaft im beschlagenen Glas. Quer darüber stand etwas geschrieben. Mit schneller schlagendem Herzen beugte Julie sich vor und kniff die Augen zusammen, um die Buchstaben besser erkennen zu können, auch wenn das nicht nötig war. Nur ein einziges Wort stand dort: »Flieht!«

Einen langen Moment überlegte Julie, ob es sich hierbei um einen schlechten Scherz von Sean handelte. Er liebte es, sie mit ihren eigenen Schauergeschichten zu erschrecken. Während ihrer Kindheit hatten sie sich oft Nachrichten auf Spiegeln und Fensterscheiben hinterlassen, was ihre Mutter jedes Mal ärgerte. Einmal geschrieben, waren sie Tage später noch da, sobald die Oberfläche beschlug.

Diese Nachricht allerdings war frisch. Sie konnte die kleinen Tröpfchen innerhalb der Buchstaben erkennen, die der Schreiber mit seinem Finger hinterlassen hatte. Bei älteren Botschaften gab es die nicht mehr, außerdem verblassten sie mit der Zeit, diese jedoch war klar und deutlich zu sehen.

Die Härchen an ihrem gesamten Körper stellten sich auf. Mit einem Mal war ihr eiskalt. Sie ruckte mit ihrem Kopf zur Seite. War da gerade ein Luftzug gewesen? Ängstlich und hektisch sah sie sich um. Zog unbewusst den Bademantel enger um sich und hielt die Enden fest verschlossen.

Sie hatte es ganz klar am Hals und der Wange gespürt, bildete sich nichts ein. Langsam schritt sie durchs Bad, sah in die volle Wanne, doch hier gab es keine Versteck-möglichkeit. Sie war vollkommen allein. Mit zitternden Fingern trat sie an die Tür zur Eingangshalle heran, horchte auf jedes Geräusch.

Vorsichtig streckte sie eine Hand aus und drückte den Türknauf nach unten. Verschlossen. Sie schloss die Augen und atmete tief ein. Nun die nächste zur Küche.

Das Herz pochte ihr bis zum Hals und ihr Puls hatte sich in schwindelerregende Höhen geschraubt. Als sie auch die Tür zur Küche prüfte, fuhr sie sich mit der Zunge über ihre trockenen Lippen. Verschlossen.

Julie atmete erleichtert aus und richtete ihr Gesicht zur Decke.

»Jesus Christ, ich wollte doch nur baden«, murmelte sie und erschrak sich fast vor ihrer eigenen Stimme, die ihr überlaut in den Ohren klang.

Langsam beruhigte sie sich. Unter Garantie hatte Sean ihr einen Streich gespielt. Der Spiegel war alt, vielleicht verhielt es sich mit Botschaften darauf anders, als sie es von früher gewohnt war. Aber den Lufthauch konnte sie sich nicht erklären. In der Küche war es warm, alle Türen und Fenster geschlossen, auch in der Eingangshalle herrschte keine Zirkulation, die so einen deutlichen Zug zugelassen hätte. Woher kam er nur? Das Holz war bei der Renovierung versiegelt worden, es konnte auch von keinem alten Kaminschächten stammen. Unwillkürlich fasste sie sich an den Hals und die Wange. Hatte sie es sich doch eingebildet?

»Jesus Christ, was geht hier vor?«, murmelte sie, ließ die Angst der Nacht nicht zu, die sich wieder an die Oberfläche kämpfen wollte.

Erneut sah sie sich um. Da waren sie noch immer. Die Buchstaben auf dem Spiegel, die ihre Botschaft in einer klaren Sprache vermittelten. Vielleicht doch nicht Sean?

Erneut zog sie den Bademantel schützend um sich. Kontrollierte mit den Augen die Fenster, ob sie richtig verschlossen waren und erstarrte. Auf den zwei unteren Fensterabschnitten war ebenfalls etwas. Sie ging sachte in die Knie, drückte danach die Beine durch. Wiederholte den Vorgang und ihr Puls nahm wieder Fahrt auf. In ihren Ohren begann es zu rauschen.

Je nachdem wie sie stand, ob sie den Himmel, oder das dunkle Gras hinter den Scheiben sah, konnte sie zwei Handabdrücke erkennen, die nach unten hin … abrutschten. Als hätte dort jemand verzweifelt Halt gesucht, ihn aber schließlich verloren.

Es fröstelte Julie und die Erstarrung, in die sie verfallen war, löste sich schlagartig. Geistesgegenwärtig griff

sie nach ihrem Mobile und versuchte, den Raum flucht-
artig in Richtung Küche zu verlassen.

»Jesus Christ«, fluchte sie erneut, weil ihre schweißnassen Finger ständig vom Schlüssel abrutschten. Die
dampfende Hitze im Raum machte es nicht besser. Sie
brauchte drei Anläufe, bis sie ihn gedreht bekam, die Tür
aufriss und in die Küche stolperte.

Sie warf die Tür hinter sich zu und blieb schwer und
abgehackt atmend stehen. Am liebsten wäre sie direkt
nach draußen gerannt, raus aus diesem verfluchten Haus,
sie trug jedoch nichts als einen Bademantel. Zumindest
etwas anziehen sollte sie sich, doch ihre Klamotten lagen
im Bad und um Neue zu holen, musste sie nach oben.
Nach einer gefühlten Ewigkeit entschied sie, lieber nach
oben als zurück in das Badezimmer zu gehen.

In dem Raum wurde Rhona Murphey damals tot
aufgefunden, wie ihr nun bewusst wurde. Ein kalter
Schauer lief ihr über den Rücken und sie schüttelte sich.
Dennoch ließ sich das Grauen, das sich in ihr hochschlich,
nicht unterdrücken. Sie musste aus dem Haus, nur raus
hier und wieder atmen können.

Da sie nicht einmal Schuhe trug – auch die befanden
sich im Nebenraum – schlüpfte sie in Seans Gartenschlappen neben der Hintertür und eilte in die
Eingangshalle.

Eine erste Erleichterung, als sie Miss Woodhouse sah,
verflüchtigte sich schnell wieder. Das Tier stand mit
aufgerichtetem Schwanz und gesträubtem Fell unterhalb
der Treppe und starrte gespannt nach oben. Mehrfach
fauchte sie laut.

116

Julie folgte dem Blick ihrer Katze, entdeckte aber nichts. Der obere Absatz war von hier unten nur schlecht einsehbar und die Lichtverhältnisse waren nach wie vor mies. Miss Woodhouse schien auch etwas zu spüren. Sie hatte sich den Lufthauch nicht eingebildet.

Irgendetwas stimmte hier heute Morgen ganz und gar nicht. Am ganzen Leib zitternd griff sie sich die Katze, stürmte zur Eingangstür, nahm zusätzlich zu ihrem Mobile noch ihren Schlüssel in die andere Hand und verließ Callum Hall.

Eine halbe Stunde später saß Julie in einer gemütlichen kleinen Küche, vor ihr ein Teller Apfelkuchen und ein dampfender Becher Tee, neben ihr eine besorgt dreinblickende Mrs Walsh.

»Es tut mir so so leid«, entschuldigte sich Julie zum wiederholten Male, schob den Teller von sich. Appetit hatte sie keinen, der war ihr vergangen. Dafür trug sie mittlerweile mehr als nur einen Bademantel und Seans Gartenschlappen. Mrs Walsh hatte ihr einen Pullover und eine Hose, die einmal deren verstorbenem Mann gehört hatte, dazu gestrickte Socken, gegeben. »Ich wusste nicht wohin. Timothy geht nicht ans Telefon, Cathal hat Operationstag und Sean ist in der Schule.« Sie fuhr sich durch die Haare.

Wie gerne hätte sie jetzt Miss Woodhouse bei sich. Doch die Katze hatte sich nach der Flucht aus dem Haus aus ihren Armen entwunden und war im Garten verschwunden. Sie würde durch ihre Katzenklappe wieder ins Haus kommen. Wobei Julie hoffte, ihre Katze würde sich fernhalten, solange niemand von ihnen in Callum Hall war. Auf ihrem Schoß hatte jetzt ein weißer Terrier Platz genommen, der gierig auf den unangetasteten Kuchen stierte.

Die gewohnte Wärme und Geborgenheit, die Miss Woodhouse ihr oft schenkte, konnte er ihr nicht geben. Wenn sie ganz ehrlich zu sich war, wünschte sie sich Timothy herbei. Sie könnte nach ihrem Termin mit ihm telefonieren. Dann hätte er Pause.

»Kein Grund, sich zu entschuldigen«, entgegnete Mrs Walsh, »bleiben Sie, solange Sie wollen.« Sie hatte sich bisher die Fragen aufgespart, ein Umstand für den Julie dankbar war. Sie blickte auf die Porzellanuhr an der Wand. Sie hatte noch eine Stunde Zeit bis zu ihrem Termin. Ihre Kunden mussten wohl erst einmal in diesem Outfit mit ihr vorlieb nehmen.

»Ich danke Ihnen, aber ich werde Ihre Gastfreundschaft nicht mehr lange in Anspruch nehmen.« Sie kraulte den Terrier, der leise winselte, den Blick weiter auf den Kuchen geheftet. Die von Mrs Walsh ausgestrahlte Ruhe half Julie, wieder runterzukommen und klar denken zu können.

»Sagen Sie, Mrs Walsh ...« Julie stockte, bevor sie weitersprach. »Haben Sie je etwas von den Geisterphänomenen in Callum Hall mitbekommen?«

Die alte Dame schüttelte den Kopf. »Nicht wirklich. Ich habe die Wesensveränderung von Mr Murphey miterlebt, aber das war Stress, vermutlich würde man heute von einer Psychose reden, kein Geist, oder Fluch, oder was auch immer.«

Julie nickte langsam. »Aber andere Hausbewohner haben Dinge erlebt, nicht wahr? So wird es sich zumindest erzählt.«

Mrs Walsh seufzte und strich unsichtbare Krümel vom Tischtuch. »Ja, so erzählen sie. Ich weiß nicht, was davon echt und was Einbildung ist.« Sie verzog unwillig den Mund, was ihr Gesicht noch faltiger erscheinen ließ. Wäre Julie der abweisende Ton nicht aufgefallen, spätestens beim verschlossenen Gesichtsausdruck der älteren Dame hätte sie Bescheid gewusst.

»Es tut mir leid, ich wollte Sie nicht damit belästigen.« Julie strich mit dem Finger über die heiße Tasse vor sich. »Aber da sind ein paar Dinge, die ich mir nicht erklären kann.« Julie fasste die Ereignisse des Vortages zusammen.

»Ich habe schon von dem Einbruch in Callum Hall gehört. Es ist eine kleine Stadt, meine Liebe. Es tut mir leid für Sie. Niemandem sollte das passieren.«

»War es wirklich ein Einbrecher?«, fragte Julie leise. »Nach allem, was man so berichtet …« Sie biss sich auf die Lippe. »Außerdem ergibt das keinen Sinn. Ein Dieb würde doch etwas stehlen, aber hier geht es darum, uns Angst zu machen.« Sie machte eine kurze Pause. »Oder uns zu warnen«, fügte sie hinzu. Ihre Stimme klang belegt.

Mrs Walsh griff nach ihrer Hand. »Ach Liebes. Selbst wenn dort ein Geist lebt, er will Ihnen bestimmt nichts Böses, zumindest glaube ich das. In so alten Häusern ist die Vergangenheit oft noch sehr präsent. Sie zieht tief ins

Mauerwerk ein und wird zu einem Teil des Gebäudes.«
Mrs Walsh lächelte Julie aufmunternd zu. »Lassen Sie sich
nicht von den Schatten verunsichern. Ihnen kann nichts
passieren. Selbst wenn wir an Geister glauben wollen,
sind sie eben genau das: Geister. Sie können keinen
Einfluss auf uns nehmen, zumindest nicht, wenn wir das
nicht zulassen.«

»Sie haben vermutlich recht.« Julie lächelte schwach,
wollte so unbedingt daran glauben, doch die Worte der
alten Dame überzeugten sie kein bisschen. In Callum
Hall ging etwas vor sich. Irgendetwas, das Botschaften
schreiben und Dinge zerstören konnte. Wie sollte man
sich diesem Einfluss entziehen?

Kapitel 17

*E*r hatte sie fast so weit, das konnte er deutlich spüren. Sie war der Schlüssel. Sie ahnte das Böse, welches in Callum Hall sein Unwesen trieb.

Wenn er sie dazu brachte, zu fliehen, würde sie die anderen überzeugen können, ihr zu folgen.

Er konnte es schaffen. Bis zur Vollendung des Fluchs war noch Zeit.

Triumphierend wandte er sich dem Schatten zu. »Unser Plan geht auf«, flüsterte er ihm zu.

Kapitel 18

Sean

Sean kam am Nachmittag von der Schule heim. Das Haus lag ruhig vor ihm, nur Julies Auto stand auf seinem gewohnten Parkplatz. Hockte sie im Büro und arbeitete? Er sah lieber nicht nach, sondern setzte sich in Ruhe in die Küche und las die Zeitung. Dafür hatte die Zeit heute Morgen nicht gereicht.

Er hängte seinen Mantel in die Garderobe und ging in die Küche. Trotz des Einbruchs fühlte sich das Haus langsam wie ein Heim für ihn an. Alles fand seinen Platz und sie vier in einen Alltag.

In der Küche lag Miss Woodhouse auf einem Stuhl und schlief. Oder gab zumindest vor zu schlafen. Er war sich dessen nie sicher.

»Na, du Katze? Ich müsste du sein, was hätte ich für ein entspanntes Leben. Cathal würde sich rund um die Uhr um mich kümmern«, sagte er zu dem Tier und kraulte es hinter den Ohren.

Bevor er sich setzte, musste er allerdings erst mal auf die Toilette. Im angrenzenden Badezimmer stutzte er. Die Badewanne war mit Wasser gefüllt und Julies Kleidung lag auf dem Waschtisch. Sean runzelte die Stirn, fasste ins

Wasser, das kalt war. Dann fiel sein Blick auf eine Schüssel am Waschbecken. Er schaute hinein. Eine eingetrocknete Masse. Merkwürdig. Hatte Julie heute Morgen baden wollen und es dann vergessen?

Lief sie etwa nackt herum? Er gluckste. Garantiert nicht, seine Schwester besaß genügend Kleidung, um jeden Tag des Jahres etwas anderes anzuziehen.

Das Wasser brauchte sie bestimmt nicht mehr. Oder war das eine von ihren neuesten Ideen und sie führte jetzt Brandschutzmaßnahmen ein? Er zog mal lieber nicht den Stöpsel. Nachher gab es noch Ärger.

Grübelnd erledigte er sein kleines Geschäft, nahm die Schüssel mit in die Küche, stellte sie seufzend ins Waschbecken und ließ Wasser in sie laufen. Julie konnte sie später selbst reinigen.

Endlich kam er dazu, sich einen Kaffee zu brühen und setzte sich mit seiner Zeitung an den Küchentisch.

»Hallo Bruderherz«, riss Julie Sean einige Minuten später aus einem Artikel über die letzte Rede des Taoiseach. Der Premierminister hatte über die Rolle Irlands in Europa gesprochen und Sean interessierte das brennend. Deswegen achtete er nicht groß auf Julie.

»Hi«, antwortete er abwesend und las weiter.

Julie hob Miss Woodhouse vom Stuhl und setzte sich. Sean spürte konstant ihren Blick auf sich ruhen. Das hatte sie schon als Kind gemacht, wenn sie unbedingt mit ihm reden wollte. Ihn anstarren, bis er nachgab. Hin und wieder hatte sie ihr hitziges Gemüt unter Kontrolle.

Sean verdrehte die Augen und sah auf. »Was?«

»Wir müssen reden.« Sie klang ernst und bestimmt.

»Worüber?« Er legte die Zeitung auf dem Tisch ab. »Habe ich wieder etwas für die Katze zerstört? Oder nicht richtig aufgeräumt? Ich will lesen, siehst du doch.«

»Nein und die Zeitung läuft nicht weg.«

»Wo wir übrigens beim Aufräumen sind, hast du vergessen, zu baden? Im Badezimmer sind deine Sachen, die Schale mit was auch immer habe ich hier ins Waschbecken gestellt und das Wasser ist noch in der Wanne. War mir nicht sicher, ob du es als Brandschutzmaßnahme nutzen willst.« Sean lehnte sich im Stuhl zurück und trank einen Schluck von seinem Kaffee.

Julie schluckte und blieb ruhig. Streichelte unentwegt Miss Woodhouse. Nicht die erwartete Reaktion seiner Schwester. Spätestens jetzt hätte sie viel aufgebrachter reagieren müssen, aber sie sah auf ihre Katze und Sean begann sich Sorgen zu machen. Das war nicht die Julie vor ihm, die er kannte, seit sie auf der Welt war. Er betrachtete sie genauer. Entdeckte ihre dunklen Augenringe und den komischen Pullover, den sie trug.

Irritiert rückte er vom Tisch ab und blickte darunter. Ihre Hose war viel zu groß für sie, die Beine hochgekrempelt und um die Taille bauschte der Pullover sich auf. Ihre Haare waren zu einem unordentlichen Zopf zusammengefasst. Er runzelte die Stirn. Etwas stimmte hier ganz und gar nicht. Wieso war sie merkwürdig gekleidet? Hatte sie nicht heute einen Termin außerhalb gehabt? Dunkel erinnerte er sich, gestern beim Abendessen etwas mitbekommen zu haben.

»Was ist los? Hast du dich mit Tim gestritten? Wie siehst du überhaupt aus?« Sean betete innerlich, es handelte sich nicht um einen Streit mit Timothy. Er wollte ungern zwischen seiner Schwester und seinem besten Freund stehen oder noch schlimmer, sich für eine Seite entscheiden müssen.

Julie schüttelte den Kopf. »Ich glaube, wir haben ein Geisterproblem« Auf seine Frage ihrer merkwürdigen Verkleidung ging sie nicht weiter ein.

»Ein Geisterproblem?«, fragte Sean zögernd nach einigen Sekunden, die er benötigte, um die Worte seiner Schwester zu begreifen. Er blickte zur Decke, verdrehte die Augen, bevor er zu Julie sah. »Soll ich eben die Ghostbusters anrufen?«

»Sean, ich meine das vollkommen ernst.« Julie griff über den Tisch nach seiner Hand, eiskalt und feucht legte sich ihre auf seine. Sie schien das tatsächlich genauso so zu meinen und es gehörte zu ihren absurdesten Ideen, die sie bisher in ihrem Leben gehabt hatte.

»Das ist doch Quatsch.« Er sah sie intensiv an. »Es gibt keine Geister. Das weißt du ebenso gut wie ich. Das sind Schauermärchen, die sich Erwachsene ausgedacht haben, um kleine Kinder zu erschrecken. Schlimm genug.« Seine Besorgnis schwand, wobei seine Schwester wirklich bedrückt aussah. Vielleicht brauchte sie Hilfe? Steigerte sich zu sehr in die Geschichte des Hauses mit dem Fluch? Erst am Einzugsabend die Erzählungen über die ehemaligen Bewohner, nun die Sache mit den Geistern.

»Komm mit«, forderte sie ihn energisch auf, stellte Miss Woodhouse auf den Boden, die das leise maunzend quittierte und stand auf. Sie zog ihn mit erstaunlicher Kraft ins Bad. Das hätte er seiner Schwester niemals zugetraut.

Ging sie heimlich irgendwo trainieren? Doch die Frage verschluckte er lieber.

»Ich wollte heute Morgen baden und wenn du mir keinen bösen Streich gespielt hast, dann hat jemand groß ›Flieht!‹ auf den beschlagenen Spiegel geschrieben.« Sie schluckte erneut, Angst sprach aus ihren Augen. »Am Fenster waren Handabdrücke, die aussahen, als wären sie nach unten gerutscht.« Sie sah Sean mit einem intensiven Blick an. Kein amüsiertes Flackern entdeckte er, nur Ernst und Angst standen darin.

In Sean stieg erneut die Sorge auf. »Könnte der Einbrecher ...«

Julie schüttelte energisch den Kopf. »Das war frisch und alle Türen verschlossen. Das kann kein Einbrecher gewesen sein. Weißt du, wer hier gestorben ist?«

»Julie, vielleicht wollte Tim dir einen Streich spielen. Das hat doch nichts mit Geistern zu tun. Das sind Kinderstreiche, die man sich hin und wieder spielt. Schade, dass ich nicht darauf gekommen bin«, sprach er ruhig auf sie ein. Seine Sorge verpuffte. »Der Zerstörer der Schulhefte hätte sich danach noch diesen makabren Witz ausdenken können, je nachdem, wann er eingebrochen ist, hätte er genügend Zeit gehabt. Vielleicht dachtest du nur, die Spuren wären frisch.« Sean versuchte, der Angst seiner Schwester vor Geistern in diesem Haus Verständnis entgegenzubringen, doch es fiel ihm schwer. Er sorgte sich viel eher darum, ob derjenige wirklich in ihrem Bad hantiert hatte. »Der Gedanke an den Eindringling ist erschreckend. Aber im Moment müssen wir damit leben.« Früher hatten sie seiner Schwester ständig Streiche gespielt, doch eigentlich waren sie aus dem Alter heraus. Zumindest Timothy hatte das lange nicht mehr getan.

»Ich habe mit Tim telefoniert. Er hat nichts damit zu tun und glaubt ebenfalls, ich bilde mir nur etwas ein. Ich schwöre dir, die Spuren waren frisch.« Ihre Stimmung schlug in Wut über. »Rhona Murphey ist hier gestorben. Wusstest du das? Sie wurde vermutlich von ihrem Mann erstochen.« Julies Stimme zitterte.

Sean seufzte. »Ja, das wusste ich. Das hier kann allerdings nur ein Streich gewesen sein. Vielleicht wollte Tim dich nur noch etwas länger auf die Folter spannen und mochte es am Telefon nicht zugeben?«

»Der angebliche Einbruch? Deine Hefte? Die Garda hat keine Ahnung, wie jemand hier hereingekommen ist. Nirgendwo stand etwas offen, alles war fest verschlossen.« Nun klang Julie hysterisch, sie gestikulierte in die entsprechenden Richtungen. Tränen standen in ihren Augen. Sie nahm sich das nach Seans Geschmack viel zu sehr zu herzen. Er trat auf sie zu, rieb ihr sachte über die Oberarme.

»Komm, lass uns in die Küche gehen und einen Tee trinken«, schlug Sean vor, der seine Schwester zurückhaben wollte. Die manchmal überschäumende, sehr schnell wütende, doch meist gut gelaunte Julie.

»Sean, du musst mir glauben, hier geht etwas nicht mit rechten Dingen zu. Ich habe keine Ahnung was, aber das ist nicht normal.« Sie klang wütend und flehend zugleich.

»Wir reden mit den anderen.«

»Ich will nicht mit den anderen reden, sondern das endlich geklärt haben. Warum glaubst du mir nicht? Was muss ich machen? Es dir beweisen?« Sie schloss die Tür hinter sich.

»Julie …«

»Ich werde es dir zeigen!« Sie zog den Stöpsel aus der Badewanne und stellte das heiße Wasser an. »Vielleicht glaubst du mir dann. Du bist immerhin mein Bruder.«

Sean seufzte und setzte sich auf den zugeklappten Toilettendeckel. »Dann sehen wir es und was? Das beweist, es waren Geister hier drin?« Er konnte den sarkastischen Unterton nicht unterdrücken. Was war bloß mit Julie heute los?

»Jesus Christ, Sean, wer sonst sollte ›Flieht‹ an den Spiegel schreiben und die Handabdrücke an den Fenstern hinterlassen?«

»Mal abgesehen von der Wasserverschwendung, könnte es Cathal gewesen sein«, gab er trocken wieder, wobei er es nicht glaubte. Dafür war sein Freund viel zu rational. Dies war nichts anderes als Zeitverschwendung.

»Was muss ich machen, damit du mir glaubst?« Julie steckte den Stöpsel wieder in die Wanne und Wasserdampf stieg aus dem Wasser auf.

»Wie wäre es mit einem weißen Betttuch, welches über den Geist gestülpt wird, sobald er an dir vorbeischwebt?« Sean konnte sich ein Grinsen nicht verkneifen.

»Das ist hier kein verdammter Scherz«, schrie sie ihn an, das Gesicht vor Wut verzogen. »Weißt du, welche Angst ich hatte?«

Sean verschränkte die Arme vor der Brust. »Das kann ich verstehen und deine Ängste sind valide, doch du musst zugeben, wie kindisch das alles klingt, oder?«

Wasserdampf verbreitete sich und der Spiegel beschlug bereits in den Ecken.

»Gleich wissen wir mehr.« Sean deutete auf das Glas an der Wand. Julie drehte sich um. Ihre Schultern bebten. Sean stellte sich hinter sie, legte seine Hände auf sie und strich beruhigend über die Arme. Immer mehr beschlug der Spiegel, doch es zeigte sich nichts.

»Das …« Julie schüttelte den Kopf, trat näher. »Hier stand es, in groß, Tropfen liefen noch daran herunter.« Sie drehte sich um, sah Sean fassungslos an. »Ich habe mir das nicht eingebildet.«

Sean zog Julie sanft an sich. »Vielleicht dachtest du nur, es stünde etwas im Spiegel, weil du …« Er zuckte mit den Schultern. »Keine Ahnung, aber nun steht dort nichts.«

Julie machte sich von ihm frei, beugte sich über die Badewanne und betrachtete die beschlagenen Fenster.

»Nichts.« Sie wandte sich Sean zu, der zu ihr trat, den Hahn ausstellte. Den Stöpsel würde er später herausziehen. Nun war ihm das Wasser zu heiß. Julie schien den Tränen nahe zu sein. »Hier und hier waren die Handabdrücke.« Sie zeigte auf zwei Stellen auf den Fenstern. »Das habe ich mir nicht eingebildet. Dann ein Lufthauch.« Sie ging ungefähr in die Mitte des Raumes. »Genau hier, obwohl alles geschlossen war.«

Sean zog Julie sanft aus dem Badezimmer in die Küche, wollte sie auf einen Stuhl setzen, Julie ging jedoch ins Wohnzimmer. Tigerte auf der Fensterseite auf und ab.

Sean folgte ihr, schob seine Hände in die Hosentaschen und beobachtete sie. Tränen liefen ihr über die Wangen.

»Ich fühle mich nicht mehr sicher, Sean.« Sie sah auf und Sean las erneut die Angst in ihren Augen. Diese Julie bereitete ihm wiederum Sorge. So hatte er sie noch nicht erlebt. Nicht mal, als sie sich kurz nach der Trennung ihrer Eltern so sehr zerstritten hatten, dass sie mehrere Monate nicht miteinander gesprochen hatten und sich aus dem Weg gegangen waren.

»Ich möchte jetzt ungern unsensibel rüberkommen, aber meinst du nicht, du bist einem Trugschluss aufgesessen, weil du dich da rein steigerst?« Sean trat Julie in den Weg, zog sie in eine Umarmung, in die sie sich fallen ließ. »Natürlich ist es ein komisches Gefühl zu wissen, wenn Fremde auf uns unbekanntem Weg hier rein gekommen sind, aber Geister gibt es nicht. Ich kann mir nicht vorstellen, ein Fremder kommt herein, hinterlässt eine Botschaft auf dem Spiegel und sobald du verschwunden bist, wäscht er sie wieder fort.«

Julie sah zu ihm auf. »Du glaubst mir einfach nicht. Das hätte ich nie von dir gedacht. Ich habe deine Bedenken mit den Heften doch auch ernst genommen, nur weil ich nichts Handfestes vorzuweisen habe, bin ich plötzlich hysterisch?« Sie löste sich aus seiner Umarmung. »Das waren Geister oder der Beginn des Fluches.« Ihre Lippen zitterten und sie wischte sich unwirsch die Tränen von den Wangen.

Sean unterdrückte ein Seufzen und Augenrollen. Wenn seine Schwester von etwas überzeugt war, erwies es sich oft als unmöglich, sie vom Gegenteil zu überzeugen.

»Wir gehen morgen zum Rag Tree bei der heiligen Quelle. Mam sagt bei ihren Führungen immer, er löse

Probleme und erfüllt Wünsche. Such schon mal einen bunten Stofffetzen und schreibe einen Zettel.« Niemals in seinem Leben hätte er gedacht, so etwas freiwillig vorzuschlagen. Allerdings würde er des lieben Friedenswillens auch eine Geisteraustreibung über sich ergehen lassen.

Er glaubte nicht an Geister und Wunschbäume. Sollte Julie das jedoch brauchen, um ihren Frieden wiederzufinden, war er bereit über seinen Schatten zu springen. Er lachte innerlich über seinen schlechten Witz, ließ sich das allerdings nicht nach außen anmerken.

»Wirklich?« Hoffnung schwang in ihrem Tonfall mit.

»Ja, und jetzt frag nicht länger nach, sonst überlege ich es mir anders.« Seans Stimme klang mürrisch, er drückte Julie ein letztes Mal an sich und ließ sie los.

»Danke dir.« Julie wirkte ruhiger, wenn auch noch nicht versöhnt. »Vielleicht kommen Tim und Cathal mit. Je mehr wir sind, desto besser, oder?«

»Bestimmt.« Sean betrachtete seine Schwester. »Nun erklär mir endlich deinen merkwürdigen Aufzug.« Er deutete von oben nach unten auf Julie.

Ein zaghaftes Lächeln umspielte ihre Lippen, das noch nicht so strahlend wie sonst war, aber immerhin ein Anfang. »Lass uns in die Küche gehen und Tee trinken.«

Als sie endlich am Tisch saßen, jeder mit einer Tasse Tee vor sich, begann Julie zu erzählen. »Der Termin hat länger gedauert als gedacht, dann bin ich noch bei Mam vorbeigefahren, aber die war natürlich nicht da.« Sie trank einen Schluck. »Von dort musste ich zum nächsten Termin und bin eben erst nach Hause gekommen.«

»Hoffentlich werden deine Kunden über den Aufzug hinwegschauen.« Sean grinste, Julie streckte ihm die Zunge heraus.

Kapitel 19

Julie

Bis Tim nach Hause kommen würde, verbrachte Julie ihre Zeit mit Sean und später auch mit Cathal. Doch irgendwann zog sie sich in ihre Räume zurück. Überall knarrte und knarzte es und sie drehte sich hektisch zu jedem Geräusch um. Sicherheitshalber hatte sie die Tür zur Galerie offengelassen, damit Sean und Cathal sie rufen hörten, sollte sie Hilfe benötigen.

»Wie soll man zur Ruhe kommen, wenn an jeder Ecke ein Geist lauern könnte?«, murmelte sie leise und setzte sich wieder auf ihr Sofa. Da, es knackte doch dort, oder? Sie stand erneut auf, ging in die Ecke, bückte sich, entdeckte jedoch nichts. Sie kniete sich hin, quetschte sich in die Ecke zwischen Wand und Wohnzimmerschrank und versuchte, hinter den Schrank zu sehen.

Nachdem Sean ihr nicht geglaubt hatte und die Abdrücke am Fenster zusätzlich verschwunden waren, hatte sie nichts mehr von dem Vorfall erwähnt und setzte nun ihre ganze Hoffnung auf Timothy. Er war allein durch ihre Eheschließung schon dazu verpflichtet, oder? Er würde ihr glauben.

Sie kniff ein Auge zu. So konnte sie besser sehen.

»Was machst du denn da?«

Julie schrak heftig zusammen, stieß sich den Kopf am Seitenteil des Schrankes. »Au«, rief sie aus und drückte die Hand darauf.

»Suchst du Mäuse?« Tims Stimme klang amüsiert.

»Tim, da bist du ja.« Julie kam aus ihrer Ecke hervor, die getroffene Stelle am Kopf pochte leicht, aber nicht schlimm, und ging zu Timothy. »Nein, hier sind überall Geräusche.« Sie seufzte, erleichtert ihren Fels in der Brandung bei sich zu wissen. »Ich glaube, es spukt hier«, platzte es aus ihr heraus, bevor sie ihrem Mann einen Kuss auf die Lippen drückte, den er halbherzig erwiderte.

»Ach Julie.« Timothy umarmte sie kurz, bevor er sie wieder losließ. »Sean hat mir gerade erzählt, was passiert ist. Im Badezimmer ist nichts zu finden.«

Julie zog die Augenbrauen zusammen. Ihr Mann sprach erst mit ihrem Bruder, bevor er zu ihr kam? »Heute Mittag wolltest du mit mir nachschauen. Auch wenn du es für einen Streich hältst.«

Timothy verzog das Gesicht zu einer Grimasse aus Schmerz. »Tut mir leid, ich bin echt am Ende und meine Kopfschmerzen kommen in Wellen. Ich will nur unter die Dusche und ins Bett. Können wir morgen sprechen?«

Julie sah ihn halb besorgt, halb enttäuscht an. Es ging ihm nicht zu schlecht, um mit Sean zu reden, aber bei ihr, seiner Frau, war er zu müde? Julie zwang sich trotzdem zu einem Lächeln, hoffentlich wuchsen seine Kopfschmerzen nicht zu einer Migräne heran, wie so oft.

»Armer Liebling.« Sie strich ihm über die Stirn. »Wir könnten doch reden, während du duscht.«

Timothy seufzte, nickte jedoch, bevor er sich, dicht gefolgt von Julie, auf den Weg in ihr Bad machte. Es tat ihr leid, ihn in diesem Zustand noch mit ihren Sorgen zu belasten, doch sie musste einfach mit ihm reden. Mit Sean konnte er es schließlich auch. Für ihn hatte er immer Zeit, dann sollte er sich die jetzt für seine Frau nehmen.

Sie setzte sich auf den Stuhl im Badezimmer und beobachtete Timothy, wie er sich auszog. Nervös biss sie auf ihrer Unterlippe herum. Ihr Mann fehlte ihr. Gerade jetzt, da sie seine Unterstützung so dringend brauchte, konnte oder wollte er ihr diese nicht geben. Gleichzeitig befiel sie ein schlechtes Gewissen. Schließlich ging es ihm nicht gut und dafür konnte er nichts.

»Also«, begann er. »Du hast das ›Flieht‹ auf dem Spiegel und die Handabdrücke auf den Fenstern gesehen, aber als du es Sean zeigen wolltest, war es verschwunden?« Timothy rieb sich über die Augen und trat unter die Dusche.

»Genau.«

»Hat schon irgendwer von uns das Bad so richtig genutzt nach unserem Einzug?« Er wusch sich schnell.

Bis auf sie, die baden wollte noch nicht, oder? Julie kratzte sich am Hinterkopf. »Ich glaube nicht.« Sie griff nach einem Handtuch und stellte sich vor der Duschtür bereit, denn Timothy spülte sich ab.

»Ich sag es nur ungern, ich kenne jedoch Handwerker, vielleicht wollte einer von ihnen uns einen Streich spielen. Jeder kennt die Geschichte des Hauses.« Er kam aus der Dusche und nahm mit einem Lächeln das Handtuch entgegen.

»Ich habe das Bad geputzt, als die fertig waren.« Sie stemmte die Hände in die Hüften.

»Danach waren auch noch welche im Haus.« Timothy trocknete sich zu Ende ab. »Ach, bevor ich es vergesse, der Elektriker meldet sich morgen bei dir und spricht einen Termin ab, damit du ihn reinlassen kannst.«

»Danke.« Julie nahm Timothy das Handtuch ab, der nackt das Badezimmer verließ. Sie folgte ihm und fand ihn an seiner Kommode auf der Suche nach Kleidung zum Schlafen.

»Soll ich dir ein bisschen den Nacken massieren?«, fragte Julie und strich ihm über den blanken Rücken. »Vielleicht wird die Migräne dann besser.«

Timothy schüttelte den Kopf und schlüpfte schnell in seine Hose, vermutlich um der Kälte des Zimmers zu entkommen. »Das ist lieb, aber ich glaube, am besten hilft mir jetzt Ruhe.«

Julie unterdrückte ein Seufzen. »Du meinst also, andere Handwerker sind der Meinung, etwas Wasserdampf zu erzeugen und uns die Abdrücke zu hinterlassen wäre witzig?« Ihr Ton nahm einen beißenden Unterklang an. Sie hatte nicht einmal mehr die Nerven mit ihm über die frischen Abdrücke zu diskutieren. Niemand glaubte ihr, jeder fand irgendwelche Theorien, die sie ebenso wenig beweisen konnten, wie sie die ihre. Dabei war sie diejenige gewesen, die es erlebt hatte. Es war zum Verzweifeln. Dazu jetzt auch noch die Abweisung von Timothy, obwohl sein Ton warm war.

»Julie, ich bin selbst Handwerker. Ich weiß, wie die ticken«, erwiderte ihr Mann, doch sie hörte eine gewisse

Resignation aus seiner Antwort, die ihr einen weiteren Stich ins Herz gab. Garantiert hatte er sich die Erklärung mit Sean überlegt. Sie schüttelte den Kopf, ballte die Hände zu Fäusten. Ihre Zündschnur wurde kürzer, ihre Angst umso größer.

Er zog sich ein ausgeleiertes Shirt über und legte sich unter die Decke.

»Wer hätte es wegwischen sollen?« Julie krabbelte zu ihm unter den kalten Stoff und bettete ihren Kopf an seine Schulter.

»Weißt du Julie …«, begann er langsam und strich ihr durch Haare.

»Siehst du? Dafür hast du auch keine Erklärung.«

»Ich weiß es nicht, vielleicht …« Er beendete den Satz nicht, doch Julie konnte zwischen den Zeilen lesen. Ihr Mann schien derselben Meinung, wie Sean zu sein, sie hätte sich die Abdrücke nur eingebildet. »Ich glaube die Situation mit Seans Heften und dem Gedanken an einen Einbrecher hat dir große Angst gemacht und sind wir mal ehrlich: Dieses Haus ist der ideale Schauplatz für gruselige Ereignisse.«

Julie setzte sich abrupt auf, damit sie ihren Mann ansehen konnte. Timothy also auch. »Du glaubst mir einfach nicht. Nach allem, was passiert ist und was wir bereits durchgemacht haben.« Tränen stiegen ihr wieder in die Augen. »Aber klar, halte wie sonst auch zu Sean. Du hättest ihn heiraten sollen.«

»Julie, bist du immer noch eifersüchtig? Ich dachte, die alten Geschichten hätten wir hinter uns.« Timothy seufzte und legte sich eine Hand auf die Stirn. »Wir ticken da sehr unterschiedlich. Während dich der Gedanke an einen Einbruch ohne irgendwelche Spuren in der Folge an Geister denken lässt, bin ich mir mittlerweile nicht mehr sicher, ob das alles nicht doch Miss Woodhouse war. Vielleicht hat Sean den Brieföffner aus Versehen offen liegen lassen, du kennst deinen Bruder. Die Hefte hätte sie ebenso zerbeißen und zerkratzen können, wie jeder andere auch.«

Julie öffnete den Mund, doch Timothy hob abwehrend die Hände, um einem empörten Kommentar entgegen zu wirken.

»Ich war mit etwa zwölf Jahren einmal mit Sean im Garten dieses Hauses und weißt du was? Ich war mir sicher, dort eine Gestalt gesehen zu haben. Ich bin total ausgetickt. Vermutlich war es nur ein Busch gewesen, oder irgendein anderer Jugendlicher folgte uns, den ich für einen Geist gehalten habe. Ein altes Herrenhaus mit unheimlicher Geschichte lädt dazu ein, aus ein paar verlaufenen Wassertropfen am Spiegel ein Wort heraus-zulesen.«

In Julie brodelte es und trotz der Kälte im Zimmer wurde ihr heiß. Sie schluckte ihre Erwiderung hinunter. Wozu sollte sie sich wiederholen und erneut fragen, wer denn nach Timothys Meinung dort sauber gemacht hatte?

Sie fühlte sich allein gelassen und zu allem Überfluss noch für blöd verkauft. Warum hatte sie nur in ihrer Panik kein Foto von dem Spiegel und dem Fenster gemacht? Dann würde Timothy und auch Sean sicher nichts von verlaufenen Wassertropfen erzählen oder gar von Ein-bildung sprechen.

»Wieso halten sich Menschen wie du lieber an rationale Erklärungen, die sie sich im Nachhinein zusammen konstruieren, statt ihren fünf Sinnen zu vertrauen, die ihnen im Moment des Geschehens die Realität zeigen?« Julie rutschte auf ihre Seite des Bettes zurück, brach aus dem erhofften schützenden Nest aus. »Zu dem Zeitpunkt, in dem du die Erscheinung im Garten hattest, hast du gewusst, was du siehst. All die Jahre später versuchst du nun, das Ganze abzutun. Gut, du warst damals noch ein Kind, aber ich weiß, was ich heute gesehen habe, und ich bin erwachsen! Du kannst meiner Fantasie viel zuschreiben, doch ich bin nicht verrückt.« Sie holte Luft, war allerdings noch nicht am Ende. »Genauso wenig wie Sean. Selbst er schiebt bei den Heften nicht Missy die Schuld in die Schuhe und die Garda hätte uns bestimmt zu verstehen gegeben, wenn das alles nach einer Katze ausgesehen hätte oder sich bereits gemeldet. Sie hätten die Katzenspucke längst identifiziert.«

Timothy seufzte erneut. »Okay, du hast Recht und ich habe Unrecht, aber Geist oder nicht, ich hab jetzt nicht die Nerven das weiter mit dir zu diskutieren. Meine Migräne macht mich verrückt, ich kann kaum aus den Augen schauen, mir ist speiübel und ich will jetzt nur versuchen zu schlafen. Lass uns morgen darüber reden, wenn es mir wieder besser geht, ja?«

Timothy schloss die Augen. Julie sah ihn einen Moment lang stumm an, drehte sich dann ruckartig um, löschte das Licht und warf sich auf ihr Kissen. Als sie fror, zog sie ihre Decke über sich, kuschelte sich hinein und suchte unter ihr die Geborgenheit, die Sicherheit, die sie so dringend brauchte. Heute Nacht würde sie neben der Angst vor etwas Paranormalen, zusätzlich die Wut auf ihren Mann wach halten.

Am Morgen darauf war noch weniger mit Timothy anzufangen. Er fragte Julie lediglich mit mattem Ton, ob sie ihm seine Schmerzmedikamente bringen und seinen Arbeitgeber informieren könnte. Julie war zwar noch wütend auf ihn, tat aber dennoch, worum er sie gebeten hatte. Neben der Wut tat er ihr leid und sie hätte ihm am liebsten die quälenden Kopfschmerzen genommen und aus dem Fenster gefeuert.

Es ging ihm beschissen, anders konnte sie es nicht ausdrücken. So schlimm war es seit seiner Kindheit nicht mehr gewesen. Unter seinen Augen lagen tiefe Augenringe, sobald sie in welcher Form auch immer Licht machte, zuckte er zusammen und verdeckte sein Gesicht mit den Händen. Sicherheitshalber stellte sie ihm einen Eimer mit ein wenig Wasser ans Bett. Wenn es ihn überkam, schaffte er es oft nicht mehr bis ins Badezimmer.

Als sie früher als normalerweise die Küche betrat, traf sie auf Sean.

»Gut, dass ich dich noch treffe. Wann kannst du denn heute Nachmittag? Dann bereite ich schon mal alles für unseren Ausflug zum Rag Tree vor.«

»Tut mir leid, Julie«, begann Sean, mit echter Reue in der Stimme, während er ihr einen Tee reichte. Enttäuschung machte sich in Julie breit. Sie konnte sich schon denken, was jetzt kam. Erst Timothy gestern Abend, der sie nicht ernst genommen hatte und nun ihr Bruder. Die beiden hatten sich gegen sie verschworen. Sie hob die Tasse an und versteckte sich dahinter, während sie trank. Es fühlte sich nach bitterem Verrat an, sowohl von ihrem Bruder als auch ihrem Mann. Nichts hatte sich seit ihrer Kindheit geändert und da die beiden nun wieder mehr zusammenhockten, brach ihr altes Muster hervor. Es tat so unendlich weh, was Timothy und Sean mit ihr machten und wahrscheinlich nicht mal merkten.

»Schon gut. Wieso solltest du auch deine kostbare Zeit für deine Schwester opfern, der du eh nicht glaubst«, sagte sie mit sarkastischem Tonfall.

»Julie …«, begann Sean.

»O nein, du kommst mir jetzt nicht so.«

»Ein Kollege hat sich gerade krank gemeldet und mir Bescheid gegeben. Da muss ich heute Nachmittag leider einspringen und danach eine Arbeit vorbereiten. Vielleicht verlegen wir das lieber auf das kommende Wochenende?«

Der rationale Teil in Julie ordnete es richtig ein, Sean konnte nichts dafür, dennoch wog die Enttäuschung schwer.

»Na das kommt dir sehr gelegen«, entgegnete sie schroff und knallte die Tasse hart auf den Tisch, sodass etwas von deren Inhalt auf das Holz schwappte.

Sean kniff genervt die Lippen aufeinander, sagte aber nichts, während er ein Küchentuch nahm, um die Sauerei aufzuwischen.

»Du und Tim passt schon herrlich zusammen! Vielleicht sollte ich arme Irre lieber ausziehen, damit ihr hier alle eure Ruhe vor mir und meiner übersteigerten Fantasie habt«, setzte sie wütend nach.

Sean hielt inne, atmete tief durch und Julie konnte erkennen, wie er um seine Ruhe kämpfte.

»Tim und du habt euch gestritten, oder?« Er wartete keine Antwort ab. »Das musst du nicht an mir auslassen. Ich habe meinen Kollegen nicht gebeten krank zu werden. Ich kann weder etwas für euren Streit, noch für meine begrenzte Zeit heute.«

»Dieses Mal hast du eine gute Ausrede«, sagte Julie in einem Tonfall, der dem Zischen einer Schlange nahe kam. »Aber im Grunde ist es doch das gleiche Spiel wie immer: Du versprichst für mich da zu sein, und am Ende lässt du mich im Stich, das war im Studium so, während unsere Eltern sich getrennt haben, und das ist jetzt so.« Sie ging zu weit und tat Sean unrecht. Diese alten Geschichten wieder auszugraben, war völlig fehl am Platz, aber sie hatte das irrationale Bedürfnis Sean weh zu tun. Sean sah sie verletzt an. Immerhin war es ihr gelungen.

Sogleich überwältigte sie das schlechte Gewissen und ein Kloß machte sich in ihrem Hals breit. Bevor Sean etwas antworten konnte, oder ihr die Tränen kamen, verließ sie mit ihrem Tee den Raum. Sie ging in ihr und Timothys Wohnzimmer, stellte die Tasse auf dem Tisch vor der Couch ab, auf der sie sich zusammenrollte und eine Decke über sich zog. Die mühsam zurückgehaltenen Tränen brachen sich nun Bahn.

Sie wusste nicht, wie viel Zeit vergangen war – der Tee war kalt geworden – als sie eine Nachricht von Cathal auf ihr Mobile bekam. Sie starrte ihr Smartphone eine gefühlte Ewigkeit an, bevor sie sich überwinden konnte, es vom Tisch zu greifen.

Cathal fragte, ob sie mit ihm am Nachmittag alleine zum Rag Tree wollte, da er frei hatte. Außerdem schlug er vor, sich danach nach einem Weihnachtsbaum um zu sehen. *Auf unsere Männer ist in der Hinsicht kein Verlass*, fügte er am Ende mit einem Zwinkersmiley an, was Julie zum Lächeln brachte.

Sean hatte also trotz ihres Streits Cathal darauf angesetzt, sich um sie zu kümmern. Eine neue Welle an Tränen stieg in Julie auf. Dieses Haus holte wirklich ihre schlimmsten Seiten hervor.

Kapitel 20

Sean

*S*ean parkte seinen Wagen neben dem Tierarztbully von Cathal vor ihrem Haus. Er war froh, um den Besuch beim Wunschbaum herumgekommen zu sein. Das war für ihn alles nur Hokuspokus und nicht ernst zu nehmen. Cathal glaubte zwar ebenfalls nicht daran, war aber der Meinung, schaden könnte es nicht. Garantiert befanden Julie und Cathal sich zurzeit dort. Im Moment fühlte er sich nach ihrer Auseinandersetzung noch nicht bereit, seiner Schwester zu begegnen.

Sie hatte ihn getroffen. Hart. Vor allem mit dem Vorwurf, nach der Trennung ihrer Eltern nicht für sie dagewesen zu sein. Sie hatte zwar recht mit der Behauptung, er hielt sich das selbst noch vor, trotzdem fand er es nicht in Ordnung, das nun auf den Tisch zu bringen. Damals herrschte eine völlig andere Situation und seiner Meinung nach hatten sie alles geklärt.

Seinerzeit hatten sie viel gestritten, da jeder für einen Elternteil Partei ergriffen hatte und ihn verteidigte. Sean war der Meinung, ihr Vater hätte ihre Mutter im Stich gelassen, als er von einem auf den anderen Tag ausgezogen war. Zwar gingen die ewigen Kämpfe ihrer Eltern auch nicht an Sean und Julie vorbei, dennoch kam es aus heiterem Himmel, als ihr Vater mit gepackten Koffern vor ihnen stand. Sean hatte es ihm damals sehr übel genommen.

Er seufzte, als er an die Julie von früher denken musste. Er starrte aus der Frontscheibe seines Wagens und Bilder der Vergangenheit schoben sich vor sein geistiges Auge. Eine jüngere Version seiner Schwester mit wütendem Gesichtsausdruck, die wild gestikulierend auf ihn einredete.

Julie konnte ihren Vater damals gut verstehen. Für sie war es unverständlich, weshalb ihre Mutter ständig gegen das Hobby des Vaters, Angeln zu gehen, angegangen war. Julie hatte es geliebt, neben ihm am See zu sitzen, während sie ihre ersten Skizzen anfertigte und von Häusern träumte, die sie herrichten würde.

Es waren schwere Zeiten gewesen, die sie beinahe entzweit hätten. Passend zu seinen Gedanken verdunkelte sich der Himmel.

»Warte mit der Entleerung, bis meine beiden Lieben wieder zu Hause sind, ja?«, murmelte Sean und blickte in den Himmel. Konnte aber die alten Erinnerungen nicht abschütteln.

Fast ein Jahr hatten sie nicht mehr miteinander geredet, so schwer wogen die immer wiederkehrenden Streitereien mit Julie. Sogar in der Schule gingen sie aneinander vorbei, als ob sie sich nicht kennen würden. Erst sehr viel später hatte er herausgefunden, wie einsam Julie damals gewesen war. Für sie war eine Welt zusammengebrochen. Er, als ihr Bruder, der sie mit am besten kannte, hatte es nicht erkannt, dabei hatte er ihr einmal geschworen, sie zu beschützen. Heutzutage wusste er, wie viel oder wenig Schuld sie beide an dem Dilemma trugen. Sie hatten den Streit, die Trennung ihrer Eltern durchgefochten, obwohl es nie in ihrer Verantwortung lag.

Die ersten Regentropfen fielen auf die Frontscheibe und Sean verdrehte die Augen. »Ich habe doch gesagt, erst, wenn die beiden zu Hause sind, nicht jetzt.« Er griff sich seine große lederne Tasche vom Beifahrersitz, stieg aus dem Auto und hastete den kurzen Weg zur Tür. Obwohl man meinen sollte, sie wären Regen in dieser Gegend gewohnt, mochte er ihn trotzdem nicht.

Er hasste es, nass zu werden. Er bestand nun mal zu neunzig Prozent aus Zucker, weswegen Cathal ihn regelmäßig aufzog. Aber er stand dazu.

An der Garderobe zog er seine Jacke aus und wechselte die Schuhe. Gedankenverloren ging er in sein Büro und legte die Tasche auf dem neuen Bürostuhl ab, den Cathal ihm die Tage besorgt hatte. Der Regen prasselte unablässig gegen das Fenster und Sean fröstelte. Was für ein ungemütliches Wetter.

Sein Blick fiel auf ein Bild, das im letzten Jahr entstanden war, nachdem sie das Haus gekauft hatten. Es zeigte sie alle in einer Umarmung vor ihrem neuen Heim. Julie hatte es auf Leinwand gezogen und an die Wand des Büros gehängt. Genau in die Mitte, sodass es von beiden Seiten einsehbar war.

Es entlockte Sean ein Lächeln. Er würde nachher mit Julie reden und alles ins Lot bringen.

Er wandte sich ab, öffnete seine Tasche, holte die Unterlagen heraus und legte sie auf seinem Schreibtisch ab. Sie würden sich nicht wieder so zerstreiten. Ihre Eltern hatten sich schlicht in andere Richtungen entwickelt. Kurz bevor Sean nach Dublin zum Studium gezogen war, hatten Julie und er sich vertragen und sich versprochen, nie wieder auch nur ein Blatt zwischen sie kommen zu lassen.

Weit gefehlt. Er seufzte und fuhr sich durch die Locken.

Das Knurren seines Magens holte ihn endgültig aus seinen düsteren Gedanken und Sean machte sich auf den Weg in die Küche. Er durchquerte die große Halle, als sein Fuß wegrutschte.

»Jesus Christ«, fluchte er laut und ruderte heftig mit den Armen in der Luft, konnte sich nicht mehr fangen und landete unsanft auf seinem Hintern und zum Teil auf dem unteren Rücken. »Au«, entfuhr es ihm, als er aufprallte, das Gesicht vor Schmerz verzogen und rieb sich, zur Seite beugend, über die Stellen, auf denen er aufgekommen war. »Fuck!« Er stand steif auf, die Hände immer noch an seinem Hintern und Rücken, und sah sich nach dem Grund seines Missgeschicks um.

Sean riss die Augen auf. Auf dem Boden befand sich eine rote Flüssigkeit. Schnell kontrollierte er seine Hände, doch die waren ohne jede Verletzung. Nur seine Hose fühlte sich feucht an. Er verzog das Gesicht und tastete darüber. Nass. Er sah zu seinen Schuhen, an denen ebenfalls Flüssigkeit klebte.

»Das ist eklig«, murmelte Sean und schlüpfte aus den Sneakern, um keine Tapse zu hinterlassen.

Hatte jemand von ihnen Kirschsaft oder Tomatensaft ausgekippt? Sean ging in die Knie, tippte mit einem Finger hinein und roch daran. Metallisch, nach Eisen. Sehr unangenehm und frisch. Sean hielt die Luft an. Kurz versteifte er sich, dann wurde ihm übel und er unterdrückte ein Würgen. Sofort bekam er es mit der Angst zu tun.

»Das ist Blut.« Er blickte an sich hinunter.

Hektisch öffnete er die Knöpfe seiner Hose, zog sie herunter und stieg hinaus. Plötzlich fiel ihm etwas ein. Cathal hatte ihm geschrieben, Tim läge mit Migräne danieder und er sollte nach ihm sehen, sobald er nach Hause kam.

»Tim«, rief er und in seinem Magen ballte sich eine Angstkugel zusammen. Er folgte der Spur. Das waren nicht nur kleine Tropfen, es waren Mini-Pfützen, die in unregelmäßigen Abständen auf dem Boden verteilt waren. Wenn das alles von Tim stammte, musste er da nicht verblutet sein?

Sein Herz klopfte schnell und hart in seiner Brust, seine Hände wurden feucht.

Er sah sich um, folgte mit seinem Blick der roten Spur durch den Flur. Sie begann oder endete an der Treppe, Sean eilte dorthin, doch auf den Stufen fand er nichts. Entweder war Tim die Treppe heruntergefallen und hatte sich auf den letzten Metern verletzt oder er hatte sich erst hier etwas getan.

Sean wandte sich ab und folgte nun der Blutspur bis in die Küche. Angst kroch durch seinen Körper, durchsetzte jede seiner Poren und ihm stellten sich sämtliche Nackenhaare auf.

Tim lag mit Migräne im Bett. O nein, hoffentlich schlafwandelte er nicht und hatte sich verletzt. Es war so viel Blut.

In der Küche umrundete er den Tisch, lugte darunter hindurch, erkannte nichts und fürchtete sich trotzdem davor, Tim auf der anderen Seite am Boden liegend vorzufinden.

Was sollte er nur ohne seinen besten Freund, seinen Bruder im Geiste machen?

Die Blutspur endete in einer riesigen Pfütze. Mitten drin Hand- und Fingerabdrücke.

»Jesus, Tim, wo bist du?« Sean schnürte es die Kehle zu, er sah sich hektisch um, lief ins Wohnzimmer, obwohl es hier keine Spur mehr gab. Statt durch die Küche eilte er sofort durch die Wohnzimmertür in die Eingangshalle und weiter die Treppe hinauf.

»Tim!«, rief er, riss die Tür zum privaten Wohnzimmer von Julie und Tim auf und stürmte hinein. Tim war nicht hier. »O mein Gott, bitte, lass ihm nichts passiert sein«, betete er leise vor sich hin. Sean glaubte mitnichten an Gott, aber wer wusste schon, ob es nicht doch half, ihn anzurufen? Er kniete sich auf das Sofa. Sein Herz hämmerte in seiner Brust, als er sich vorbeugte und über die Rückenlehne blickte. Erleichtert atmete er aus. Dahinter lag Tim auch nicht.

Sean fuhr sich durch die Haare, als er wieder aufstand und zur Tür ging. Ein Geräusch ließ ihn aufhorchen. Er trat auf den Flur und fand Tim am Geländer der Galerie. Eine Hand auf dem Lauf, schritt Tim dort entlang. Sean entgegen.

»Tim.« Sean fielen tausend Brocken von seinem Herzen, während er auf seinen besten Freund zuging. »Meine Güte, du hast mir vielleicht einen Schrecken eingejagt. Was ist da unten passiert?«

Tim blickte starr geradeaus, reagierte nicht auf Sean. Der schloss kurz die Augen. Tim schlafwandelte. Er musste ihn ins Bett bekommen, ohne ihn zu wecken. Sean hatte sich als Kind mehr als einmal einen rechten Haken eingefangen, weil Tim in diesem Zustand schnell aggressiv wurde.

»Komm her, Tim, wir bringen dich ins Bett.« Sachte fasste er ihn am Oberarm. Da fielen ihm die roten Flecken am T-Shirt, der Hose und den Finger auf. Er hob den Arm an und drehte die Handfläche nach außen. Sie war knallrot. Das waren Tims Handabdrücke in der Küche, aber wessen Blut und wessen Fußabdrücke? Nirgends hatte er Tapse entdeckt. Bevor sie das Schlafzimmer erreichten, hielt er Tim an.

»Okay, wollen wir dich mal untersuchen. Sorry, Buddy, aber ich fasse dich jetzt an. Schön still halten.« Er tastete sachte Tims Körper ab, konnte allerdings nirgends eine Wunde entdecken. Erst einmal ins Bett legen, Kleidung wechseln und dann die Hände abwaschen. »Ich habe keine Ahnung, was du gemacht hast.« Da kam ihm ein schrecklicher Gedanke. »Ich hoffe schwer, du hast Miss Woodhouse nichts angetan. Das wird dein Scheidungs- urteil, dabei wollte ich mich doch nie zwischen euch entscheiden müssen.« Sie waren im dunklen Schlaf- zimmer angekommen und Sean bugsierte Timothy aufs Bett und zog ihn aus. Dann holte er einen feuchtwarmen

Waschlappen und reinigte Tims Hände. Sogar am Hals fand er Blutspritzer.

Er schaltete die Nachttischlampe an und kontrollierte ebenfalls das Bettzeug. »Jesus Christ, was hast du nur getrieben? Das Bett hat immerhin nichts abbekommen.« Sean suchte neue Klamotten für Timothy heraus und schmiss die blutigen erst einmal vor die Tür. Danach legte er Timothy ins Bett und deckte ihn zu.

Was hatte es nur mit dem Blut auf sich? War es von Julies Katze? Wenn nicht, woher kam es dann? Konnte Timothy etwas damit zu tun haben? Sollte er die Garda rufen?

Sean seufzte und warf Tim einen nachdenklichen Blick zu, beobachtete seinen schlafenden Freund, der so friedlich wirkte.

Sean fielen all die Texte ein, die Timothy und er als Jugendliche über Schlafwandler gelesen hatten. Sie machten die verrücktesten Dinge. Angeblich gab es schlafwandelnde Mörder, aber bisher hatte sein Freund während seiner Wanderungen nie etwas Vergleichbares getan, sondern war friedlich geblieben, sah man mal von den Schlägen ab, die sich Sean eingefangen hatte, wenn Timothy von ihm aus Versehen geweckt worden war.

Ein leiser Verdacht keimte in Sean auf. Konnte Tim für die Zerstörung von Kratzbaum, Schulheften und seinem Bürostuhl der Schuldige sein? Alles, ohne etwas davon zu merken?

Er schüttelte den Kopf, um den Gedanken loszuwerden. Bisher war Tim beim Schlafwandeln nie auffällig geworden. Einmal hatte Sean ihn mitten in der Nacht

Kreise um das Sofa seiner Mutter laufend vorgefunden, doch nie war etwas zerstört gewesen. Er löschte das Licht, verließ das Zimmer und zog die Tür hinter sich zu.

Nun musste er Miss Woodhouse finden. Das gestaltete sich einfacher als gedacht. Kaum trat er aus dem Wohnbereich seiner Mitbewohner, sah er sie auf seiner Seite des Treppengeländers liegen.

»Du siehst quicklebendig aus und dein Fell ist so weiß wie eh und je.« Sean nahm Miss Woodhouse auf den Arm und streichelte sie, bevor sie sich fauchend befreite und hocherhobenen Kopfes im Wohnzimmer von Julie und Tim verschwand. »Das ist also der Dank dafür, wenn ich mir Sorgen um dich mache?«

Sean holte tief Luft. Nach dem Schock und der Angst um Timothy fühlte er sich erschöpft. Er griff nach seinem Mobile, doch tastete nur an sein nacktes Bein.

»Es ist in meiner Hose.« Über das Gelände schaute er hinab in die Eingangshalle. Seine Jeans lag in der Nähe der Treppe, daneben ein wunderbarer Abdruck seines Hinterns im Blutfleck. Wieder schauderte er und in seinem Magen rumorte es. Von hier oben sah es noch furchterregender aus.

»Umziehen, Garda, duschen«, murmelte er. Er ging nach unten, holte sein Mobile aus seiner Hose, die er nur mit spitzen Fingern anfasste und rief Cathal an. »Wo seid ihr?«, fragte Sean, erleichtert als Cathal sofort abnahm.

»Im Café einen Tee trinken und trocknen.«

»Ihr solltet vielleicht kommen. Hier ist wieder etwas geschehen und ich weiß nicht, ob Tim mit drin steckt.« In kurzen Worten schilderte er die letzte halbe Stunde.

»Wir sind sofort da. Rühr nichts an.«

»Eine Hose darf ich mir aber anziehen, oder?«, fragte Sean trocken. »Ich mag den Gardaí nicht halbnackt entgegentreten.«

Cathal gab einen schnaubenden Laut von sich. »Wir sind gleich da.« Sie legten auf und Sean ging in ihr Schlafzimmer, um sich umzuziehen. Unterwegs rief er die Garda an, um den Vorfall zu melden. Danach bezog er Posten neben der Eingangstür in der Halle und bewegte sich keinen Zentimeter weiter.

Sean wünschte sich einfach nur, aus diesem absolut miesen Traum zu erwachen. Cathal würde dann neben ihm im Bett liegen, sich alles anhören, ihm mal wieder unterstellen, dass er eine blühende Fantasie besaß und ihn dennoch in den Arm nehmen. Gemeinsam würden sie erneut einschlafen und beim nächsten Aufwachen begann ein schöner Tag. Seine Schwester und er hätten sich nicht gestritten, nirgendwo befanden sich Blutlachen und alles wäre Friede, Freude, Eierkuchen. Er könnte seine Zeitungen lesen, Julie ihre Botschaften auf Spiegeln und sie war die immer bestens frisierte und angezogene Frau in ihrer Stadt.

»Das wäre zu schön«, murmelte er, denn leider war dies kein Traum, sondern die bittere Realität, in der er auf den Boden der Halle blickte. Was, wenn Julie doch recht hatte mit ihren Spiegeln und dies irgendein übersinnliches Phänomen war? Nur was hatte Timothy damit zu tun? Wie konnten sie ihn nun überhaupt vernehmen? Er war gar nicht in der Lage dazu.

Endlich klingelte es an der Tür. Er sprang von seinem Sitzposten auf und öffnete sofort die Tür.

»Ich bin Ian McGregor von der Garda. Dies sind meine Kollegen.« Ein Guard um die vierzig und in Uniform stand vor ihm. Seine Schläfen wurden bereits grau und dünnten aus. Er stellte die drei Gardaí der Reihenfolge nach vor. »Sie hatten fremdes Blut, allerdings keinen Verletzten gemeldet?«

»Genau. Sean Ó Briain, guten Tag.« Sie schüttelten sich die Hände und Sean ließ die Polizisten eintreten. »So ist es, unsere Katze und alle Bewohner des Hauses sind wohlauf. Nur einer, er liegt mit Migräne im Bett, hat geschlafwandelt. Er hatte Blut an den Händen und seinem Shirt. Ich habe es oben vor der Schlafzimmertür hingelegt.« Sean zeigte zu der entsprechenden Tür auf der Galerie. Mr McGregor nickte einem Kollegen zu, der sofort losging. Dann fuhr Sean mit seinen Schilderungen fort. Einer der Guards fotografierte alles. Ein anderer sammelte Seans Hose ein.

»Sean, wo ist Tim?« Julie kam durch die offene Haustür hereingestürzt, die Stimme voller Sorge. Vor der ersten Blutlache blieb sie abrupt stehen und riss die Augen auf. »Jesus Christ.« Langsam blickte sie auf. Angst spiegelte sich in ihrem Gesicht wider. »Ist das sein Blut?«

»Nein, keine Sorge, allerdings versuchen wir herauszufinden, ob er etwas damit zu tun hat. Wir können zurzeit nicht mit ihm sprechen?«

»Er wird nicht in der Lage dazu sein. Außerdem könnte er sich wahrscheinlich an nichts erinnern, da er geschlafwandelt hat«, antwortete Sean. Cathal kam nun ebenfalls ins Haus und ging zu Sean.

Ian McGregor stellte nun Julie und Cathal einige Fragen, die sie allerdings nicht weiterbrachten. »Wir nehmen mehrere Blutproben, um sie im Labor zu analysieren. Vielleicht können wir die DNA zu einer im System vorliegenden zuordnen. Wir müssten jedoch auch eine von Timothy Ó Briain haben.«

»Reicht Ihnen ein Haar oder so?«, fragte Julie.

»Ja und sobald es Ihrem Mann besser geht, soll er zu uns auf die Dienststelle kommen.« Ian McGregor nickte demselben Kollegen zu, der schon das T-Shirt von Timothy eingepackt hatte. Gemeinsam gingen Julie und er nach oben.

»Zwei Kollegen suchen jetzt noch Ihren Garten ab, ob auch dort niemand zu finden ist. Ansonsten werden wir die Krankenhäuser durchtelefonieren. Fehlt Ihnen ein Messer oder dergleichen?«

Sean und Cathal überprüften die Küche und im restlichen Haus sahen sie nach den Schürhaken an den Kaminen, doch nichts fehlte.

»Dies ist ein wirklich merkwürdiges Haus«, sagte Ian McGregor und blickte dabei aus dem Fenster zu seinen Kollegen, die sich zentimeterweise durch das Gestrüpp im Garten kämpften. Er wandte sich wieder Sean, Julie, die erneut zu ihnen gestoßen war und Cathal zu. »Ich habe auch Neuigkeiten zu Ihrem Einbruch. Wir wollten uns noch bei Ihnen melden, doch da ich jetzt hier bin …«

»Wissen Sie endlich, wer es gewesen ist?«, fragte Julie und ihre Miene hellte sich etwas auf.

»Leider nicht.«

Julies Gesicht verfinsterte sich wieder. Sean konnte es so gut nachfühlen. Auch er wollte endlich wissen, was los war. An die Sache mit den Geistern konnte er nicht so recht glauben, trotzdem wurden die Vorfälle immer merkwürdiger.

»Wollen wir uns ins Wohnzimmer setzen?«, schlug Cathal vor und deutete auf die offene Schiebetür. »Dann können Sie uns alles berichten.« Er ging vor und sie folgten ihm. Cathal bot dem Guard einen Platz auf Julies Couch an und setzte sich ihm gegenüber. Julie und Sean nahmen neben Cathal Platz.

»Wir haben Fingerabdrücke auf dem Brieföffner gefunden, die auch auf dem Container unter Ihrem Schreibtisch zu finden sind.« McGregor fuhr sich mit der Zunge über seine Lippen.

»Konnten Sie die Abdrücke zuordnen?«, fragte Julie.

Der Garda druckste herum und kratzte sich am Hinterkopf. »Das ist die Krux.« Er sah Julie prüfend an, schien dann zu einer Entscheidung gelangt zu sein. »Das mag jetzt alles etwas seltsam klingen, aber ich verfolge schon länger die Vorgänge in diesem Haus. Die Fingerabdrücke passen zu älteren Vergehen, die hier geschehen sind. Sie sind nicht die Ersten, die mit solchen Vorfällen konfrontiert sind.«

Sean zog seine Augenbrauen in die Höhe. »Nicht die Ersten? Heißt das, anderen sind auch die Schulhefte zerstört worden? Von demselben Täter? Sie haben ihn bis heute nicht gefasst?« Selbst Sean hörte den ungläubigen Ton in seiner Stimme.

156

Cathal trat ihm gegen den Fuß. »Sei doch mal still«, ermahnte er ihn.

»Ja, also nein.« Ian McGregor fuhr sich mit der Hand durch den Nacken. »Keine Hefte, aber bei den vorherigen Besitzern passierten ebenfalls merkwürdige Dinge. Ich habe eine Akte angelegt nur für dieses Haus.«

Julie beugte sich vor. »Was heißt das? Es gibt eine dicke Akte bei der Garda, die über Jahrzehnte geführt wurde und bisher wurde kein Täter gefasst?«

»Genau. Bei allen Untersuchungen fanden wir immer dieselben Fingerabdrücke, allerdings nie Hinweise auf Einbruchsspuren. Ich bin der Einzige, der das noch verfolgt. Die anderen haben es als Geistersache abgetan.«

»Das glaube ich jetzt nicht«, entfuhr es Sean. »Es gibt keine verdammten Geister.« Er mahnte sich zur Ruhe. »Es muss eine einfache Erklärung dafür geben. Vielleicht hat jemand von früher einen Schlüssel und lässt sich damit rein?«

»Wir haben überall neue Türen nach draußen eingebaut. Wie soll er da an Schlüssel gekommen sein?«, wandte Cathal ein.

»Aber es muss eine ältere Person sein, richtig? Können Sie nicht eine Massen-Fingerabdruckabnahme durchführen lassen? Das muss doch endlich mal aufgeklärt werden.« Sean konnte es nicht fassen. Da lief seit Jahren jemand herum, der einen Weg in dieses Haus kannte, von dem sonst niemand wusste.

Cathal strich ihm beruhigend über den Oberschenkel.

»Warum macht der Mensch das? Wieso zerstört er anderer Leute Sachen und verbreitet Angst? Könnte er derjenige sein, der das Blut verteilt hat? O mein Gott!« Julie klang so fassungslos, wie Sean sich fühlte. Ihm wurde eiskalt und er griff nach Cathals Hand. Nur mit Mühe konnte er ein Zittern unterdrücken.

Wie gerne hätte Sean bereits heute das Kamerasystem, aber laut Timothy hatte der Experte erst nach Silvester wieder Termine frei, um sich ein umfassendes Bild vom Haus zu machen und ihnen ein Angebot zu unterbreiten. Die vielen Winkel und die Größe des Hauses machten es erforderlich, genau zu planen, wo eine Kamera Sinn ergab und wo nicht, um alles festhalten zu können.

Aber diese Ungewissheit, ob ein Fremder durch ihr Haus schlich, konnte er nicht länger ertragen, ansonsten musste er ausziehen. Wenn das bedeutete mit Cathal in sein altes Kinderzimmer bei seiner Mutter einzuziehen, war es halt so.

»... nicht möglich«, beendete Ian McGregor einen Satz, den Sean nicht mitbekommen hatte.

»Entschuldigen Sie bitte, was haben Sie gesagt?« Sean drückte Cathals Hand fester. Sein beständiger Halt in einer unsicheren Umgebung.

»So etwas ist leider nicht ohne weiteres möglich. Um das zu rechtfertigen muss schon ein Mord passieren und auch dann können wir niemanden ohne berechtigten Verdacht zwingen uns seine Fingerabdrücke zu geben.« Er sah Sean zerknirscht an. »Außerdem wurde bisher nie etwas gestohlen, oder jemand verletzt, da werden andere Fälle priorisiert. Meine Chefs sind der Meinung, es handele sich um jemanden, der Spaß daran hat, Leute zu erschrecken. Jeder kennt die Geschichte des Hauses. Das ist natürlich nicht in Ordnung.« Er hob abwehrend die Hände. »Ich selbst bin der Ansicht, dieser Person gehört das Handwerk gelegt, doch solange es nicht mehr Beweise, als diese Fingerabdrücke gibt, wäre es auch für eine Armee von Polizisten schwer, diesen Fall zu lösen.«

Sean nickte verstehend, dabei wollte er den Garda lieber anbrüllen, sie sollten gefälligst ihren Job machen, damit er sich wieder sicher in seinem Heim fühlte.

»Mit dem Blut jetzt haben Sie doch etwas in der Hand«, meldete Cathal sich ruhig zu Wort und Sean bewunderte ihn. Er musste ebenso besorgt sein, wie er, trotzdem ließ er es sich nicht anmerken. Ob alle Ärzte das hatten? Völlige Sicherheit ausstrahlen, obwohl der Patient auf dem Tisch kurz vor dem Tod stand und es keine Hoffnung mehr gab?

»Glauben Sie mir, ich nehme das sehr ernst und würde nichts lieber machen, als endlich den Täter zu finden. Ich werde an der Sache dran bleiben, aber ich kann Ihnen nichts versprechen.« Er sah Sean, Julie und Cathal an. »Sobald ich mehr weiß, melde ich mich.«

»Chef«, sprach einer der Gardaí ihn an, die draußen den Garten durchkämmt hatten.

»Was gefunden?«, fragte Ian McGregor.

»Leider nicht. Keine Blutspuren, keine Leiche. Nichts.«

Ian McGregor seufzte und stand auf. Sie taten es ihm gleich. »Unser Job wäre hier erst einmal erledigt. Wir melden uns bei Ihnen, sobald wir die Blutanalyse vorliegen haben.« Er wandte sich an Julie. »Bitte schicken Sie Ihren Mann sofort zu mir, sobald er wieder in der Lage dazu ist.«

Julie nickte und Cathal begleitete den Garda zur Tür, um ihn dort zu verabschieden.

Julie wandte sich ihm zu. »Glaubst du mir jetzt? Hier stimmt etwas grundlegend nicht.« Sie hatte die Augenbrauen zusammengezogen und Falten bildeten sich auf ihrer Stirn.

»Insofern, als das etwas nicht stimmt, doch an Geister glaube ich nicht.« Sean sah sie entschuldigend an.

»Du kannst es nicht zugeben, oder?« Julies Lippen zitterten. »Du hast ebenso viel Angst wie ich, merkst selbst, was hier abgeht, lässt allerdings nur rationale Erklärungen zu.« Sie ergriff Sean am Oberarm und zog ihn in die Küche. »Vielleicht ist das genau die Stelle, an der James Redfield seine Frau und sich ermordet hat. Das kommt doch nicht von ungefähr.«

»Julie, wir sind alle genauso besorgt wie du«, schaltete Cathal sich ein, der zu ihnen getreten war.

»Warum glaubt ihr mir nicht? Es gibt keine Leiche, dafür das Blut, ich habe gestern das Badezimmer nicht mehr geputzt, trotzdem war hinterher alles fortgewischt. Das macht doch kein normaler Einbrecher. Da könnt ihr mir noch so oft einreden, Handwerker hätten uns einen Streich gespielt.« Tränen liefen ihr über die Wange. Sean hätte sie gerne in den Arm genommen, doch etwas hinderte ihn daran und er blieb stehen. Machte gar nichts. Nach einer gefühlten Ewigkeit, in der nur das leise Schluchzen von Julie zu hören war, wandte sie sich ab und lief aus der Küche.

»Tja, dann werde ich mal Putzsachen holen. Laut Mr McGregor können wir saubermachen. Sie haben alles dokumentiert.« Cathal legte eine Hand auf Seans Schulter, bevor er seinen Worten Taten folgen ließ.

Sean nickte nur, wusste nicht mehr, woran er glauben sollte. Vor dem Einzug war noch alles so einfach gewesen, nun löste sich das alles in Luft auf.

Kapitel 21

E r sah dem Polizeiauto hinterher. Den Mann hatte er bereits gesehen. Er war schon früher dagewesen. Er konnte nicht hören, was sie besprochen hatten, doch die Garda könnte den Bewohnern des Hauses ebenso wenig helfen wie er, wenn sie es nicht endlich verließen.

»Es dauert nicht mehr lange bis Weihnachten.« Er sprach zu der Gestalt des Lords neben ihm am Fenster und hoffte auf eine Antwort, doch wie gewohnt kam nichts.

Sie waren gemeinsam hier gefangen, jeder von ihnen musste mit seinem Schicksal alleine zurechtkommen. »Wieso sind sie immer so stur?«, murmelte er deshalb an sich selbst gewandt. »Warum begreifen sie nicht, wie gefährlich es ist, hierzubleiben? Was muss noch geschehen? Dies ist kein Ort für die Lebenden.«

Kapitel 22

Julie

Julie betrachtete die Nordmanntanne, die Cathal und sie am Nachmittag zuvor gekauft hatten. Als sich ihre Welt noch nicht komplett auf dem Kopf befand. Sie stand ungeschmückt in der Eingangshalle, in der sie durch die Temperaturen hoffentlich bis Weihnachten frisch bleiben würde, bevor sie ins Wohnzimmer umzog und ihren festlichen Behang erhielt. Sie strich gedankenverloren über die dunkelgrünen Zweige und sog den harzigen Duft des Baumes ein. Er versprach ein wenig heile Welt und Kindheit.

Doch nach gestern Abend konnte sie sich nicht mehr auf Weihnachten freuen. Die Angst vor dem, was an Heiligabend passieren könnte, saß zu tief in ihr. Hatte sich mit Widerhaken festgekrallt und ließ sich nicht vertreiben. Sean und sie versuchten zwar, normal miteinander umzugehen, was in Schweigen und gezwungenem Lächeln beim Frühstück eben endete. Cathal war der einzige, der sie wenigstens ein wenig ernst nahm und ihre Angst als valide ansah. Auch wenn er nicht an ihre Geistertheorie glaubte.

Ein Geräusch hinter ihr ließ sie zusammenfahren. Es war Timothy, der aus der Küche trat, aus der die Stimmen ihres Bruders und dessen Partners drangen, gepaart mit dem Klirren von Geschirr.

»Wie gehts dir jetzt mit Essen im Magen?« Julie sah ihren Mann mit gerunzelter Stirn an und strich ihm sanft mit einer Hand über das fahle Gesicht.

»Hm«, grummelte dieser und seufzte leise. »Ich hab eben eine Tablette genommen, aber es könnte besser sein.«

»Willst du nicht lieber noch einen Tag zuhause bleiben? Zur Garda müssen wir auch.« Die Migräneanfälle ihres Mannes dauerten selten länger als einen Tag, aber dieser hier hielt sich hartnäckig, worüber Julie sich zusätzlich sorgte. Der letzte so schlimme Anfall war vor langer Zeit gewesen, als ihr Mann noch bei seinen Eltern wohnte.

Timothy schüttelte matt den Kopf. »Ich will es wenigstens versuchen. Die Werkstatt hat gerade einen wichtigen Auftrag.«

Julie nickte unzufrieden, nahm ihren Mann in den Arm und gab ihm einen Kuss auf die Stirn, die sich feucht und kalt anfühlte. »Dann lass uns erst zur Garda fahren.« Sie wollte mitkommen und ihn unterstützen. Timothy würde zum Fall nicht beitragen können. Er konnte sich an nichts erinnern und hatte heute Vormittag völlig entsetzt reagiert, als sie ihm beim Frühstück davon berichtet hatten.

»Du brauchst nicht mitkommen. Danach fahre ich doch direkt weiter.« Sanft strich er ihr über die Haare. Seine Augen glänzten fiebrig und wäre es nach ihr gegangen, hätte sie ihn sofort wieder ins Bett verfrachtet.

»Ich kann dich nicht aufhalten, wenn du dir etwas in den Kopf gesetzt hast, aber pass auf dich auf, ja?«

Timothy schlüpfte in seine Schuhe und zog sich die Jacke über, bevor er ihr noch ein schwaches Lächeln zuwarf. Julie hielt ihm die Tür auf. Mit Unbehagen bemerkte sie, wie ihr Mann zusammenzuckte, als ihm die Sonne in die Augen schien. Doch er ließ sich nicht weiter beirren und trat hinaus in den schönen Spätherbstvormittag. Julie beobachtete wie er die steinernen Treppen auf den Kiesweg hinunterging und sich nach vorne gebeugt bis ins Auto schleppte.

Was war nur mit ihm los? So schlecht ging es ihm noch nie. Kurzentschlossen sprang sie ebenfalls die Stufen nach unten und wollte die Autotür aufreißen. Sie würde ihn jetzt zum Arzt bringen und kein Nein akzeptieren. Ehe sie den Wagen erreichte, stieß Timothy jedoch die Tür auf und erbrach sich direkt davor.

»Tim!«, rief Julie erschrocken, trat an ihn heran und strich ihm über den schweißnassen Nacken.

Cathal und Sean verließen gerade das Haus, um ebenfalls ihren Dienst anzutreten und eilten zu ihnen.

»Alles in Ordnung?«, fragte Sean besorgt. Er öffnete die Autotür ein Stück weiter.

»Tut mir leid«, murmelte Timothy gequält. Er richtete sich langsam auf. »Ich dachte, es ginge mir besser, aber die Sonne hat … ach, ich weiß auch nicht.«

»Na komm, wir bringen dich wieder ins Haus«, sagte Cathal bestimmt und Julie nickte bestärkend.

»Ich ruf bei deiner Arbeit an. In diesem Zustand können die dich dort eh nicht gebrauchen. Dann bestelle ich Doktor Brennan ein. Er soll sich dich mal genauer anschauen.«

Timothy winkte ab, doch seine Bewegung wirkte wenig überzeugend. »Der kann mir auch nicht helfen. Es ist eben die Migräne. Soll er mir etwa noch mehr Tabletten verschreiben, die nichts bewirken?« Man konnte deutlich die Frustration aus seiner Stimme heraushören.

»Vielleicht solltest du einen Spezialisten aufsuchen?«, schlug Sean vor, erntete aber nur einen müden Blick von Timothy. Er hatte mehrere aufgesucht, wie sie alle wussten. Keiner konnte ihm wirksam helfen.

Julie beschloss, das Thema Arzt vorerst auf sich beruhen zu lassen. Gemeinsam halfen sie Timothy aus dem Auto auszusteigen. Sean und Cathal bugsierten ihn ins Bett, während Julie daneben stand und sich vollkommen hilflos fühlte. Sie wollte ihrem Mann helfen, konnte allerdings nichts tun. Wie gerne hätte sie ihm die Schmerzen abgenommen oder für ein endgültiges Ende gesorgt und die Ursache aus dem Weg geschafft. Doch was war verantwortlich für Timothys Zustand?

Als Sean und Cathal schließlich gegangen waren, ließ Julie sich auf die Matratze sinken und beobachtete, wie sich Timothys Augen unter den geschlossenen Lidern hin und her bewegten. Auf der einen Seite war sie froh, heute Vormittag nicht erneut völlig allein im Haus zu sein, obwohl Timothy ihr keine Hilfe wäre, auf der anderen machte sie sich große Sorgen. Ein Teil bezog sich auf den Gesundheitszustand ihres Mannes, doch da war noch ein weiterer Gedanke, der langsam immer mehr Form annahm.

Hutch Murphey. Er war vor seinem Einzug nach Callum Hall als ein ruhiger und angenehmer Mensch beschrieben worden. Nach Samhain jedoch hatte er sich verändert, war laut den Berichten eigenbrötlerisch und aufbrausend geworden. Am Ende hatte er angeblich nicht mehr das Haus verlassen. Gab es da nicht Parallelen zwischen ihm und Timothy?

Julie strich ihrem Mann sanft über die Stirn.

Verrannte sie sich doch, wie Sean ihr vorgeworfen hatte? Sie hatten alle logische Erklärungen für die Vorfälle. Nur kannte niemand von ihnen einen Geheimeingang. Bei Timothy erklärte die Migräne so einiges. Seine Anfälle waren zuvor schon schlimm gewesen, Julie hatte allerdings das Gefühl, dieses Mal nahm es an Intensität zu. Nun hatte ihn die Übelkeit überwältigt, als er versucht hatte, das Grundstück zu verlassen.

Oder hatte sie recht und Sean nahm es wie so oft, wenn es um die alten Geschichten ging, nicht ernst? Irgendeine Wahrheit musste doch in ihnen stecken, wie sonst waren sie entstanden?

Julie seufzte, nahm die Hand ihres Mannes und führte sie an ihre Lippen. Sie drückte ihm einen Kuss auf den Handrücken, bevor sie sie in ihrem Schoß barg.

Sie brauchte die Nähe, musste sich unbedingt vergewissern, dass Timothy noch da war. Trotzdem plagten sie Zweifel, fraßen sich wie Parasiten durch ihr Inneres.

Konnte ihr Mann von dem Fluch befallen sein, der erst James Redfield und dann Hutch Murphey in seinen Bann gezogen hatte?

Julie konnte sich beim besten Willen nicht vorstellen, Tim könnte ihr etwas antun, aber hätte Rhona Murphey sich damals ausmalen können, ihr Mann könnte erweiterten Suizid begehen?

In ihrem Magen bildete sich ein großer, schmerzhafter Knoten. Sie wollte diese Gedanken abschütteln, darauf vertrauen, alles sei nur dem Zufall geschuldet, es gelang ihr jedoch nicht.

Sie legte Timothys Hand mit unter die Decke, gab ihm einen Kuss auf die Wange und stand seufzend auf. Sie musste bei der Garda und in der Werkstatt anrufen und ihren Mann erneut entschuldigen. Heute Nachmittag würden dann zum ersten Mal Kunden in ihre Beispielwohnung im Dachgeschoss kommen. Bis dahin gab es noch einiges zu tun. Auch wenn es wenig tröstlich war, ihr Mann könnte vom Fluch befallen sein, gefährlich werden würde er erst an Weihnachten und bis dahin blieb noch einige Zeit. Sie würde gewappnet sein und die anderen überzeugt haben.

Der »Showroom« bestand aus mehreren Räumen unter dem Dach, die früher den Dienstboten Platz zum Schlafen geboten hatten. Nun war jeder davon in einem anderen Stil eingerichtet, die Wände unterschiedlich tapeziert oder gestrichen, die Polster in verschiedenen Arten und Formen dekoriert. Es gab Möbelbeispiele für Wohn-, Ess-, Schlaf-, Kinderzimmer und sogar eine kleine Küche, die jedoch nicht angeschlossen und damit nicht funktionstüchtig war. In einer Ecke befanden sich Fliesenbeispiele für Bäder. Julie hatte an alles gedacht.

»Natürlich wäre es möglich, diese Polster miteinander zu kombinieren«, schlug Julie dem jungen Ehepaar vor, die sich interessiert umsahen oder auch mal über die Möbel, Wände und Polster strichen. Sie hielt ein samtenes, dunkelgrünes Stoffmuster an einen senfgelben Sessel. »Ihre Töchter sind noch recht jung, nicht wahr? In diesem Fall würde ich die Farbpalette vermutlich umdrehen. Dunkle Polstermöbel, aus einem gut zu reinigenden Stoff mit hellen Kissen, die man schnell abziehen und waschen kann.« Sie zwinkerte den beiden verschwörerisch zu. »So schön es am Ende sein soll, ergibt es doch keinen Sinn, wenn Sie alles mit Schonbezügen abdecken müssen, damit nichts schmutzig wird.«

»O ja, vor allem wenn man zu den Kindern einen Ehemann hat, der so ungeschickt ist wie ich«, bestätigte der junge Mann. Mit einem Schmunzeln sah er zu seiner Frau, die leise lachte und ihm einen liebevollen Klaps auf den Arm gab.

Julie lächelte und reichte den beiden einen Stapel mit Mustern. »Die hier habe ich Ihnen rausgesucht. Jedes davon lässt sich gut zu Ihren anderen Möbeln kombinieren und ist pflegeleicht, egal ob in Bezug auf Kinder oder Ehemänner.«

Sie kam nicht umhin die Leichtigkeit der beiden zu beneiden. Timothy und sie waren vor dem Einzug in Callum Hall auch so gewesen. Natürlich gab es immer ernste Zeiten, aber das gegenseitige Necken, die kleinen Liebenswürdigkeiten … All das hatten sie in ihrer alten Wohnung zurückgelassen. Was sie in diesem Haus hier noch vor wenigen Wochen als bezaubernd und vintage bezeichnet hatte, kam ihr jetzt düster und bedrohlich vor. Sie unterdrückte ein Seufzen und zwang sich zu einem Lächeln.

Im Großen und Ganzen war Julie zufrieden mit der Präsentation in ihrem Showroom, auch wenn sich die Kunden mit ihrer Entscheidung erst noch eine Nacht Zeit lassen wollten.

»Könnte ich vielleicht kurz auf die Toilette?«, fragte die junge Frau, als sie die Treppe herunter kamen.

»Natürlich.« Julie überlegte einen Moment, ob sie der Dame lieber die Gästetoilette rechts der Treppe, oder ihr privates Bad neben der Küche anbieten sollte. Allerdings verstopfte die Gästetoilette aus einem nicht erfindlichen Grund sehr schnell, was ihre Mutter schon am Tag des Einzugs feststellen durfte.

Julie wollte ungern dem Verkaufsgespräch durch eine Überschwemmung einen Dämpfer aufsetzen, also wies sie auf das private Badezimmer. »Hier hinein bitte.«

Die Dame lächelte sie dankbar an und strebte auf die Tür zu, während ihr Mann Julie ein Kompliment für das Haus machte. Er bewunderte den Boden in der Eingangshalle, als seine Frau plötzlich anfing zu schreien.

Julie und ihr Mann eilten zu ihr. Sie stand in der geöffneten Tür des Badezimmers, der Körper wie erstarrt. Mit der Hand umfasste die Dame den Türgriff so fest, Julie konnte die weiß hervorstechenden Fingerknöchel sehen.

Julie wich alle Farbe aus den Wangen und ihr Puls stieg an. Was war nun geschehen? Sie hatte Angst vor dem, was sie vorfinden würde.

Sie fasste allen Mut zusammen und trat an die Seite ihrer Kundin. Sie schloss die Augen, wünschte sich einfach nur eine Sauerei der Männer herbei. Doch als sie sie wieder öffnete, bot sich ihr immer noch dasselbe Bild wie zuvor.

Blutstropfen sprenkelten Wand und Spiegel über dem Waschbecken. Dieses war selbst gefüllt mit der roten Flüssigkeit.

Julie wurde übel bei dem Anblick und dem Geruch, der sich ihr bot. Die mittlerweile vertraute Angst kehrte mit Wucht zurück. Sie erstarrte, konnte sich keinen Millimeter bewegen, ihr lief es heiß und kalt den Rücken hinunter.

»Soll das ein schlechter Scherz sein?« Der junge Mann trat ebenfalls zu ihnen und klang gereizt.

»Ich … ich weiß nicht«, murmelte Julie mit schwacher Stimme, bemüht nicht durchzudrehen. Ihr Magen bestand einzig aus einem großen Knoten und sie hatte Mühe, den Inhalt nicht sofort vor ihren Kunden loszuwerden.

»Das ist abartig!« Die Frau wandte sich angeekelt ab.

»Vermutlich ist es nur Farbe.« Das war ein schwacher Erklärungsversuch, da der penetrante und typische Geruch nach Metall sie Lügen strafte. Fieberhaft überlegte Julie, wie sie das sonst erklären konnte. Doch ihr fiel nichts ein. Ihr Kopf war wie leergefegt. Sie musste sich zwingen, sich von dem Anblick zu lösen, um sich ihren Kunden zu zuwenden.

»Ist das Ihr ernst?« Der Mann sah sie an, als würde er sie am liebsten sofort einweisen lassen. »Wir gehen jetzt besser.« Er nahm seine Frau am Arm und durchquerte in großen Schritten die Eingangshalle. »Seien Sie froh, wenn wir nicht die Polizei rufen.«

Julie stand immer noch geschockt in der Tür zum Badezimmer, als die Haustür krachend ins Schloss fiel und sie zusammenzucken ließ. Dann zog sie die Tür mechanisch zu und setzte sich auf einen der Küchenstühle, um ihre zitternden Beine zu entlasten. Sie merkte kaum die Tränen, die über ihre Wangen rannen und auf ihre im Schoß gefalteten zitternden Hände fielen.

Was hatten sie sich mit diesem Haus nur angetan?

»So, das wars.« Cathal warf die mit Blutflecken übersäten Putzlappen in den Mülleimer, hob die Tüte heraus, verschloss sie und stellte sie an die Hintertür.

»Danke dir.« Julie saß am Küchentisch und starrte auf zwei blutige Wattestäbchen, die sich in Plastikröhrchen vor ihr befanden. »Danke für alles. Du bist so schnell gekommen, hast das Putzen übernommen und vielleicht kommen die Ergebnisse der Blutuntersuchung bei dir schneller zurück.« Sie fuhr sich mit den Händen müde über das abgespannte Gesicht. »Ich weiß nicht, wie ich das alleine geschafft hätte. Erneut die Garda im Haus zu haben, möchte ich nicht. Die sagen ständig dasselbe.«

»Ich werde es trotzdem melden, habe extra Fotos gemacht und ein weiteres Röhrchen für die Polizei fertiggestellt. Gleich werde ich den Garten absuchen. Irgendwoher muss das Blut doch stammen.« Cathal zog die Stirn kraus.

Julie achtete nicht auf Cathals Worte. Sie war zu sehr in eigene Gedanken versunken. »Tim ist gerade zu nichts zu gebrauchen und Sean ... der wird mich vermutlich als verrückt abstempeln.«

»Das glaube ich nicht«, erwiderte Cathal sanft und ließ sich neben ihr nieder. »Wir haben das Blut beide gesehen, da gibt es keinen Interpretationsspielraum. Bald ...« Er wies auf das Wattestäbchen. »... wissen wir, um was für Blut es sich handelt. Zumindest ob es menschlichen oder tierischen Ursprungs ist. Das geht garantiert schneller bei uns als bei der Garda. Die Labore sind überlastet.«

Julie nickte, doch insgeheim fragte sie sich, was wohl die beruhigendere Antwort wäre.

Als die Haustür geöffnet wurde, fuhren beide erschrocken zusammen. Die angespannte Lage zerrte offenbar nicht nur an Julies Nerven. Wenig später betrat Sean den Raum, stockte allerdings mitten in der Bewegung.

»Was ist denn hier los? Wer ist gestorben?«

»Unser Hausgeist hatte erneut seine Tage«, erklärte Cathal und hob ein Plastikröhrchen in die Höhe.

Keiner lachte. Sean rieb sich den Nacken und gab Cathal einen flüchtigen Kuss. Dann biss er sich auf die Lippen. Nun legte sich seine Stirn in Falten.

»Es ist erneut Blut aufgetaucht? Hier in der Küche?«, fragte er und wirkte dabei, wie der junge Sean aus Kindertagen, der etwas angestellt hatte. Sein Blick huschte umher, wieder fuhr er sich durch den Nacken und strich sich danach durch die Haare.

Machte Sean sich doch mehr Sorgen, als er zugeben mochte? Erst gestern hatte er vehement nach dem Kamerasystem gefragt. Cathal konnte ihn mit Mühe und Not davon abhalten, in ein Geschäft zu gehen und das nächstbeste zu besorgen.

Julie hatte sich zwar gefreut, nur glaubte Sean noch immer an einen Eindringling. Ihre Meinung zählte weiterhin nicht und Sean schrieb ihre Befürchtungen ihrer Fantasie zu. Cathal hielt sich da zurück, doch er vertrat bestimmt insgeheim dieselbe Ansicht.

»Nein, im Bad«, erklärte Cathal.

»Jesus Christ«, schimpfte Sean und ließ sich auf den nächstbesten Stuhl sinken, den Blick fest auf die Badezimmertür gerichtet. Was ging nur in ihm vor?

»Wie geht's Tim? Hat er geschlafwandelt?«, fragte Sean.

»Ich war vorhin kurz bei ihm oben. Er schläft.«

»Hast du in den letzten Stunden eine Theorie entwickelt, woher das Blut stammen könnte so ganz ohne Leiche?«, begann sie vorsichtig.

Sean schüttelte den Kopf. »Nein.« Er sah sich um. »Wo ist die Garda, wenn wieder Blut aufgetaucht ist?«

»Wir haben sie nicht verständigt. Ich habe Fotos gemacht, bringe nachher ein Röhrchen vorbei und berichte ihnen alles.«

»Warum habt ihr sie nicht gerufen? Sie könnten etwas finden, das von Belang ist?« Sean starrte Cathal an. »Gerade du, der alles immer richtig machen will, um die Beweiskette nicht zu unterbrechen.«

»Sean, das ist die Garda. Ich stelle Diagnosen und schließe aus.«

»Könnt ihr mit dem Scheiß aufhören«, rief Julie dazwischen. »Hier geht es nicht um Beweisketten oder Diagnosen, sondern um den Fluch. Es hat begonnen. Wir werden keine Leichen finden.« Julies Magen verknotete sich heute zum zweiten Mal. Wellen von Schmerz fluteten ihren Körper. Sie war kurz davor aufzuspringen und sich über die Kloschüssel zu hängen. Wie konnten Sean und Cathal sich über Belanglosigkeiten unterhalten, wenn sie in Gefahr waren? Konnten sie es nicht endlich sehen?

»Julie, das ist ein Ammenmärchen mit dem Fluch. Da will uns irgendjemand einen Schrecken einjagen. Hat die Mitarbeiterin von der Stadt nicht gesagt, es gäbe einen weiteren Interessenten? Vielleicht versucht er uns, so zu vertreiben.«

»Wie bitte?« Julies Stimme klang schriller, als sie es beabsichtigt hatte und sprang auf. »Du suchst nach der nächsten Erklärung? Warum zum Henker glaubt ihr mir nicht?« Sie konnte sich nicht mehr zurückhalten.

»Das glaube ich zwar nicht, könnte natürlich auch sein«, sprang Cathal Sean bei.

Für einen Moment stand Julie sprachlos vor den Männern. In ihr tobte ein Wirbelsturm aus Angst und Wut, der sich nicht kontrollieren ließ. »Jetzt kommt ihr mir gleich mit: Es gibt für alles eine logische Erklärung.«

»Aber das ist so.« Sean lief rot an im Gesicht und ballte eine Hand zur Faust.

Julie äffte Seans Satz nach. »Dann zeig mir endlich den Eingang, wie die Personen hier reinkommen. Erklär mir bitte, woher Tim die schlimmste Migräne herbekommen hat, die er jemals hatte. Stress und Auseinandersetzungen mit seinen Eltern sind dieses Mal nicht die Auslöser.« Julie machte eine ausladende Geste, als sie Sean anschrie.

»Lasst uns nicht gleich wieder streiten.« Cathal mischte sich ein, offensichtlich, um die Wogen zu glätten. Doch dieses Mal prallten die Worte an Julie ab. Sie wollte ihre Wut an Sean ablassen, er kam ihr jedoch zuvor.

»Ach ja? Er hat dir nicht erzählt, wie sie kurz vor dem Umzug an eurer Haustür standen und er ihnen wieder Geld zugesteckt hat. Sie haben ihn erneut emotional erpresst.« Sean erhob sich ebenfalls. An seiner Stirn pulsierte eine Ader. »Denk lieber drüber nach, weshalb er dir das nicht gesagt hat!«

Julie riss die Augen auf, stolperte einige Schritte zurück, als ob man ihr mit einem Brett vor den Kopf gehauen hatte. »Das hat er nicht«, presste sie zwischen den Zähnen hervor. »Er hat mir versprochen, sie nie mehr zu unterstützen.« Es war eine Ausrede für sie, Sean log sie nicht an.

Tief in ihr drin wusste sie, Tim konnte ihr noch so oft versprechen, seinen Eltern nichts mehr zu geben, er tat es trotzdem, wenn sie nicht hinsah. Nun allerdings von Sean zu hören, wie Timothy mit ihm darüber sprach, mit ihr jedoch nicht, tat mehr weh, als wenn ihr jemand die Haut langsam und zentimeterweise mit einem Messer aufgeschlitzt hätte.

Ein dicker Kloß bildete sich in ihrem Hals und nahm ihr die Luft zum Atmen. In ihr baute sich das unbedingte Bedürfnis auf, Sean ebenso zu verletzen, wie er sie. »Du bist so ein widerliches Arschloch, Sean. Wie kannst du nur so sein?«

»Das reicht jetzt. Ihr soll…«, begann Cathal.

»Ich bin widerlich, weil ich dir nur die Wahrheit sage?«, erwiderte Sean sarkastisch. »Du kommst mit deiner elendigen Geister und Fluchtheorie und weichst nicht einen Zentimeter davon ab.« Er kam zwei Schritte auf Julie zu, pikte ihr gegen die Brust. »Du lässt keine andere Meinung als deine zu.«

»Ich rücke nicht von meiner Meinung ab? Wer hat denn ständig zu Mam gehalten, obwohl sie diejenige war, die Dad immer nieder gemacht hat.« Hitze stieg Julie in die Wangen. Sie zeigte auf die Röhrchen auf dem Tisch. »Egal, was da rauskommt, du wirst weiterhin an irgendwelche eingebildeten Einbrecher glauben. Was anderes lässt dein rationales Hirn nicht zu. Ich bin doch nur die kleine Schwester und hab keine Ahnung von irgendwas, weil ich an mehr als nur Himmel und Erde mit den erklärbaren Dinge glaube.« Julie hob mit jedem Wort die Stimme und funkelte ihren Bruder an. »Geht es nicht in Wirklichkeit darum, die gegenteilige Meinung von meiner zu vertreten, weil du dir nicht vorstellen kannst, ich könnte richtig liegen?« Sie merkte selbst, wie sie sich hineinsteigerte. Ihr Blut kochte und ihre Gesten wurden ausladender. »Bei der Trennung unserer Eltern musstest du natürlich zu Mam halten, weil ich auf Dads Seite war.«

»Fang doch nicht wieder damit an«, stöhnte Sean genervt und wollte noch einen Schritt auf sie zu tun, Cathal hielt ihn allerdings zurück.

»Sean, es reic…« Erneut kam er nicht weiter.

»Wenn ich nie deiner Meinung wäre, dann wäre ich kaum mit dir in dieses Haus gezogen. Wenn ich mich recht erinnere, war das deine Idee.«

Julie zuckte zusammen. Die Schuldgefühle ihre liebsten Menschen erst in diese Situation gebracht zu haben, nagten seit Tagen an ihr. Doch sie war nicht in der Lage, diese vor Sean zuzugeben. Dafür war sie zu verletzt. Tim redete nicht mit ihr, sondern mit ihrem Bruder. Sean hingegen nahm sie nicht ernst, tat alles als Gespinst ab. Cathal schien sich ganz herauszuhalten.

»Ja klar, da folgt ihr einmal meiner Eingebung und schon sitzen wir in der Scheiße. Also ist das jetzt alles meine Schuld? Wie praktisch!«

»Das hat niemand behauptet«, warf Cathal sanft ein, doch weder Sean noch Julie beachteten ihn.

»O nein, keine Sorge, schuld bin ich da schon selbst dran.« Seans Stimme klang nun deutlich kälter als zuvor. »Seit Jahren mache ich mir Vorwürfe, dich damals im Stich gelassen zu haben und ja, das war ein Grund, warum ich mich auf diese Schnapsidee mit Callum Hall eingelassen habe.« Sean verschränkte seine Hände ineinander, die Daumen umkreisten sich schnell. »Cathal und ich könnten noch immer in unserem kleinen gemieteten Häuschen sitzen, ohne Einbrecher, ohne Blut, ohne Streitigkeiten jeden Tag. Aber ich wollte dich unbedingt unterstützen und nun hocken wir hier und diskutieren über Geister mit Fingerabdrücken, die Blut im Haus verteilen und Schulhefte zerstören!«

»Na wunderbar, dann zieh doch einfach aus.« Auf Julies Wangen bildeten sich bestimmt wieder rote Flecken, wie immer, wenn sie sich aufregte. Sie konnte nur schwer die Tränen zurückhalten. Mit ihrem schroffen Ton versuchte sie, das Zittern in ihrer Stimme zu überspielen.

»Schön wärs, aber wohin denn, nachdem wir so viel Geld in dieses Gruselkabinett gesteckt haben?«

Aus den Augenwinkeln bekam Julie mit, wie Cathal Sean fest um den Oberarm fasste. Ihm schien die Situation sehr unangenehm zu sein, denn er hatte sein professionelles Tierarztgesicht aufgesetzt, welches er jedes Mal zeigte, sobald er schlechte Nachrichten überbringen musste.

»Nachdem du so viel schlauer bist als ich, wird dir dafür sicher eine Lösung einfallen.« Julie schnaufte, unterdrückte ein erstes Schniefen und verließ die Küche. Bereits auf der Treppe liefen die ersten Tränen. Tränen der Wut, der Schuld und der Angst, es würde nie wieder so werden wie früher.

Kapitel 23

Sean

Cathal griff fest und unerbittlich um Seans Oberarm. »Du kommst jetzt mit.« Cathal zog an Seans Arm, sodass ihm nichts anderes übrig blieb, als mitzugehen. Aus der Halle hörte Sean, wie Julie schluchzend die Treppe hinauf stürmte.

»Lass mich los, ich bin kein kleines Kind mehr.« Er versuchte sich aus Cathals Griff zu befreien, doch dieser ließ ihn nicht los.

»Da bin ich mir nicht so sicher.«

Als Cathal und er am Fuß der Treppe ankamen, flog die Tür zu Julies Wohnzimmer zu. Miss Woodhouse, die auf ihrem Lieblingsplatz auf dem Geländer lag, maunzte leise und streckte sich.

In ihrem eigenen Wohnzimmer angekommen, ließ Cathal Sean los, der sich über den Oberarm rieb.

»Was sollte das? Julie war doch weg«, raunzte er seinen Freund an.

»Ihr seid euch da bald beide an die Kehle gesprungen. Außerdem will ich mit dir alleine reden, ohne von jemandem gestört zu werden. Das mache ich lieber hier in unseren eigenen Räumen statt unten.« Cathal blieb ruhig.

Normalerweise half das Sean dabei, selbst runterzu-kommen, aber dieses Mal war er zu aufgebracht. In der letzten Zeit waren zu viele alte Wunden aufgerissen worden. »Was ist los mit euch?«

»Nichts.« Sean drehte sich um und ging durchs Schlafzimmer ins Badezimmer. Er schlug die Tür hinter sich zu und ließ sich auf den geschlossenen Toilettensitz fallen.

»Hey, du störrischer Esel, rede mit mir.« Cathal war ihm gefolgt und stand nun in der Tür. Um seine Mundwinkel zuckte es. »Sich hier zu verstecken, bringt auch nichts.«

Sean funkelte ihn an. »Kann ich nicht mal hier meine Ruhe haben?«

»Sehr gerne, aber erst sagst du mir, was los ist.« Cathal verschränkte seine Arme vor der Brust. »Na komm schon, hinterher geht es dir immer besser.«

Sean tippte mit den Fingern auf seinem Oberschenkel herum. »Sie denkt ernsthaft über diesen Geisterkram nach. Ich kann es einfach nicht glauben. Da kennt jemand in diesem Ort einen Eingang, von dem wir nichts wissen und stellt Verwüstungen an. Der sorgt für Streit zwischen Julie und mir. Frage mich nur, welche Motivation von seiner Seite dahinter steckt. Will er uns vertreiben? Zieht er sich an unserer Angst hoch?« Seans Blick schweifte zum Fenster und er schauderte. »Bekommt er vielleicht sogar mit, was hier drin abläuft? Beobachtet er uns?«

Cathal hob die Augenbrauen, amüsiert funkelte es aus seinen Augen. »Du hast wirklich eine lebendige Fantasie.« Er hockte sich vor Sean. »Wie soll er uns denn hier drin beobachten? Sitzt er auf einem Baum mit einem Fernglas und schaut uns so zu? Hat das Haus verwanzt?«

Sean riss die Augen auf. »Was, wenn es ein Spion ist, der dem Fluch auf die Spur kommen will und wir seine Versuchskaninchen sind? Bisher wurde nichts geklaut.«

»Schluss damit. Deine Theorie klingt fast noch absurder. Da freunde ich mich eher mit der von Julie an.« Cathal seufzte. »Womit wir wieder beim Thema wären. So geht es auf keinen Fall. Du und Julie könnt euch nicht ständig gegenseitig an die Gurgel gehen. Ihr müsst einen Weg finden, um miteinander zu reden und die gegenteilige Meinung zu akzeptieren. So werden wir nie herausfinden, wer hier was anstellt.«

»Du hat recht. Es ist nur so unheimlich schwer.« Erneut schob sich vor Seans geistiges Auge die Erinnerung an die Trennungszeit ihrer Eltern in den Vordergrund. Auf keinen Fall wollte er es so weit kommen lassen wie damals. Keine Funkstille mehr zwischen seiner Schwester und ihm. Aber Julie schaffte es neuerdings, ihn innerhalb von Sekunden auf hundertachtzig zu bringen.

»Regt dich wirklich der Geisterkram auf?«, fragte Cathal. »Du kennst deine Schwester. Sie hatte schon immer eine Affinität dafür.«

»Genau deswegen hätte ich auch dieses Mal die Garda gerufen. Irgendwann macht der Eindringling einen Fehler und dann haben sie ihn. Aber sogar du hast jetzt dagegen gesprochen.« Sean stupste Cathal gegen die Schulter an. »Wer weiß, vielleicht sind wir nicht die einzigen und sie finden Fingerabdrücke, die zu den hier hinterlassenen passen.«

»Du magst damit recht haben, doch was hätten sie anderes getan als gestern? Dieses Haus steht auf der Prioritätenliste nicht ganz oben. Es hat nun mal den Ruf für merkwürdige Absurditäten weg, ist für Kinder die Mutprobe schlechthin und solange keine Leiche auftaucht, wird nur das Nötigste getan.« Cathal legte seine Arme auf den Oberschenkeln von Sean ab. »Bitte, geh mehr auf deine Schwester ein. Es bringt uns alle nicht weiter, wenn ihr euch gegenseitig Vorwürfe macht und in alte Muster verfallt. Außerdem haben wir gemeinsam die Entscheidung getroffen, dieses Haus zu kaufen.« Cathal strich mit dem Daumen über Seans Jeans. »Wenn du es überhaupt nicht gewollt hättest, wäre es kein Problem gewesen Nein zu sagen und Julie hätte es akzeptiert.«

Sean verdrehte die Augen. Warum kannte dieser Mann ihn so gut? Ganz unrecht hatte Cathal nicht. Seine Zustimmung damals hing definitiv nicht mit dem schlechten Gewissen gegenüber Julie zusammen, sondern eher mit der Aussicht auf eine Tierarztpraxis für Cathal.

»Willst du jetzt hier weiter schmollen oder kommst du mit ins Wohnzimmer? Ich hole uns Abendessen hoch und wir machen es uns hier bequem.«

»Ich schmolle überhaupt nicht«, erwiderte Sean, was ihm ein leises Lachen von Cathal einbrachte. »Komme sofort. Muss wirklich mal auf Toilette.«

In dem Moment schepperte und klirrte es laut aus der Halle und Sean schrak zusammen. »Was war das?«

»Woher soll ich das wissen? Ich sehe genauso viel wie du.« Cathal stand auf und zog Sean vom Toilettensitz und gemeinsam eilten sie zur Galerie. Von der anderen

Seite sahen sie bereits Julie aus ihrem Wohnzimmer kommen.

Auf dem ersten Absatz stand Timothy, stierte geradeaus und ging langsam die Treppe hinunter.

»Was war das?«, rief Julie ihnen hysterisch entgegen. Timothy reagierte nicht.

»Jesus Christ, er schlafwandelt. Sei still Julie«, ermahnte Sean seine Schwester, der das sofort erkannt hatte. Dieses Mal war es tatsächlich schlimmer als sonst. Sean und Julie kamen gleichzeitig bei Timothy an, der die ersten Stufen geschafft hatte.

»Er blutet!« Julie stand nun neben ihrem Mann und hielt ihn sanft auf, um ihn nicht zu wecken. Sofort blieb Timothy stehen.

»Wo?« Sean stellte sich neben sie. Cathal war oben am Geländer stehengeblieben. Julie hob Timothys Hand an. Ein Schnitt prangte quer über die Innenseite.

»Unser Messerblock mit den Messern liegt unten auf den Fliesen.« Cathal deutete auf die entsprechende Stelle.

»Hast du etwa nicht auf ihn aufgepasst? Wie konnte Timothy nach unten gehen, den Block holen, sich schneiden und alles hinunterwerfen?«, warf Sean Julie vor. Er schob sie beiseite, nahm Timothys Hand und besah sich selbst die Sache.

»Was fällt dir ein?«, fragte sie Sean leise und zischte wie eine Schlange dabei. »Das ist mein Mann.«

»Allerdings mein bester Freund und du scheinst dich nicht um ihn kümmern zu können«, erwiderte Sean ebenso leise, trotzdem konnte er die Wut in seiner Stimme nicht unterdrücken. »Komm mit, Timmy, ich bring dich ins Bett und Cathal sieht sich deine Wunde an.« Vorsichtig drehte er seinen besten Freund um, der das willig mit sich geschehen ließ.

»Geht's dir gut? Er ist mein Mann, ich sorge für ihn.«

Cathal kam ihnen entgegen. »Wenn ihr beide nicht aufhört, wird er aufwachen. Muss ich euch daran erinnern, wie er oft reagiert? Wer von euch will das blaue Auge kassieren? Dieses Mal könnte es noch schlimmer ausfallen, weil er ein erwachsener Mann ist mit Kraft in den Armen.« Cathal nahm Timothy Sean ab. »Ich werde mich jetzt um ihn kümmern und ihr klärt gefälligst eure Animositäten.«

Sean hatte Cathal selten so aufgebracht erlebt. Langsam führte er Timothy nach oben, bog rechts ab zum Schlafzimmer und verschwand darin.

»Du kannst es nicht sein lassen, oder? Musst dich immer wieder bei uns einmischen.« Julie stemmt ihre Fäuste in die Hüften und funkelte Sean böse an.

»Ich … was? Ich will meinem besten Freund helfen, weil seine Frau und zufälligerweise meine Schwester, nicht dazu in der Lage ist!« Sean verschränkte die Arme vor der Brust. In ihm stritt die Sorge um Timothy mit der Wut auf Julie. Doch er wusste ihn in besten Händen bei Cathal.

»Na klar, weil du mir wie immer nichts zutraust.« Tränen sammelten sich in Julies Augen. »Es ist und bleibt dasselbe. Timothy rennt zu dir, wenn er Sorgen hat statt zu mir, du kannst ihn am besten versorgen, wenn er an seiner Migräne leidet, und ich bin nur die kleine Schwester, die im Weg ist.«

»Echt jetzt, Julie? Die alten Kamellen? Hast du nichts dazu gelernt? Hier geht es um Timothy und seine Migräne, nicht um dich oder mich.«

»O nein. Nicht so. Ich bin mit Timothy verheiratet und sollte seine erste Ansprechpartnerin sein und nicht du. Wir sorgen uns umeinander und erst, wenn wir dich um Hilfe bitten, solltest du dazu kommen. Hör auf, dich ständig in unser Leben einzumischen!«

»Schluss jetzt! Sind wir im Kindergarten oder was?«, ertönte Cathals Stimme vom Anfang der Treppe. »Sean, hol meine Tasche aus dem Auto. Die kleine rote. Da habe ich alles, was ich brauche. Die Wunde ist nicht tief.«

Sean presste die Lippen aufeinander, nickte allerdings.

»Julie, hol mir bitte warmes Wasser und einen Lappen und dann räume die Messer weg. Heute kümmere ich mich um Timothy und ihr haltet euch fern. Ist doch nicht zu glauben, wie ihr euch aufführt.«

Sean wandte sich ab, ging zur Garderobe und holte Cathals Schlüssel hervor. Er suchte kurz die Tasche in dem Transporter, fand sie und brachte sie Cathal. Timothy lag auf seinem Bett und stöhnte leise. Er schien aufgewacht zu sein und Schmerzen zu haben. Julie stand vor Kopf, das Gesicht vor Sorge verzogen. Cathal klebte den Schnitt zusammen und verband die Hand.

Er griff nach dem Blister auf dem Nachttisch. »Tim, nimm noch eine Tablette.«

Timothy öffnete die Augen, kniff sie sofort wieder zusammen.

»Ich halte sie dir an den Mund. Nur schlucken, mehr nicht.«

Sofort kam Timothy der Bitte Cathals nach. Sein Adamsapfel bewegte sich auf und ab, als er sie nahm und stöhnte erneut. Er drehte sich fort, zog die Decke über sich und schien schon wieder zu schlafen.

Cathal deutete mit seinem Kopf zur Tür und Julie und Sean gingen mit ihm nach draußen. »Reißt euch zusammen! Es ist ganz egal, in welcher Beziehung ihr zu ihm steht, Hauptsache er wird versorgt. Julie, du achtest bitte auf ihn. Timothy sollte nicht mehr alleine bleiben, bis der Anfall vorbei ist.«

»Ja, es ist wirklich schlimm, dieses Mal. Ich werde gleich morgen früh Dr. Brennan einbestellen. Er soll sich ihn ansehen.« Julie fuhr sich über die Augen. Erst jetzt fiel Sean auf, wie verweint sie aussah, voller Sorge im Gesicht. Auf ihrer Stirn hatten sich in den letzten Tagen tiefe Falten gegraben, oder waren sie schon länger dort und ihm war es nur nicht aufgefallen?

»Er kann nach der Wunde in seiner Hand sehen.« Cathal strich Julie beruhigend über den Oberarm. »Wir kriegen das hin, aber nicht, wenn ihr euch ständig streitet.«

Sean nickte betreten. Er kam sich vor wie ein Kleinkind, das von seinen Eltern ausgeschimpft wurde.

»Ich räume eben auf und wische das Blut fort.« Sie ging davon, Tränen liefen ihr über die Wangen und Sean wäre ihr gerne nachgeeilt, doch er konnte nicht. Zu tief saß der heutige Tag in ihm und er brauchte erst einmal Abstand. Musste verdauen, was sich heute zwischen ihm und seiner Schwester abgespielt hatte.

Julie blieb am obersten Treppenabsatz stehen. »Was wenn doch Timothy an allem Schuld ist?«

Cathal schüttelte den Kopf. »Woher hätte er all das Blut nehmen sollen? Wäre es seines, stünden wir …« Er sprach nicht zu Ende. Julie nickte und ging nach unten.

»Komm, lass uns rübergehen.« Cathal legte Sean einen Arm um die Schultern. In ihrem Wohnzimmer ließen sie sich auf ihr gemütliches Sofa fallen, das gegenüber dem Kamin stand. Der war allerdings aus und verbreitete keine Wärme.

»Sean, so kann es nicht weitergehen. Ich habe zwar damals nicht mitbekommen, wie schlimm es zwischen euch gewesen ist, bin mir aber ziemlich sicher, ihr seid wieder auf dem Weg dahin.«

Sean strich sich über den Nacken. »Ich weiß. Allerdings komme ich nicht dagegen an, wenn sie mir mit ihrer Eifersucht kommt. Sie müsste längst drüber hinweg sein.«

»Ganz ehrlich?« Cathal wandte sich Sean auf dem Sofa zu und sah ernst aus. »Ich kann sie sehr gut verstehen. Du und Timothy habt einen so engen Bund, manchmal habe ich das Gefühl, wenn er schwul wäre, würdet ihr zusammen sein. Du sprichst immerhin mit mir, Timothy scheint allerdings Sachen vor Julie zu verheimlichen. Was glaubst du wohl, woher die Eifersucht stammt?«

Sean kniff die Augen zusammen und drückte seine Nasenwurzel. »Jesus Christ. Timothy liebe ich wie einen Bruder, dich wie meinen Geliebten, besten Freund, mit dem ich alles teilen will.« Konnte der Tag noch beschissener werden? »Bist du jetzt etwa auf Julies Seite?«

»Das habe ich nicht gesagt. Ich kann sie verstehen, mehr nicht. Ich bin auf niemandes Seite. Hier muss sich keiner entscheiden.«

»Weißt du was? Geh zu deiner Julie, ihr versteht euch so prächtig. Braucht keine Garda, sondern entfernt Beweise auf eigene Faust, seid vereint in eurer Eifersucht und ich rufe jetzt einen Kollegen an, ob er Zeit für ein Guinness im Pub hat. Dort ist vielleicht fröhlicher.« Sean stand auf und ignorierte auch Cathals Ruf hinter ihm. Er war viel zu wütend auf ihn und Julie und die gesamte Situation. Ebenso ignorierte er die Tatsache, wie kindisch und irrational er sich benahm, statt in Ruhe mit Cathal zu reden. Doch zurzeit war er nicht in der Lage dazu und suchte ein Ventil, um seine Angst und Sorge loszuwerden.

Wer wusste schon, was alles mit Timothy hätte passieren können, wäre ihm der Messerblock nicht heruntergefallen.

An der Garderobe schnappte er sich seine Schlüssel, eine Jacke und rief seinen Kollegen an.

Sean drehte sein Bierglas in den Händen und starrte hinein. Sein Kollege Colin saß neben ihm, doch statt ihm zuzuhören, drifteten seine Gedanken ständig zu Julie und Cathal.

»… wie man das Lernverhalten verbessern kann. Habe da eine tolle Sammlung auf Pinterest angefangen. Wenn du willst, kann ich das mit dir teilen.«

Sean blickte zur Ecke der Musizierenden, ließ Colin weiterreden. Manchmal gesellte sein Vater sich mit seiner Querflöte dazu, spielte mit anderen ein paar Tunes oder sang. Heute war er nicht da, worüber Sean sehr froh war.

189

Er hätte nicht gewusst, was er hätte sagen sollen. Er wollte nicht mit seinem Vater über seinen Streit mit Cathal sprechen.

»Hey.« Colin stupste ihn an. »Hörst du überhaupt zu?«

»Klar.« Sean wandte sich Colin zu. Sie saßen am Ende der vollbesetzten Theke aus altem Eichenholz, die abgegriffen war und glänzte.

»Soll ich meine Pinnwand mit dir teilen? Das sind einfache schnell umgesetzte Sachen fürs Klassenzimmer und sie bringen den Schülern direkt mehr Ordnung bei.«

»Sicher. Ordnung und lernen ist immer gut.« Sean zwang sich zu einem Lächeln. Hierher zu kommen war ein großer Fehler gewesen. Er hatte überhaupt keinen Kopf für den Pub.

Hinter ihm am großen Tisch erklang lautes Gelächter. Französische Touristen hatten sich dort niedergelassen und tranken Guinness.

»Okay, was ist los? Hast du dich mit Cathal gestritten? Sonst rufst du mich nie an, um in den Pub zu gehen.«

Sean verdrehte die Augen. »Können wir nicht einmal so ausgehen? Ein Bier trinken?« Er hob sein Glas an, stieß es gegen Colins und trank einen Schluck.

»Normalerweise bist du aufmerksamer und Feuer und Flamme für neue Dinge, die für uns und die Schüler und Schülerinnen gut sind.«

»Ach, es ist nichts.«

»Könnt ihr euch nicht einigen, wo was stehen soll im Haus? Das kenne ich, hatten Grace und ich auch.« Er hielt inne, bevor er weitersprach, sah plötzlich ernst aus. »O nein, das Fluchhaus schlägt zu, oder? Ich habe so viel darüber gehört. Der Garten ist gruselig und völlig verwachsen. War nicht gestern erst wieder die Garda bei euch? Was ist geschehen?«

»Du etwa auch?«, fragte Sean genervt und ging nicht auf die letzten Fragen ein. »Es gibt keinen Fluch und der Garten ist nur jahrelang nicht gepflegt worden. Der konnte wachsen, wie er wollte.«

»Komm schon, war dir nie mulmig zumute? Was ist passiert? Veränderst du dich?«

»Niemand verändert sich.« Cathal stand auf einmal überraschend hinter Sean und legte ihm eine Hand auf die Schulter. Überrascht drehte sich Sean zu ihm um. Was machte er denn hier? Konnte er nicht mal alleine in Ruhe fortgehen, ohne von Cathal verfolgt zu werden? Er schnaubte genervt und entzog sich der Hand, indem er sich wieder zu seinem Glas umdrehte.

»Wie schön, dich mal wiederzusehen.« Colin gab ihm die Hand. »Also doch kein Fluchhausproblem. Ach, ist es immer noch wegen der Schulhefte? Der Direktor hat doch gesagt, du sollst dir darüber keine Gedanken machen. Du kannst nichts dafür, wenn jemand bei euch einbricht und die zerstört.«

»Es ist weder noch«, antwortete Sean. So gern er Colin mochte, sobald man etwas in der Schule verbreitet haben wollte, musste man es nur ihm anvertrauen. Er sollte bloß nichts von den Vorgängen in ihrem Haus mitbekommen.

»Seid ihr fertig für heute Abend?«, fragte Cathal. »Das Bett ist so kalt ohne dich.«

»Okay, das wird mir jetzt zu zuckrig.« Colin trank sein Glas aus. »Zeit fürs Bett. Wir sehen uns morgen, Sean.«

Er stand auf, hob die Hand zum Gruß und verschwand. Sean wandte sich zu Cathal um, als er gerade den Musikern zuwinkte, die soeben ihren Tune beendeten.

»Kontrollierst du mich jetzt noch?«, fragte Sean.

»Muss ich das denn?« Er lächelte sanft, setzte sich auf den Hocker neben Sean und legte eine Hand auf Seans Oberschenkel. Er liebte diese Geste, ganz egal, wo sie sich befanden.

Sean seufzte. »Natürlich nicht.«

»Was ist, kommst du mit nach Hause oder muss du noch etwas schmollen?«

»Ich habe nicht geschmollt.« Sean gab sich einen Ruck, denn im nüchternen Licht betrachtet, konnten sowohl Julie als auch Cathal mit Recht eifersüchtig sein. Doch er konnte nichts dagegen tun, wenn Timothy sich ihm anvertraute und nicht Julie. »Es tut mir leid. Du bist der Einzige für mich und wirst das immer bleiben.« Sean zog Cathal an sich und küsste ihn.

Cathal lächelte gegen seine Lippen. »Das will ich auch schwer hoffen.« Er griff nach Seans Glas, leerte es und stellte es zurück auf die Theke. »Na komm, lass uns heim gehen.«

Sie winkten ihren Freunden und Bekannten zu, bevor sie den Pub verließen und nach Hause fuhren.

Sean wälzte sich im Bett herum. Noch immer arbeitete der Streit mit Julie und die Situation mit Timothy in ihm. Cathal hatte ihn wieder beruhigen können, trotzdem weigerte er sich Julie aufzusuchen, um sich mit ihr auszusprechen. Wie konnte sie ihm nur vorwerfen, er wäre immer gegen sie und zog dazu alte, verheilte Wunden heran? Zumindest hatte er sie für verheilt gehalten.

»Schlaf endlich«, murmelte Cathal verschlafen neben ihm, drehte sich von ihm weg und schlief weiter.

Sean sagte nichts darauf. Stattdessen stand er auf, bevor er Cathal ganz weckte. Er griff sich sein Mobile vom Nachttisch und ging leise ins Wohnzimmer. Auf dem Sofa wickelte er sich in eine Wolldecke, entsperrte das Display und öffnete die Pinterestseite, die Colin bereits mit ihm geteilt hatte.

Bis auf die alte tickende Uhr von Cathals Großeltern auf dem Kaminsims herrschte Stille, bis es an der Tür zum Flur plötzlich kratzte. Schmunzelnd erhob er sich. Miss Woodhouse drehte ihre nächtlichen Runden und musste ihn gehört haben. Er öffnete ihr die Tür, ließ sie einen Spalt offen, falls die Katze ihn bald wieder verlassen wollte. Mit hochgerecktem Schwanz stolzierte sie an ihm vorbei, sprang auf das Sofa und kuschelte sich in die Decke.

»So haben wir nicht gewettet, Missy.« Sean hob sie an, um unter die wärmende Wolldecke zu schlüpfen. »Immerhin magst du mich noch.« Er kraulte sie hinter den Ohren. Leise schnurrte die Katze und rollte sich auf seinem Schoß zusammen.

Von seinem ihm selbst gegenüber ausgesprochenem Versprechen Miss Woodhouse niemals in seine Räumlichkeiten zu lassen, hatte er sich verabschiedet. Es war unmöglich, ihr zu widerstehen.

Er hielt das Telefon über die Katze, um den begonnenen Artikel über Ordnungssysteme im Klassenzimmer zu Ende zu lesen. Schon interessant, wozu Produkte des schwedischen Möbelhauses alles verwendet werden können, schoss es ihm durch den Kopf. Vielleicht sollte er das mal mit Colin im Lehrerzimmer vorstellen. Alle Kollegen waren ebenso wie er ständig auf der Suche nach einer Möglichkeit, den Schülern das Lernen zu erleichtern. Dazu gehörte für ihn nicht nur Lesen, Schreiben und Rechnen, sondern in der Primary School auch, wie sie Ordnung hielten, damit der Kopf frei und das Lernen einfacher wurde.

Plötzlich richtete Miss Woodhouse sich auf, fuhr ihre Krallen aus und fauchte leise.

»Hey, was ist denn? Ich will meine Schüler doch zu nichts zwingen.« Sean strich ihr über den Rücken und sie beruhigte sich. Die Anspannung wich aus ihrem Körper und sie legte sich hin. Er scrollte weiter durch die Seite, entdeckte einen anderen Artikel, den er interessiert durchlas, als er unten eine Tür zufallen hörte. Miss Woodhouse stellte sich wieder auf, sprang von Seans Schoß und verließ leise das Zimmer.

Seans Puls beschleunigte sich und klopfte hart unter seiner Haut. Er schaltete das Deckenlicht im Wohnzimmer an und hoffte, auf Julie oder Timothy zu treffen, die Hunger oder Durst nach unten trieb.

Trotzdem schlich er leise auf die Galerie, der Schein des Wohnzimmers leuchtete schwach hinaus und drückte auf den Taster im Flur. Alles blieb dunkel. Mist, wann wollte der Elektriker denn endlich kommen? In hundert

Jahren? So konnte er nichts erkennen. Aus der Küche drang auch kein Lichtschein.

Er ging zurück ins Wohnzimmer. Unschlüssig blieb er am Sofa stehen. Sollte er runtergehen und nachsehen? Was, wenn ihr Einbrecher zurückgekehrt war und ihn niederschlug, falls er ihm über den Weg lief? Seine Neugierde war zu groß, er holte sein Mobile und stellte die Taschenlampe an. Danach schlüpfte er in seine Hauspantoffeln.

Sean schlich bis zur Treppe und ging sie langsam hinunter. Jede Stufe nahm er bewusst, horchte auf jedes Geräusch im Haus. Seine Angst vor dem, was er vorfinden könnte, nachdem, was ihnen bisher alles passiert war, versuchte er so weit wie möglich zu ignorieren. Sollten es weder Julie noch Timothy sein, konnte es sich nur um den Eindringling handeln. Vielleicht hätte er Cathal wecken sollen, aber nun war es zu spät. Er war fast unten. Fieberhaft überlegte er, wo er eine Waffe zur Verteidigung finden könnte, nur für den Fall.

Vor der Küchentür angekommen, blieb er stehen, holte tief Luft und betrat sie. Er hörte Miss Woodhouse fauchen. Ob sie sich bewegte, vermochte er nicht zu sagen. Sie war eine Meisterin darin, sich lautlos zu bewegen und trotz ihres weißen Fells war sie in diesem Mischmasch aus Dunkelheit und dem schwachen Mondlicht, das zum Fenster hineinschien, nur schwer auszumachen.

Es konnte sich weder um Julie noch Timothy halten, ansonsten hätte Miss Woodhouse anders reagiert. Sein Puls raste und seine Handinnenflächen wurden feucht. Trotz der Kälte schwitzte er.

Sean drückte auf den Taster die Deckenlampe neben der Tür, doch nichts tat sich. Er runzelte die Stirn, leuchtete mit der Taschenlampe auf den Lichtschalter. Erneut legte er ihn um, immer noch nichts. Er hielt das Licht zur Decke, die Lampe war in Ordnung. Rasch stellte er die Taschenlampe am Telefon aus und wartete, bis seine Augen sich an die Lichtverhältnisse gewöhnt hatten. Mit dem Licht des Mondes konnte er besser und mehr sehen als mit Künstlichem. Dann sah er sich um, neben der Badezimmertür befand sich der nächste Schalter. Warum stand die Tür sperrangelweit offen? Sie sollte doch immer geschlossen bleiben.

Er sah sich weiter um, die große Schiebetür zum Wohnzimmer stand offen, obwohl Cathal sie vorhin noch zugezogen hatte, als sie nach Hause gekommen waren.

Leise und mit rasendem Herzen schlich er dorthin. Das Schlappen seiner Hausschuhe dröhnte überlaut in seinen Ohren wieder, dabei war es wahrscheinlich kaum auszumachen, wenn man nicht drauf achtete. Hoffentlich bildete er sich alles nur ein und es war gar nichts. An der Tür angekommen, tätigte er den Schalter. Wieder kein Licht. Da ging was nicht mit rechten Dingen zu.

Er holte tief Luft. Dann blickte er vorsichtig um die Ecke, fand allerdings ein leeres Badezimmer vor. Er sah sich um, aber nirgends versteckte sich jemand. Kurz schloss er die Augen und etwas der Anspannung fiel von ihm ab. Er versuchte den Schalter im Bad, auch das Licht wehrte sich. War der Elektriker doch da gewesen und hatte nun alle Kabel durchtrennt? Nur wann hätte er das machen sollen? Während er im Pub gewesen war?

Es beruhigte ihn keineswegs. Dieses Haus bestand aus so vielen Räumen, sollte ein Einbrecher hier sein, konnte er sich überall befinden. Er könnte in diesem Moment die Treppe hochschleichen und Sean würde nichts mitbekommen.

Aufhören, geh lieber weitersuchen, sprach er sich selbst Mut zu. Aus der Küche erklang erneut Miss Woodhouse Fauchen. Ein kalter Schauer lief Sean den Rücken hinunter. Irgendetwas musste hier sein, ansonsten würde die Katze sich nicht aufregen. Also musste sich ein Fremder in diesem Haus aufhalten und das irgendwo in der Nähe. Was anderes konnte es nicht sein, oder?

Er sammelte all seinen Mut zusammen, verließ das Badezimmer, bis er im Durchgang zwischen Küche und Wohnzimmer stehenblieb und langsam alles ausleuchtete. Zwischendurch hielt er am Messerblock an und zog das große Fleischermesser heraus. Mit der anderen Hand umklammerte er sein Mobile.

Schlafwandelte Timothy wieder? Aber dann würde Miss Woodhouse doch anders reagieren. Sie kannte ihn und obwohl die beiden sich nicht riechen konnten, würde sie ihn nie anfauchen. Er leuchtete jeden von hier erreichbaren Winkel des Wohnzimmers aus.

Kam er endlich der Person auf die Schliche, die für all die merkwürdigen Dinge verantwortlich war? Dann könnte er Julie beweisen, wie menschlich ihre eingebildeten Geister waren und es für alles eine rationale Erklärung gab.

Sean schnupperte, der Hauch eines ekelerregenden Geruchs erreichte ihn. Er hielt den Atem an, während er sich im Wohnzimmer umsah. Das wenige Licht des Mondes half ihm hier nicht, da schwere Vorhänge die Fenster verhüllten.

Sean versuchte erneut den Schalter, es geschah jedoch weiterhin nichts. Er zwang sich, nicht kopflos davon zu stürzen. Mehrfach atmete er laut tief ein und aus. Sein Herz raste, das Rauschen des Blutes dröhnte in seinen Ohren. Er hatte Angst, gleich umzufallen. Nichts bewegte sich und Sean sammelte sich. Schrak zusammen, als Miss Woodhouse um seine Beine schlich und unterdrückte einen Aufschrei.

Er beugte sich zu ihr hinunter und er fuhr ihr übers Fell. »Früher wurde definitiv langlebiger gebaut, allerdings konnte da auch kein Strom ausfallen, oder was meinst du, Missy? Haben wir nur einen blöden Stromausfall?«, flüsterte er und richtete sich auf. Mit zitternden Händen hob er sein Mobile an und leuchtete den Raum erneut aus. Er durchschritt ihn einmal, aber bis auf Miss Woodhouse und ihm war niemand sonst anwesend. Nur der Geruch wurde mit jedem Schritt, den er weiter in den Raum ging, eindringlicher. Er würgte, bekam sich allerdings rechtzeitig unter Kontrolle.

Hatte Miss Woodhouse vielleicht nur wegen einer toten Ratte oder Maus im Wohnzimmer verrückt gespielt? Auf jeden Fall würde er Cathal darauf morgen ansetzen. Dieser Gestank war widerlich.

Aber welche Tür war ins Schloss gefallen? Wer hatte die anderen geöffnet? Waren doch Julie oder Timothy hier unten gewesen und er hatte ihre Schlafzimmertür gehört? Merkwürdig.

Langsam beruhigte er sich wieder, ging in die Küche und öffnete den Kühlschrank. Der war aus. Vielleicht hatte ein Kurzschluss Miss Woodhouse vorhin schon im Zimmer aufgebracht. Gerade als er die Küche verlassen wollte, stutzte er und trat ein paar Schritte zurück. Die Tür zum Badezimmer war geschlossen. Dabei hatte er sie doch offengelassen.

Sein Pulsschlag erreichte wieder schwindelerregende Höhen. Was war hier los? Er schluckte. Nun nahm er den Gestank auch hier wahr, hielt sich die Nase zu und öffnete vorsichtig die Tür. Mit der Lampe beleuchtete er das Zimmer, aber Waschbecken, Wanne und Toilette lagen verlassen da. Die Fenster waren geschlossen. Das konnte doch alles nicht sein. Er hatte sich nicht eingebildet, die Tür offen gelassen zu haben.

So schnell er im Dunkeln konnte, rannte er die Treppe hinauf in sein Schlafzimmer. Er kam erst neben dem schlafenden Cathal zum Stehen.

»Hey, wach auf.« Atemlos rüttelte er an Cathals Schulter. »Cathal, du musst mitkommen.«

»Was'n?«, fragte dieser und rieb sich übers Gesicht.

»Der Strom ist ausgefallen und Miss Woodhouse hat verrückt gespielt.« Sean rüttelte noch immer an Cathal und stoppte in seiner Bewegung.

»Wieso bist du überhaupt so spät auf und nicht im Bett?« Cathal setzte sich auf. Ein gutes an seinem Beruf war, wie schnell er immer wach wurde.

»Ich konnte nicht schlafen wegen Julie und dem ganzen anderen Scheiß. Ist jetzt auch egal. Komm mit runter, wir müssen nach dem Strom schauen.«

Cathal seufzte, stand auf und folgte Sean nach unten. Sie gingen in die Vorratskammer, in der sich der große Stromkasten für das gesamte Haus befand. Mit der Taschenlampe leuchtete Cathal die einzelnen Sicherungen ab, bis er die Hauptsicherung des Untergeschosses fand, die rausgedreht war.

»Da haben wir den Übeltäter.« Cathal drehte an dem weißen Knopf und das Licht im Wohnzimmer erleuchtete. Der Kühlschrank gab ein leises Brummen von sich und irgendwo klackte es kaum hörbar. »War vielleicht eine Überspannung. Sollten wir beobachten und dem Elektriker am Montag mitteilen.«

»Aber fällt dann direkt die Hauptsicherung aus und nicht nur eine Einzelne?«

»Sean«, begann Cathal und sah ihn gleichzeitig genervt und amüsiert an, »ich bin Tierarzt, kein Elektriker. Ich weiß es nicht. Bin schon froh, erkannt zu haben, wie ich die Sicherung wieder reindrehe.« Cathal schloss die Tür zum Stromkasten und trat aus der Vorratskammer. »Kannst du mir jetzt einmal erklären, was genau vorgefallen ist?« Er ging zum Wohnzimmer, während Sean ihm folgte und ihm schilderte, was er erlebt hatte. Er schnupperte, als er bei dem Geruch ankam, konnte ihn allerdings nur noch schwach wahrnehmen.

Er blieb stehen. »Riechst du das?«

»Was?«

»Diesen ekelerregenden Geruch nach, vielleicht Verwesung?«

Cathal schnupperte nun auch. »Nein, hier riecht es nicht.«

»Mach noch mal. Er ist ganz fein.«

Cathal kam der Bitte nach. »Nein, nichts.« Er schmunzelte. »Fängst du jetzt auch schon wie Julie an?«

Sean schnaubte und ging weiter. Als er im Durchgang stand, blieb er wieder abrupt stehen. Er zupfte an Cathals Schlafanzugärmel, der neben ihn trat, und starrte an die gegenüberliegende Wand.

»Wa…?«, setzte Cathal an, verstummte allerdings sofort, als er Seans Blick folgte.

In Rot stand in Großbuchstaben in ungelenker Handschrift: Flieht, ihr Narren! Der Fluch wiederholt sich!

Farbtropfen flossen langsam von einzelnen Buchstaben hinab.

»Ich rufe die Garda.« Cathal ging darauf zu.

»Auf einmal willst du sie auch rufen?« Sean konnte sich den sarkastischen Kommentar nicht verkneifen, als er hinterher ging. Vor der Wand blieben sie stehen und Cathal fuhr mit dem Finger über einen Buchstaben.

»Wieder Blut.«

Der metallische Geruch stieg Sean in die Nase. Er biss sich auf die Unterlippe und hielt den Atem an. Weshalb hatte er es eben noch nicht wahrgenommen? Das hätte er doch längst riechen müssen. Vielleicht hatte allerdings der mittlerweile verflogene ekelerregende Duft alles überlagert.

Sean musste an die Badezimmertür denken. »Was ist, wenn es wirklich ein Geist ist?« Er flüsterte beinahe, konnte nicht glauben, was er ausgesprochen hatte.

Langsam drehte sich Cathal zu ihm um. Die Augen geweitet. »Hast du das ernsthaft gesagt? Kam das aus deinem Mund? Es klang nach deiner Stimme, aber du glaubst an all das überhaupt nicht.«

Sean schluckte und nickte. »Als ich vorhin heruntergekommen bin, stand die Badezimmertür in der Küche weit offen, als ich gegangen bin, war sie geschlossen. Ich war das nicht und Miss Woodhouse war die ganze Zeit bei mir.«

Cathal sah zwischen der Wand und Sean hin und her. »Gut, wir lassen das stehen und reden morgen mit Julie und Tim, was wir machen. Bist du damit einverstanden?«

Sean entließ die Luft aus seiner Lunge. »Ja.«

»Ich kann nicht fassen, was du eben gesagt hast und dass du nun scheinbar auch an Geister glaubst.« Kopfschüttelnd griff Cathal nach Sean und zog ihn in eine Umarmung. »Aber unheimlich ist das schon.«

»Ja.«

»Wir müssen Julie und Tim wegen der Nachricht im Wohnzimmer vorwarnen«, meinte Cathal.

»Aber erst morgen früh. Julie und vor allem Timothy brauchen den Schlaf. Am besten hängen wir einen Zettel ans Geländer, gegenüber ihres Schlafzimmers den sie sofort sehen, wenn sie raus kommen.«

»Gute Idee.«

Gemeinsam gingen sie ins Büro, schrieben den Zettel und platzierten ihn entsprechend.

»Komm, lass uns schlafen gehen. Es hilft keinem, wenn wir übernächtigt sind.« Cathal legte einen Arm um Seans Schulter. Sean schmiegte sich an seinen Freund. Obwohl er eine tiefe Erschöpfung in sich fühlte, rauschte trotzdem noch Adrenalin durch seinen Körper.

Cathal schob ihn in Richtung Treppe.

»Ich bin mir nicht sicher, ob ich das kann. Ich suche die ganze Zeit nach einer logischen Erklärung bezüglich der Tür, ich finde keine. Wie konnte sie geräuschlos zugehen? Oder hat sich jemand durch die Hintertür hinausgeschlichen und vorher die Tür geschlossen? Aber der müsste ja einen Schlüssel haben. Die habe ich auch gecheckt, sie war zu.«

»Mach dich nicht verrückt. Lass uns ins Bett gehen und morgen überlegen wir mit den anderen gemeinsam.« Sie waren fast bei ihrem Schlafzimmer angekommen.

»Hast du überhaupt keine Angst?« Sean blieb stehen. Aus ihrem Wohnzimmer schien noch immer der Schein des Lichtes auf die Galerie. Cathal ging ein paar Schritte weiter, bis auch er stehenblieb. »Da gibt es vielleicht wirklicht etwas Übernatürliches oder jemand Fremdes geht hier ein und aus.«

»Natürlich mache ich mir Gedanken. Ist es Tim, der das alles macht, während er schlafwandelt? Kann ich mir jedoch nicht vorstellen. Aber irgendetwas geht hier vor und ich bin eher neugierig, herauszufinden, was es ist. Was hat das mit dem Fluch auf sich? Wie kommt hier eine Person rein? Oder gibt es doch Geister? Irgendwie sind die Geschichten alle mal entstanden.«

Sie kamen vor ihrer Schlafzimmertür zum Stehen. Sean öffnete sie und ließ Cathal den Vortritt. Er dachte über die Worte seines Freundes nach. Bevor er ins Bett schlüpfte, machte er noch das Wohnzimmerlicht aus.

Als sie im Bett lagen, kuschelte sich Sean an Cathal, der einen Arm um ihn legte. Nacheinander ging Sean die ganzen Ereignisse im Kopf durch, fand aber keine rationale Erklärung dafür. Morgen würde er jede einzelne Wand in diesem Haus inspizieren.

Kapitel 24

*E*r spürte die Anspannung, die in der Luft lag und wie langsam die Angst unter den neuen Bewohnern um sich griff. Die Frau war schon länger von ihr infiziert, doch nach und nach schlich sie sich auch in die Köpfe der Männer. Würde sie reichen, um das Richtige zu tun? Vertrieb die Angst sie aus dem Haus, wie schon all die anderen vor ihnen?

»Ich will sie doch nur beschützen«, flüsterte er. Die Anzeichen des Fluches wurden immer deutlicher. Er hatte sich bereits ein Opfer gesucht. Wer könnte die Zeichen besser erkennen als er? Noch waren die anderen vor ihm sicher, aber die Festtage rückten immer näher.

Das Haus wehrte sich gegen den Fluches, knackte und knarzte an allen Ecken und Enden, bisher hatte es jedoch jedes Mal verloren. Der Lord und er waren die wandelnden Beispiele, die dieses Haus nie mehr verlassen konnten.

Doch wenn er diese Menschen vor ihrem grausamen Schicksal bewahren konnte, würde seine Seele vielleicht endlich frei sein. Zumindest wäre er nicht Mitschuld an ihrem Tod.

Kapitel 25

Julie

Julie wollte am nächsten Morgen solange im Bett liegen bleiben, bis Sean und Cathal das Haus verließen. Immer wieder horchte sie nach unten, versuchte, die Geräusche zuzuordnen. Von der Uhrzeit her müssten sie zurzeit in der Küche sein. Noch immer war sie verletzt von ihrem Streit mit Sean.

Timothy schleppte sich gerade aus dem Badezimmer zurück ins Bett. Er sah blass aus und kniff die Augen zusammen. Sein üblicher Drei-Tage-Bart wandelte sich langsam in einen Vollbart. Selbst als er gestern zur Arbeit gehen wollte, hatte seine Kraft nicht fürs Rasieren gereicht.

»Noch nicht besser?«, fragte Julie.

»Nein.« Er hob seine verbundene Hand an. »Ich weiß, wie Cathal mich verarztet hat, aber was ist passiert?« Er legte sich wieder unter die Decke, schloss die Augen und seufzte leise.

Julie drehte sich auf die Seite und sah zu Timothy. Es juckte ihr in den Fingern, ihn zu berühren, über sein Haar zu streichen und sich an ihn zu kuscheln. Sie brauchte die Nähe, doch Timothy war zurzeit nicht dazu in der Lage.

Jede noch so kleine Bewegung konnte in seinem Kopf für Schmerzen sorgen.

Wie aufnahmefähig war ihr Mann? Konnte sie ihm alles über gestern Abend erzählen?

»Du hast geschlafwandelt, dir den Messerblock nach oben geholt und ein Messer herausgezogen.« Julie schauderte, wenn sie auch nur daran dachte, was hätte noch alles geschehen können. »Dann ist dir der Messerblock heruntergefallen. Weshalb du nicht aufgewacht bist, ist mir ein Rätsel.« Die Streitereien mit Sean ließ sie aus. Zum einen wollte sie ihn nicht zusätzlich belasten, zum anderen hatte sie Angst, er könnte sich auf Seans Seite schlagen.

Timothy bewegte sich leicht unter der Decke. »Tut mir leid, dir im Moment so viel Sorgen zu bereiten.«

»Quatsch, das machst du nicht. Konzentrier dich einfach nur aufs Gesund werden.«

Ihr Mann lächelte etwas, zumindest deutete sie die Bewegung der Mundwinkel so, doch er blieb stumm und kurz darauf schien er wieder zu schlafen.

Sie beobachtete lange sein Gesicht. Die Zeit verrann. Nur noch fünf Minuten, bis Sean und Cathal das Haus verließen. Sie hatte einfach nicht die Kraft, ihnen jetzt unter die Augen zu treten. Was sollte sie Sean sagen? Es tat ihr leid? Was nicht einmal stimmte. Vielleicht zum Teil, doch sie hatten beide Schuld an ihrer Misere.

Vorsichtig strich Julie Timothy eine dunkle Locke aus dem fahlen Gesicht, das er daraufhin im Schmerz verzog. Schnell nahm sie ihre Hand weg. So konnte es auf keinen Fall weitergehen. Timothys Zustand, die ständige Angst und die Streitigkeiten … Das alles hatte seinen Anfang in Callum Hall genommen.

Wieder wälzte sie Gedanken hin und her, die keine zufriedenstellende Lösung ergaben. Das Haus war nach der Renovierung perfekt auf sie zugeschnitten. Es zu verkaufen würde schwer werden und mit immensen Verlusten einhergehen. Würden sie überhaupt einen Käufer finden? Auch Vermieten würde schwierig werden. Was sollten potentielle Käufer oder Mieter mit ihren Showrooms anfangen? In mehrere Wohnungen aufgeteilt wäre die Villa wahrscheinlich interessanter für den Markt, aber der Grundriss und die Leitungen des Hauses ließen das nur bedingt zu und mit welchem Geld sollten sie das realisieren? Sie waren hier wohl oder übel in einem Albtraum gefangen. Sie seufzte leise, dabei hatte sie es sich so schön ausgemalt hier zu leben.

Julie zuckte zusammen, als sie hörte, wie jemand an der Tür ihres persönlichen Wohnzimmers klopfte. Unfassbar wie schreckhaft sie geworden war.

»Hey Julie, alles gut bei euch? Wir würden gerne nochmal mit euch, oder zumindest dir reden«, erklang Cathals Stimme dumpf bis hinüber ins Schlafzimmer. Julie wollte nicht reden, schon gar nicht mit Sean, der sogar Cathal vorgeschickt hatte, dennoch würden die beiden sich Sorgen machen, wenn sie gar kein Lebenszeichen von sich gab.

Sie griff nach ihrem Mobile, das neben ihr auf dem Nachtkästchen lag und tippte eine kurze Nachricht an den Freund ihres Bruders.

Ein andermal. Liege noch im Bett.

Entgegen ihrer sonstigen Gewohnheit zierte kein einziges Emoticon die Nachricht. Sofort fühlte sie sich wieder mies und ihr Magen zog sich schmerzhaft zusammen. Auf Cathal war sie nicht wütend, nur auf Sean, trotzdem zielten diese knappen Worte ohne Beiwerk darauf ab, den beiden ein schlechtes Gewissen zu machen. Schnell schickte sie eine weitere Nachricht hinterher.

Tim geht es noch nicht besser ... Wir sehen uns heute Abend.

Berufsbedingt hatte Cathal sein Mobile immer am Mann und auf laut oder wenigstens im Vibrationsmodus, daher wunderte es sie nicht, als ihr die Nachrichten nach wenigen Sekunden als gelesen angezeigt wurden.

»Okay, gut«, ertönte Cathals Stimme erneut vom Gang her. »Melde dich bitte, wenn etwas sein sollte.«

Julie hörte die sich entfernenden Schritte. Bald darauf vernahm sie das Zuschlagen der Haustür, als die beiden Männer gingen. Erst jetzt verließ sie das behagliche Bett, zog sich bequeme Kleidung an und trat auf die Galerie hinaus.

Ein gelber Zettel am Geländer zog sofort ihre Aufmerksamkeit auf sich. Mit gerunzelter Stirn nahm sie ihn ab und las die Worte. Einen Moment lang schloss sie die Augen, ignorierte das Rauschen in ihren Ohren, sowie das Ansteigen ihres Pulses und atmete tief durch, um die aufkeimende Panik zu ersticken.

»Ganz ruhig, Julie, alles ist unter Kontrolle, du brauchst keine Angst haben. Bis jetzt wurde noch keiner angegriffen.« Wie ein Mantra sprach sie die Worte in schneller Abfolge vor sich hin. Doch es gelang ihr nur bedingt, sich zu beruhigen. Ihre Hände zitterten und sie ballte sie zu Fäusten. Das Papier knisterte leise, als sie es zerknitterte. Laut zählte sie bis zehn.

Es würde nichts passieren. Weihnachten war noch über eine Woche entfernt, bis dahin waren sie sicher. Nur langsam kam ihr Herzschlag zur Ruhe und das Zittern ließ nach. Als sie nach unten ging, fiel ihr auf, wie vorsichtig sie sich bewegte. Das war keine bewusste Entscheidung. Eher als würde sie bei jedem Drehen des Kopfes, bei jeder Treppenstufe Angst davor haben, auf eine neue Überraschung zu treffen, doch da war nichts.

Die Eingangshalle lag still vor ihr, genauso wie die Küche, als sie diese betrat. Angenehme Wärme und der Duft nach Kaffee sorgten für etwas Entspannung. Sie bewegte ihre Schultern, die sie wahrscheinlich die ganze Zeit nach oben gezogen hatte, so wie sie sich anfühlten.

Die Schiebetür zum Wohnzimmer war dankbarerweise geschlossen. Erleichterung durchströmte sie, denn sie sollte sich nicht den neuesten künstlerischen Streich ihres Geistermitbewohners ansehen. Nur hatte Cathal recht, sie mussten zeitnah etwas unternehmen, wie er geschrieben hatte, so konnte es nicht weitergehen. Doch die Garda zu rufen, solange Cathal und Sean nicht anwesend waren, wäre wahrscheinlich sinnlos, oder? Sie dehnte ihren Hals, indem sie den Kopf von links nach rechts und auf die andere Seite bewegte. Den Zettel entsorgte sie im Müll und trat zur Kaffeemaschine.

Nachdem Julie einen Kaffee getrunken und Miss Woodhouse gefüttert hatte, beschloss sie, in den Garten zu gehen. Der einzige Termin in ihrem Kalender heute war der mit dem Ehepaar vom letzten Tag gewesen, doch den konnte sie wohl getrost herausstreichen. Vielleicht konnte sie sich an dem Wildwuchs abreagieren, obwohl es die völlig falsche Zeit für Gartenarbeit war.

Schnell duschte Julie, wobei sie ewig unter dem warmen Wasserstrahl hätte bleiben können, und zog sich an. Bevor sie in den Garten ging, legte sie Timothy einen Zettel auf den Nachttisch, platzierte sein Mobile daneben und rief sich mit seinem Telefon per Videotelefonie an. Für mindestens eine Stunde sollte der Akku reichen und sie hatte Timothy im Blick.

Julie platzierte ihr Mobile auf dem Rand des Brunnens. Durch den vielen Wildwuchs war sie bestimmt nicht mehr zu sehen. Zumindest vom Erdgeschoss aus. Sie hatte sich bis hierher über einen Trampelpfad durchgekämpft, der garantiert durch Generationen von Kindern und Jugendlichen entstanden war. Es war bitterkalt und sie fröstelte trotz der dicken Sachen, die sie sich übergezogen hatte. Immerhin regnete es zurzeit nicht, auch wenn die Sonne von Wolken verdeckt war.

Timothy schlief unruhig, öfter verzog er sein Gesicht. Es nagte an ihr, ihn so zu erleben und nicht helfen zu können. Sie verstand nicht, woher diese schlimme Migräne stammte. Der Zusammenstoß mit seinen Eltern konnte das doch nicht auslösen, oder? Leider wusste sie nicht, was genau zwischen ihnen vorgefallen war. Wieder war dieser Stich der Eifersucht, da Timothy sich ihr nicht anvertrauen mochte und lieber zu ihrem Bruder lief. Sie musste unbedingt mit ihm darüber reden. Mit ihr konnte Timothy ebenso über seine Eltern reden wie mit Sean. Sie musste sich nur mit ihrer Meinungsäußerung zurücknehmen. Timothy kannte sie eh.

Julie sah sich um. Wo sollte sie nur beginnen? Überall herrschte wild wucherndes Chaos. Er wirkte wie ein Spiegel in ihr Inneres. Sie schlug sich die Hände vors Gesicht und sank auf den kalten gefrorenen Boden, ließ sich einen Moment lang von ihren Emotionen überwältigen. Tränen flossen ihr die Wangen hinunter. Hinter ihr knackte es im Gehölz und sie schrak zusammen. Zwei Grünfinken stiegen vor ihr in den Himmel auf.

Sie wischte sich die Tränen aus dem Gesicht. »Ihr habt es gut. Baut euch euer Nest in den Büschen und müsst euch nur um Fressen und den Nachwuchs kümmern«, murmelte Julie, als sie den Vögeln hinterher sah. Sie stand auf, die Kälte kroch unter ihre Kleidung und die Haut.

Ihre Motivation von vorhin sich im Garten auszutoben, war schon wieder verflogen. Sie griff sich ihr Telefon vom Brunnenrand, kontrollierte, ob Timothy noch im Bett lag, wobei sie das wahrscheinlich gehört hätte, wäre er aufgestanden, und kämpfte sich zurück zum Haus. Ein kleiner Ast schlug ihr ins Gesicht und hinterließ eine brennende Spur auf der Wange. Vorsichtig fuhr sie mit der Hand darüber, doch es war alles trocken. Nur ein kleiner Kratzer.

Sie war beinahe am Ende des Pfades angekommen, als sie eine gebückte Person am Haus entlangschleichen sah. Julie kniff die Augen zusammen und hockte sich so leise wie möglich hin.

Ihr Magen zog sich zusammen, ihr Puls schlug schnell unter ihrer Haut. Wer war das? Wieso schlich diese Person an ihrem Haus entlang? Gab es doch einen Eindringling und der Fluch war nur eine Einbildung ihrerseits?

Julie versuchte, so still wie möglich zu bleiben, um nicht aufzufallen. Die Person, sie waren bestimmt fünfzehn Meter voneinander getrennt, stellte sich nun auf und klopfte an der Wand entlang. Der Haarschopf und die Figur kamen ihr bekannt vor. Sie war sich nicht sicher, ob sie es beruhigend fand. Am Ende schlich kein Fremder, sondern jemand Bekanntes in ihrem Haus herum.

War das etwa Mrs Walsh? Julie riss die Augen auf. Hing alles mit ihr zusammen? Nun bückte sie sich. Was machte sie da? Die Gedanken rasten in Julies Kopf und sie hatte keine Ahnung, was sie machen sollte. Nun hob die alte Dame eine Eisenstange auf. Was hatte sie damit vor? Julie reckte sich etwas, um Mrs Walsh besser sehen zu können.

Mrs Walsh klopfte mit der Stange gegen das Mauerwerk, immer in den Fugen. Zwischendurch setzte sie sie an und drückte sie nach unten. War dort ein versteckter Eingang, den sie aufhebeln wollte?

Doch dann schlich sie langsam weiter. Eine Schnecke wäre schneller als sie. Jesus Christ, konnte sie nicht endlich offenbaren, was sie tat? Julie wollte sie bei frischer Tat erwischen und ihr nicht beim Schleichen zusehen.

Erneut blieb Mrs Walsh stehen, direkt neben den Fenstern zur Küche. Sie spickte hinein, zog sich rasch wieder zurück. Dann tastete sie neben und unter dem Fenster herum. Was tat sie da? Dort käme man doch nur durch das Fenster rein, weil auf der anderen Seite der Wand Küchenschränke verbaut waren.

Julie hielt es nicht mehr aus in ihrem Versteck. Sie stand leise auf, wollte Mrs Walsh überraschen und schlich sich an sie heran. Das dauerte länger als gedacht, da sie jeden einzelnen Schritt vorher kontrollierte, um bloß keinen Ast zu zertreten und sich zu verraten. Mrs Walsh hingegen ließ sich mittlerweile auf alle viere nieder, was bei der älteren und rundlicheren Frau zum Lachen wirkte. Nur war Julie zurzeit überhaupt nicht danach zumute. Sie krabbelte an der Wand entlang unter der Fensterbank hindurch, klopfte immer wieder dagegen.

Julie stand nun hinter ihr, nur ein paar Meter trennten sie. »Was machen Sie da?«, fragte sie mit kalter und distanzierter Stimme. »Haben wir etwa alles Ihnen zu verdanken?«

Mrs Walsh zuckte heftig zusammen, wollte aufstehen und stieß sich den Kopf an der vorstehenden Fensterbank. Sie drehte sich um, hielt sich die gestoßene Stelle.

»Julie, Liebes.« Umständlich stand Mrs Walsh auf. »Es ist nicht das, was Sie glauben.«

Julie verschränkte die Arme vor der Brust. »Was soll es denn dann sein? Sie schleichen mit einer Eisenstange um das Haus, kennen hier jeden Winkel. Wie wirkt das wohl auf mich?« Sie trat ein paar Schritte auf die ältere Dame zu, an deren Hosenbeinen Laub klebte und nasse Flecken zu sehen waren. »Da tun Sie immer so verständnisvoll, dabei sind Sie es, die hier alle glauben lässt, den Fluch gäbe es tatsächlich.« Julie lachte trocken, was in ihren Ohren leicht hysterisch klang. »Ich habe wirklich daran geglaubt. Mein Mann liegt da oben im Bett mit Migräne. Ich dachte, er wäre vom Fluch besessen.« Sie war tief enttäuscht über die ältere Dame. »Wie haben Sie das gemacht? Wie sind Sie unbemerkt rein oder wieder rausgekommen? Suchen Sie gerade Ihren Eingang?«

Mrs Walsh schüttelte den Kopf, sorgenvoll sah sie Julie an. »Ich habe nichts damit zu tun. Ich habe mitbekommen wie die Garda wieder bei Ihnen war und wollte sehen, ob ich auf einen versteckten Eingang stoße, der all das erklärt was Ihnen geschieht.«

»Ach halten Sie den Mund und erzählen das der Garda.« Julie tat der Ton einerseits leid, andererseits konnte sie nicht anders. Sie holte ihr Mobile hervor, auf dem noch immer der schlafende Timothy zu sehen war. Schweren Herzens trennte sie die Verbindung und rief die Garda an. Dabei ließ sie Mrs Walsh nicht aus den Augen.

»Schicken Sie Ian McGregor, bitte«, bat sie die Frau am anderen Ende. Sie vertraute sonst niemandem mehr bei der Garda.

»Julie, bitte, ich will Ihnen helfen.«

Ein Erinnerungsfetzen an ihren Besuch bei Mrs Walsh schob sich vor ihr geistiges Auge. »Deswegen haben Sie neulich auch nur unwillig von dem Fluch gesprochen. Ich habe das gesehen.«

»Das war nur ...«

»Sparen Sie sich Ihre Worte für die Garda auf. Wir gehen jetzt rein.« Julie klang sicherer als sie sich fühlte. Immerhin konnte die Garda sich in diesem Zuge auch direkt die Wohnzimmerwand ansehen, die sie bisher gemieden hatte.

215

Fünfzehn Minuten später ließ Julie Ian McGregor und einen Kollegen ein. Sofort durchströmte sie Erleichterung nicht mehr alleine mit Mrs Walsh zu sein, die sie mitten in der Halle auf einen Stuhl platziert hatte, um ihre Schlafzimmertür im Blick zu behalten. Die ältere Dame selbst hatte keinen Widerstand geleistet, stattdessen geduldig und ruhig auf dem Stuhl gesessen. Dadurch schlichen sich die ersten Zweifel bei mir ein, die ich rasch unterdrückte. Am Ende gehörte genau das zu ihrem Schauspiel, um uns in Sicherheit zu wiegen.

»Also Mrs Ó Briain, Sie haben Mrs Walsh dabei ertappt, wie sie mit der besagten Eisenstange«, der Guard zeigte auf sie, »um das Haus schlich.«

»Genau. Sie hat mit der Stange an der Hauswand herumgestochert und sie abgeklopft.«

Der Garda zog die Augenbrauen hoch und sah zu Mrs Walsh. »Warum haben Sie das getan?«, fragte er streng.

»Ian, du weißt genau, ich habe mit den Vorfällen in diesem Haus nichts zu tun. Du kennst mich seit deiner Kindheit, ich bin mit deiner Mutter befreundet.«

Der Polizist schien kurz zu schrumpfen, straffte erneut die Schultern. »Sie können nicht leugnen, hier geschnüffelt zu haben.«

Julie fuhr ein Schrecken durch den Körper. Würden dadurch die Ermittlungen beeinträchtigt werden? War Ian McGregor objektiv genug oder ließ er sich dadurch einschüchtern? Jesus Christ, sie wollte doch nur alles aufgeklärt haben und in Frieden hier leben.

»Ich wollte auf eigene Faust gucken, ob es hier einen weiteren Eingang als die bereits bekannten gibt. Früher war da noch ein alter Personaleingang, der ist allerdings vor Jahrzehnten zugemauert und durch den heutigen Hintereingang ersetzt worden. Ich hatte die Hoffnung, der alte könnte noch existieren.« Sie zuckte mit den Schultern. »Man weiß doch nie, was diese alten Gemäuer alles versteckt ist. Vielleicht ist ein Mauerstück lose und lässt sich so herausnehmen. Durch die entstandene Lücke könnte der Einbrecher kriechen.«

Julie runzelte die Stirn. »Wo sollte der denn existieren? Wir hätten ihn längst gefunden.«

»Hinter dem Haus, er müsste sich auf Höhe Ihres jetzigen Bades befinden.«

Ian McGregor sprach kurz mit dem Kollegen, der nickte und ging nach draußen. »Rían geht das Haus ab.« Er klopfte sich mit dem Zeigefinger gegen das Kinn. »Gut, ich nehme jetzt Ihre Fingerabdrücke, dadurch können wir schnell feststellen, ob Sie der Eindringling sind.« Er ging nach draußen und kam kurz darauf mit einem kleinen Koffer zurück, aus dem er ein kleines Scangerät herausnahm, das an einem Laptop hing.

»Wieso wollten Sie denn alleine ermitteln?«, fragte er.

»Weil es mir zu schaffen macht, was die jungen Leute hier erleben müssen. Sie sind mittlerweile beinahe täglich hier. Ich wollte helfen, damit der Fluch sich nicht erneut wiederholt.«

Julie bekam ein schlechtes Gewissen gegenüber Mrs Walsh, die sehr aufrichtig klang und sie mitfühlend ansah. Hatte sie die alte Dame zu Unrecht beschuldigt?

Mrs Walsh hielt Ian McGregor ihre linke Hand hin, als er sie dazu aufforderte. Rasch drückte er nacheinander die Finger auf das Gerät und machte dasselbe mit der anderen Hand.

»So, in ein paar Minuten wissen wir Bescheid.« Er tippte auf dem Laptop herum. Die Zeit verging nur schleichend, während die Technik arbeitete.

»Mister McGregor, da wäre noch etwas«, meldete sich Julie zu Wort. »Letzte Nacht hat jemand etwas an unsere Wohnzimmerwand geschrieben. Wollen Sie es sich ansehen, bis die Ergebnisse so weit sind?«

»Natürlich.«

Gemeinsam, gefolgt von Mrs Walsh, was Julie ganz recht war, um zu sehen, wie sie reagierte, gingen sie ins Wohnzimmer. Ian McGregor seufzte, griff nach seinem Mobile und orderte weitere Kollegen.

»Wer hat das gefunden?«

»Mein Bruder und sein Freund. Sie sind auf der Arbeit.«

»Ich werde sie dort aufsuchen. Danke Ihnen. Ihrem Mann geht es noch nicht besser?«

Julie schüttelte den Kopf.

»Schrecklich ist das«, sagte Mrs Walsh hinter ihnen, die auf die Wand starrte.

Julie war sich mittlerweile vollkommen unsicher, was sie glauben sollte. Konnte Mrs Walsh gut schauspielern oder war sie wirklich an ihrer Sicherheit interessiert?

Aus der Halle erklang ein Piepen. Ian McGregor ging nach draußen gefolgt von Julie und ihrer Nachbarin. Offensichtlich wollte keine von ihnen länger als nötig in einem Raum mit dem grotesken Kunstwerk sein.

»Ihre Fingerabdrücke gehören nicht zu denen, die hier gefunden wurden. Sie sind erst einmal entlastet.«

Mrs Walsh schien erleichtert zu sein, sie legte sich eine Hand an die Brust und seufzte schwer. Obwohl es ihr bewusst hätte sein müssen.

In diesem Moment hörten sie durch die offene Haustür, wie sich ein Auto dem Haus näherte. Mehrere Menschen stiegen aus und McGregor entschuldigte sich bei Julie und Mrs Walsh, ging zu seinen Kollegen nach draußen.

Julie folgte ihm mit ihrem Blick. Sie hatte ihrer Nachbarin gegenüber endgültig ein schlechtes Gewissen und sah verlegen zu ihr. Wenn all die Vorfälle nicht gewesen wären, hätte sie sicher nicht direkt die Garda gerufen und Mrs Walsh beschuldigt. Ihr Magen zog sich zusammen bei all den Gewissensbissen. Hatte sie wirklich geglaubt, die alte Dame wäre mit Eimern voll Blut durch das Haus gelaufen?

Julie wandte sich von der Garda ab, hin zu Mrs Walsh. Diese wirkte etwas blass um die Nase.

»Wollen wir vielleicht in die Küche gehen?«, fragte Julie vorsichtig und biss sich schuldbewusst auf die Unterlippe. Sie selbst fühlte sich etwas wackelig auf den Beinen. Die Aufregung ging an der alten Dame sicher auch nicht spurlos vorbei.

Mrs Walsh nickte dankbar. Julie stieß erleichtert Luft aus. Ihre Nachbarin schien ihr keine Vorwürfe machen zu wollen, sondern es lag Verständnis in ihrem Blick.

Sie gingen in die Küche, in der Julie Wasser für Tee aufsetzte, sowie mehrere Tassen und Gläser mit einer

Flasche Wasser auf den Tisch stellte, um die Garda ebenfalls zu versorgen.

Die beiden Frauen saßen eine Weile still da. Sie tranken Tee und beobachteten das Kommen und Gehen der Garda. Hin und wieder stand Julie auf, um einen Blick auf ihre Schlafzimmertür zu werfen, hinter der Timothy schlief. Alles blieb still. Hoffentlich konnte er sich gut erholen.

»Bitte entschuldigen Sie die Verdächtigung«, sagte Julie nach einer Weile an Mrs Walsh gewandt.

»Wer könnte es Ihnen verdenken?«, erwiderte diese und tätschelte über den Tisch Julies Hand. Diese Berührung fühlte sich wunderbar tröstlich an. Die Haut der alten Dame war trocken und warm.

Julie griff nach Mrs Walshs Hand und drückte sie dankbar, während sie um ihre Fassung rang. Es war schön zu wissen, wie sich ihre Nachbarin um sie sorgte und ihnen sogar helfen wollte.

»Wir sind fertig.« Ian McGregor kam zurück in die Küche und Julie schrak zusammen. »Die Kollegen fahren wieder.«

Sie nickte. »Sie werden mir jetzt erzählen, Sie melden sich, oder?«

Der Polizist zuckte mit den Schultern. »Was anderes bleibt mir leider nicht übrig.«

Sein Kollege, der das Haus umrundet hatte, kam in die Küche. Blätter klebten an seiner Uniform. »Ich habe nichts gefunden.«

Ian McGregor seufzte. »Ich werde jetzt noch Ihren Bruder und seinen Freund aufsuchen und ihre Aussagen aufnehmen. Kopf hoch. Wir werden das Mysterium aufklären. Bisher wurden wir noch nie so oft hergerufen. Irgendwann passiert ein Fehler und wir haben den Übeltäter.«

Julie lächelte schwach. Sie hatten alle gut reden, mussten sie doch nicht hier leben.

»Danke«, sagte sie trotzdem. Die Garda verabschiedete sich und verließ das Haus.

»Kann ich Ihnen noch helfen?«, fragte Mrs Walsh mit Sorge im Blick.

Julie zögerte. Sie hatte der alten Dame gegenüber nach wie vor ein schlechtes Gewissen, trotzdem war da etwas, was ihr schon länger durch den Kopf ging. »Sie haben erwähnt, den Vorbesitzern waren ebenfalls merkwürdige Dinge geschehen. Haben Sie zufällig noch von einigen Namen und Nummern?«, fragte sie vorsichtig. Sie wollte auf keinen Fall zu aufdringlich wirken. »Ich würde gerne mit ein paar der Menschen reden, die bereits in dem Haus gelebt haben, um sie nach ihren Erfahrungen zu fragen, aber um an Informationen aus dem Grundbuch zu kommen ist aufwendig, weshalb ich Sie bitten wollte …« Sie stockte und fuhr sich durch die Haare.

Mrs Walsh nahm sich einen Moment, bevor sie schließlich seufzte. »Hören Sie, es ist mir nicht recht Ihnen persönliche Daten weiterzugeben und ich habe nur zwei Telefonnummern.« Sie holte ihr mobiles Telefon hervor und begann darauf herum zu tippen.

»Ich werde noch einmal nach Tim sehen«, entschuldigte sich Julie für einen Moment. Auch ihm gegenüber plagte sie das schlechte Gewissen. Sie hatte zwar die Tür im Auge behalten, die ganze Zeit jedoch nicht nach ihm gesehen. Wenige Minuten später saß sie ihrer Nachbarin wieder gegenüber. Timothy schlief und über den erneut angewandten Trick mit den Mobiles konnte sie ihn nun von der Küche aus über den Bildschirm beobachten.

Mrs Walsh hatte die erste Nummer mittlerweile gefunden und wählte.

Julie zwang sich ruhig zu bleiben. Vielleicht erfuhren sie endlich etwas. Es wäre ihr zwar lieber gewesen in Ruhe mit den Vorbesitzern reden zu können, doch dies war besser als nichts.

Nach bangen Sekunden des Tutens hörte sie zu, wie Mrs Walsh die Dame am anderen Ende der Leitung begrüßte und ihr die Situation erklärte.

»O ja, das kann ich sehr gut verstehen … Ja, gar kein Problem … Natürlich. Melden Sie sich gerne nochmal bei mir, sollten Sie es sich anders überlegen. … Ja, in Ordnung. Ich danke Ihnen und frohe Weihnachten.«

Als sie aufgelegt hatte, schüttelte sie den Kopf. »Tut mir leid, aber sie will partout nicht über Callum Hall sprechen.«

Julie versuchte, sich die Enttäuschung nicht allzu sehr anmerken zu lassen, stattdessen lächelte sie matt. »Einen Versuch haben wir ja noch.«

»Die Familie lebt mittlerweile in einem anderen Teil Irlands, aber Mrs Clark ruft hin und wieder bei mir an. Ich will Ihnen keine allzu großen Hoffnungen machen, doch ich glaube Sie könnten hier Ihre Fragen loswerden.«

Mrs Walsh wählte und Julie schenkte ihnen beiden Tee nach. Während es tutete, erklärte die alte Dame ihr schnell ein paar Eckdaten zu der Frau, auf der Julies gesamte Hoffnung ruhte.

Mrs Clark war die Vorvorbesitzerin von Callum Hall und hatte in den 80er Jahren dort gelebt. Heute war sie siebenundsiebzig Jahre alt, damals vierzig.

Endlich meldete sie sich und Mrs Walsh berichtete Mrs Clark den Grund für ihren Anruf. Nach einigen Minuten stellte sie das Gespräch auf Lautsprecher.

Mrs Clark schien gerne zu reden, worüber Julie recht froh war. Aufmerksam lauschte sie den vielen Details zum Einzug der Familie im Frühling 1986, die so gar nichts mit dem Hausgeist zu tun hatten.

»… wissen Sie, ich habe mir ja erst nichts dabei gedacht, als Johnny – das ist mein Ältester, ach, aber das habe ich schon erwähnt, oder? Nun, also, als er von dem Schattenmann erzählte. Kinder, nicht wahr? Sie haben eine blühende Fantasie und gerade Johnny. Der ist mittlerweile sogar Schriftsteller, mich hätte es bei ihm nicht gewundert, wenn er sich das nur ausgedacht hätte.«

»Hat er diesen Schattenmann beschrieben?«, fragte Julie, die sich nicht zurückhalten konnte und räusperte sich. »Hier spricht die neue Besitzerin Julie Ó Briain.« Ihre Stimme klang belegt. Ihr Puls stieg an und sie hielt die Luft an. Konnte die Antwort gar nicht schnell genug erhalten.

Es war eine Wohltat von anderen zu hören, dass sie ähnliches durchgemacht hatten, wie sie. Erleichterung und Furcht strömten gleichermaßen durch ihren Körper und stritten um die Vorherrschaft. Mussten sie ihr liebevoll renoviertes Haus aufgeben?

»Ja, nun. Ein Schattenmann eben. Er konnte keine Details nennen, zumindest keine an die ich mich erinnere. Zum ersten Mal sah er ihn im Sommer, dann war lange Zeit wieder gar nichts, aber nach Samhain, ich sage Ihnen, da ging es so richtig rund.«

»Was geschah denn danach?«, fragte Julie schnell, damit Mrs Clark nicht gleich wieder zum nächsten Thema sprang. Sie entließ die angestaute Luft aus ihren Lungen.

»Erst mal berichteten da plötzlich auch die anderen von dem Schattenmann. Laura behauptete, er hätte vor ihrem Bett gestanden. Sie hatte sich deswegen sogar eingenässt. Da war sie so sechs Jahre alt, also schon längst aus dem Alter raus. Gemacht hat er wohl nichts. Nur dagestanden und sie angestarrt. Auch Mary und Carl, die Zwillinge, schienen auf einmal jemanden herumschleichen zu sehen und die beiden sind das Gegenteil von Johnny, sehr realistisch, schon mit ihren damals zehn Jahren.«

»Sie und Ihr Mann haben die Gestalt nicht gesehen?« Julie tippte gegen den Türrahmen.

»Im Nachhinein denke ich schon, aber bei vier Kindern und einem Mann im Haus, da hab ich damals viel auf sie geschoben. Ich wäre am Anfang nicht drauf gekommen, ein Schatten könnte aus dem Augenwinkel ein Geist sein, oder etwas in der Art. Was mir eher auffiel, waren die ganzen Vorfälle.«

Gut, sie kamen in die richtige Richtung. »Können Sie mir mehr davon erzählen?«

Mrs Clark schien nichts lieber zu tun als das. »Natürlich. Ich weiß gar nicht mehr so recht, mit was es losging, doch irgendwann war mal die ganze Bettwäsche im Schrank zerschnitten worden. Das hatte ich noch auf die Kinder geschoben, das tut mir heute leid, aber was hätte ich denn denken sollen?«

Julie blickte zu Mrs Walsh, die ebenso gebannt zuhörte wie sie. Bei der Beschreibung des zerrissenen Lakens musste sie an Seans Schulhefte denken.

»Bei der toten Ratte, die eines Tages in unserem Bett aufgetaucht ist, war ich mir nicht mehr so sicher. Unsere vier sind zwar mit der Natur aufgewachsen und ekeln sich vor nicht allzu viel, aber das hab ich ihnen dann doch nicht zugetraut. Das Vieh war aufgeschnitten und ausgeweidet worden, können Sie sich das vorstellen? Das ganze Zeug lag auf dem Laken verstreut. Da haben wir die Garda gerufen, aber gemacht haben die nicht wirklich was. Eine Anzeige wegen Einbruchs, Fingerabdrücke genommen. Ach, und das ganze Blut, was plötzlich aufgetaucht ist. Ich habe fast einen Herzinfarkt bekommen, weil ich dachte, jemandem sei was passiert.«

»Mit Blut hatten wir auch schon das Vergnügen …«, bemerkte Julie. Der Gedanke an die ausgeweidete Ratte ließ ihr Schauer über den Rücken laufen. Dieser Geist hatte offenbar noch nie einen Menschen verletzt, aber wer vor Ratten nicht Halt machte, hatte vielleicht auch kein Problem mit einer Katze.

Ihr Herz zog sich zusammen, als sie an Miss Woodhouse dachte. Wo war nur ihre Katze gerade? Hoffentlich lag sie auf ihrem Platz in ihrem privaten Wohnzimmer. Sie wollte ihre Fellnase in Sicherheit wissen. Was war, wenn ihr etwas zustieß? Sie könnte sich das nie verzeihen.

»Man hält viel aus«, sprach Mrs Clark weiter und Julie schenkte ihr wieder ihre Aufmerksamkeit, »aber irgendwann hatte ich wirklich Angst um meine Kinder. Das Fass zum Überlaufen brachte die Nacht vor Weihnachten. Es gab einen Schneesturm und überall hörte man es Pfeifen und Knacken, doch plötzlich kam zu all dem ein Krachen dazu. Da saßen wir aufrecht im Bett. Es wollte gar nicht mehr aufhören zu scheppern. Die Geräusche kamen von unten, also haben wir die Kinder eingesammelt und uns in unserem Schlafzimmer verbarrikadiert.«

Am anderen Ende wurde es still. Dann kam ein leiser gequälter Laut durchs Telefon, der Julie den Eindruck vermittelte, als erlebe Mrs Clark die Nacht vor ihrem geistigen Auge noch einmal. Sie bekam es mit der Angst zu tun. Das klang alles überhaupt nicht gut. Wie sollte sie mit ihrem neuen Wissen hier wohnen bleiben? Sie wollte die ältere Dame am Weiterreden hindern, wenn es ihr zu schwerfiel, allerdings war sie nicht schnell genug.

»Meinem Mann habe ich verboten nachzusehen, woher das Krachen stammte, vor lauter Angst es könne sonst was passieren. Am nächsten Morgen haben wir die Bescherung gehabt. Die halbe Einrichtung im Erdgeschoss lag in Trümmern. Bücher waren herausgerissen, Regale umgestoßen, das Sofa aufgeschlitzt, Küchenschränke demoliert …« Der immer leiser werdenden Stimme am anderen Ende der Leitung war die Erregung über diesen Vorfall noch heute anzuhören. »Das war der Punkt, an dem wir unsere Koffer packten und auszogen. Eine furchtbare Zeit war das und dann an Weihnachten, aber nachdem was man so über dieses Ehepaar in den 70ern hörte … da wollten wir kein Risiko mehr eingehen. Wir sind erst mal bei den Eltern meines Mannes untergekommen. Was für ein Theater, mit vier Kindern, das können Sie sich nicht vorstellen! Jahrelang haben wir eher schlecht als recht gelebt, weil sich das Haus nicht verkaufen wollte. Das hat uns beinah in den Ruin getrieben und dazu noch meine Nerven. Meine Schwiegereltern waren nicht leicht zu haben …«

Julie hörte nicht mehr zu, ließ Mrs Clark reden. Sie war viel zu sehr damit beschäftigt, zu verarbeiten, was sie soeben gehört hatte. Was kam da auf sie zu, wenn sie hier wohnen blieben? Die Angst krallte sich schmerzhaft in ihren Magen. Dann war da noch Tim. Automatisch sah sie zum Bildschirm ihres Mobiles. Ihr Herz zog sich zusammen, als ob sich eine Schlinge immer enger um es legte und gnadenlos am Ende zerrte.

»Haben Sie denn irgendeine Veränderung an Ihrem Mann festgestellt, während Sie in Callum Hall gelebt haben?«, unterbrach Julie Mrs Clark und strich sich fahrig durch die Haare. Sie befürchtete, die nächste halbe Stunde würde es sich sonst nur um Mrs Clarks Leben nach dem Auszug drehen und sie brauchte unbedingt mehr Informationen.

Die Dame blieb eine Weile still am anderen Ende. Julie spannte sich immer weiter an. Ihre Schultern taten bereits weh, so sehr verkrampfte sie sich. Die Erlebnisse dieser Familie waren ihren eigenen nicht unähnlich, soweit nichts Neues, doch ihre größte Sorge drehte sich um den Fluch und was er womöglich mit Timothy anstellte. Was, wenn es schlimmer wurde als nur die Migräne und sein Schlafwandeln? Er konnte jetzt schon kaum das Haus verlassen.

»Nun ja, wir haben uns während dieser Zeit alle nicht zum Besseren verändert. Wir waren angespannt, streitsüchtig … tatsächlich habe ich damals sogar kurz an Scheidung gedacht, aber ob das jetzt speziell an einer Veränderung an meinem Mann lag, kann ich im Nachhinein nicht mehr so recht sagen. Als wir da raus waren, wurde es auf jeden Fall schlagartig besser.«

Julie wusste nicht, ob sie diese Antwort beruhigen sollte. Diese Vorfälle waren fast vierzig Jahre her. In dieser Zeit konnten sich Mrs Clarks Eindrücke durchaus verfälscht haben. Vielleicht hatte es doch mehr Auffälligkeiten an ihrem Mann gegeben, allerdings würde sie keine bessere Antwort bekommen.

»Vielen lieben Dank für Ihre Zeit.« Julie räusperte sich. »Dürfte ich Sie anrufen, wenn ich Fragen habe?«

Mrs Clark bejahte und sie legten auf.

Eine Weile saß Julie gedankenverloren am Tisch, nippte an ihrer Tasse und überlegte, was sie mit den gewonnenen Informationen anfangen sollte. Wäre es eine Option wenigstens bis Weihnachten anderswo unterzukommen? Würde es nach der Fluchttheorie danach nicht wieder ruhiger werden? Auch bei Mrs Clark hatten sich die hauptsächlichen Vorfälle zwischen Samhain und Weihnachten zugetragen. Aber jedes Jahr über drei Monate ausziehen und sich eine andere Bleibe suchen? Würden die Spannungen danach weichen oder lagen sie weiterhin über ihnen?

Julie stützte die Ellenbogen auf dem Tisch ab und verbarg ihr Gesicht in den Händen. So viele Fragen und Sean nahm sie nicht ernst, auch wenn er für einen kurzen Zeitraum den Anschein erweckt hatte. Dazu Timothy, der überhaupt nicht mehr aus dem Bett kam. Sie könnte heulen, so elend wurde ihr.

»Haben Sie heute schon etwas gegessen?«, fragte Mrs Walsh und riss Julie aus ihren Gedanken. Die alte Dame stand auf.

Julie schüttelte den Kopf. Ihr war der Appetit endgültig vergangen.

»Dann werde ich jetzt mal was kochen und keine Widerrede akzeptieren. Sie müssen etwas essen.«

»Danke Ihnen, Mrs Walsh. Ich rufe mal Doktor Brennan für Tim an.«

Kapitel 26

Sean

»Hallo mein Lieber«, begrüßte Fiona ihren Sohn mit einem überraschten Gesichtsausdruck, als sie die Haustür ihres Cottages öffnete. Sie zog ihn in eine Umarmung und drückte ihm einen Kuss auf die Wange.

»Mam«, sagte Sean genervt und wischte sich über die Wange. »Musst du das immer machen?«

»Jawohl.« Fiona ließ ihn los und hielt die Tür auf, damit er eintreten konnte. Sie trug noch ihr typisches buntes Kleid, welches sie immer bei Stadtführungen anhatte, um aufzufallen.

Sean ging in den Flur, hängte seine Jacke an die Garderobe. Dies war das Haus, in dem er aufgewachsen war. Überall erinnerten ihn Kerben an seine Kindheit.

Der große Kratzer in der Garderobe war entstanden, als Timothy und er die Artuslegende nachgespielt hatten. Das beste Fleischmesser aus der Küche wurde zu Excalibur erklärt. Als Fiona nach Hause gekommen war, hatte es mehr Ärger wegen des Messers als wegen des Kratzers gegeben. Ein Lächeln umspielte seine Lippen, als die Erinnerung vor seinem geistigen Auge vorbeihuschte.

»Möchtest du einen Tee?« Fiona wartete die Antwort gar nicht ab, schloss die Eingangstür und ging in die Küche.

Sean folgte ihr stumm. Dort setzte er sich auf seinen alten Platz an dem großen Küchentisch, der seine besten Zeiten bereits hinter sich hatte. Seine Mutter stellte den gefüllten Teekessel, der noch von ihrer Mutter stammte, auf den Herd, befüllte ein Sieb mit Tee und hängte es in die Teekanne. Dann nahm sie ihm gegenüber am Tisch Platz. »Also, was führt dich hierher? Ohne Grund kommst du mich doch nicht besuchen.«

Sean lächelte ertappt. »Hat Julie schon mit dir gesprochen?«, begann er das Gespräch und fuhr sich mit einer Hand über den Nacken.

»Ich habe mit ihr vorgestern telefoniert. Tim geht es zurzeit nicht gut, meinte sie.« Fiona betrachtete ihren Sohn prüfend, kniff leicht die Augen zusammen. »Was ist bei euch los? Es ist das Haus, oder?«

Sean schluckte und nickte. »Wie du weißt, glaube ich an all den Geisterkram und so nicht. Aber da sind letzte Nacht Dinge passiert …« Sean sprach den Satz nicht zu Ende. Die mit Blut geschriebene Warnung prangte noch immer an der Wand im Wohnzimmer. Ian McGregor hatte seine Aussage in einer Pause aufgenommen und bei Cathal war er ebenfalls gewesen. Doch auch bei dieser Ermittlung würde garantiert nichts rauskommen.

Cathal. Mit ihm hatte er sich auch gestritten. Beim Frühstück hatte er Sean angedroht, wenn er sich bis heute Abend nicht mit Julie ausgesprochen hätte, würde er solange auf dem Sofa schlafen, bis er es tat. Sean strich sich erneut mit der Hand durch den Nacken, wirbelte seine Locken wild durcheinander.

»Was ist denn passiert?«, fragte seine Mutter und holte ihn aus seinen Gedanken. Der Kessel pfiff und Fiona erhob sich. Sie goss das heiße Wasser in die Kanne und drehte an der Eieruhr. Dann nahm sie zwei Tassen, Kandis und eine Dose mit Gebäck und stellte alles auf den Tisch.

Sean fasste die letzten Wochen zusammen. »Ich weiß nicht mehr, was ich glauben soll. Julie und ich bewegen uns wieder in die Richtung wie kurz nach eurer Trennung, streiten viel und Tim kommt kaum noch aus dem Bett.« Er holte tief Luft. »Ich glaube, Julie ist der Meinung, ihn hat der Fluch befallen.«

»O nein.« Fiona riss die Augen auf, Sorgenfalten bildeten sich auf ihrer Stirn und sie griff nach Seans Hand. »Das hat sie nicht erzählt. Wie geht's Julie wirklich? Sie sagt zwar, es ginge ihr gut, aber du kennst sie. Manchmal braucht sie ihre Zeit, bis sie mit mir redet.« Sie seufzte.

»Sie hat Angst. Angst davor, was mit uns passieren könnte. Ich bin mir nicht sicher, was heute Vormittag noch passiert ist. Sie hat die Garda gerufen, weil Mrs Walsh unsere Nachbarin ums Haus geschlichen ist. Zumindest laut Ian McGregor. Sie denkt, wir haben einen Geist im Haus.« Sean holte tief Luft. Das, was er als Nächstes sagen wollte, konnte er noch immer nicht glauben. Vielleicht war er auch nur zu müde und erschöpft. Er sehnte sich so sehr nach einem Bett, um schlafen zu können, wie zu Zeiten seines Studiums als er die Nächte durchgelernt hatte. »Ich glaube es mittlerweile sogar auch.«

Fionas Augen wurden größer. »Du?«

Die Eieruhr klingelte und sowohl Sean als auch Fiona zuckten zusammen. Fiona stand auf, holte den Teebeutel aus der Kanne und goss ihnen ein, bevor sie sich wieder setzte. »Du hast doch immer am vehementesten dagegen angeredet, wenn Julie und ich über die alten Sagen und Legenden und dem darin enthaltenen Wahrheitsgehalt gesprochen haben.«

»Mam, bitte.« Sean schloss die Augen. »Ich weiß das. Da sind jedoch die über Jahre festgestellten Finger-abdrücke von derselben unbekannten Person, keine Einbruchspuren. Ich verstehe nur nicht, weshalb im letzten Jahr während der Renovierung noch nichts passiert ist. Wir haben im November begonnen.« Sean griff nach einer Tasse und umschlang sie mit seinen Händen, als ob er sich daran festhalten wollte. Jesus Christ, er war ein erwachsener Mann und glaubte nicht an Geister. Was machte er hier? Dafür waren seine Schwester und Mutter zuständig.

»So, wie du es schilderst, klingt es nach einer Warnung vor dem Fluch. Von eurem Hausgeist. Im letzten Jahr habt ihr noch nicht drin gewohnt, wozu warnen, wenn der Fluch sich an Heiligabend wiederholt und keiner im Haus ist?«

Die Erklärung seiner Mutter klang so schrecklich lo-gisch. »Wie gruselig. Dieses nicht menschliche Wesen könnte uns beim Schlafen zusehen. Steht vielleicht jede Nacht an unserem Bett.« Sean schüttelte sich.

»Also glaubst du einerseits an den Fluch, andererseits wiederum nicht?»

»Ja … nein … keine Ahnung.« Sean trank einen Schluck des heißen Tees und verbrannte sich prompt die Zunge. »Aber haben Geister überhaupt Fingerabdrücke? Die Vorstellung, von jemand Fremdem in unserem Haus, der seit Jahren einen Weg hinein kennt, von dem wir nichts wissen, ist beängstigend.«

»Ach mein Lieber, was sagt Cathal zu alldem?«

»Der ist die Ruhe selbst wie immer und der Meinung, es gäbe für alles eine Erklärung. Er vertraut der Garda und seiner Intuition.«

»Er ist ein kluger Mann. Aber auch er darf sich der Realität nicht verweigern.« Fiona öffnete die Dose und holte einen Cookie hervor. Fragend hielt sie ihn Sean hin, der den Kopf schüttelte.

»Willst du etwa sagen, Julie hat recht? Tim ist vom Fluch befallen und wir werden heimgesucht?« Sean war der Appetit vergangen.

Wenn er gekonnt hätte, wäre er auf der Stelle zurück in das kleine Häuschen gezogen, welches er mit Cathal bis vor kurzem gemietet hatte. Nur weg von dem elenden Herrenhaus, in dem Dinge geschahen, die ihm keiner erklären konnte.

Rational gesehen war er genauso wie Cathal der festen Überzeugung, es gäbe eine Begründung für all die Geschehnisse, emotional war er fast mit Julie auf einer Stufe. In ihm stritten sich Rationalität mit Emotionalität um die Vorherrschaft. Beide konnten stichhaltige Punkte für ihre Glaubwürdigkeit anbringen.

»Gibt es wirklich keine Unterlagen mehr im Stadtarchiv über die Vorbesitzer? Tagebücher von Angestellten oder den Redfields, in denen mehr steht?«

Fiona biss vom Keks ab und legte ihre Stirn in Falten. Ihr Blick ging in die Ferne, als ob sie durch die Mauern bis in die Vergangenheit sehen konnte.

»Vor Jahren habe ich nur die alten Kirchenbücher gefunden. Laut denen ist das mit den Redfields Weihnachten 1846 oder 1847 geschehen. Es gibt ein paar Aufzeichnungen vom Butler der Redfields. Das war es schon. James Redfield hat sich und seine Frau erstochen. Wie und warum weiß keiner, der Butler, der die beiden entdeckt hat, hat sich nie darüber geäußert, selbst in der Befragung nicht. Mehr gibt es nicht. Nur das übliche, was du bereits kennst.« Sie biss erneut ab und trank einen Schluck hinterher. »Vom grausamen Landlord, der seine Pächter sogar während der großen Hungersnot zu seinen Pachtzahlungen anhielt und von einer Kräuterhexe an Samhain verflucht wurde. Sein Geist oder er selbst mit einem Geist, da widersprechen sich die Legenden, sollte bis auf alle Ewigkeit in dem Haus gefangen sein.« Fiona richtete ihren Blick auf Sean.

Sean lehnte sich zurück, fuhr sich durch die Haare und schloss die Augen. Trocken lachte er auf.

»Alles gut mit dir?« Fiona drückte seine Hand.

»Ich muss es Julie beichten. Also das ich mittlerweile auch an diesen ominösen Geist glaube. Dann denkt sie wahrscheinlich, es sei James Redfield, der das alles anstellt. Der brutale Landlord aus dem 19. Jahrhundert.« Sean holte tief Luft.

»Was hältst du davon, wenn wir austrinken und zum Wunschbaum gehen? Dem Rag Tree ist es egal, ob du daran glaubst oder nicht. Er webt trotzdem seine Magie.«

Sean lächelte. Seine Mutter wieder. Aber gegen einen Spaziergang hatte er nichts einzuwenden. Vielleicht bekam er so einen klaren Kopf und konnte normal denken.

Sean und Fiona kamen bei dem mit Hecken und Steinen umzäunten Holy Well an. Wie viele Heilige Quellen in Irland war auch diese St. Patrick gewidmet. Umgeben von grünen Wiesen, die von aufgeschichteten Steinzäunen begrenzt waren, lag das Holy Well friedlich da. Nur der kleine Parkplatz, neben dem Eingang, auf dem drei Autos standen, störte das Bild und passte nicht zu der magischen Atmosphäre.

Es war ein Ort, der Sean selbst im Sommer erschauern ließ. Die lang zurückliegende Geschichte konnte er nicht leugnen, auch wenn er dem Wasser keine Heilkräfte zusagte. Trotz seiner Skepsis fühlte er manchmal, wie dieser Ort eine Stärke verströmte, die die Menschen ihn positiver verlassen ließ. Das machte Sean Angst, weshalb er selten hierher kam, obwohl es etwas Gutes war. Trotzdem konnte es keinen Krebs oder andere Krankheiten heilen, wie manche glaubten.

Dieser Ort übte definitiv eine Magie auf die Menschen aus, der selbst er nichts entgegenzusetzen hatte. Ob das sein altes keltisches Blut war? Erkannte es die göttlichen Stätten seiner Urahnen?

Als Kind hatte er sich vorgestellt, wie die Kelten hier zusammenkamen und ihre Rituale vor und nach den Schlachten abhielten. Wie Druiden die Götter anriefen und den Kämpfern das Kriegsglück mit auf den Weg gaben. Oder sie unterstützend zur Krankenpflege bei ihren heimgekehrten Kriegern das heilende Wasser zum Einsatz brachten.

Sean mummelte sich tiefer in seinen Parka, der den leichten Nieselregen davon abhielt unter seine Kleidung zu dringen. Der Wind blies kalt um sie herum. Warum hatte er diesem Spaziergang mit seiner Mutter noch mal zugestimmt? Die Wintermonate in Irland waren kein Spazierwetter für ihn.

Ihnen kam eine kleine Gruppe entgegen, die sie passieren ließen, bevor sie die Stätte der heiligen Quelle von St. Patrick betraten. Er hatte einmal gehört, es gäbe hier in der Nähe auch Bullán Stones. Steine, die zum Spenden von Segen oder zum Verfluchen sein sollten. Je nachdem, in welche Richtung man sie drehte. So genau kannte er sich nicht aus. Hatte sich nie mit diesem Erbe seines keltischen Blutes beschäftigt. Seine Mutter hatte es mal oberflächlich in seiner Kindheit getan, um ihren Stadtführungen einen weiteren Aspekt hinzuzufügen, doch er erinnerte sich nicht an Einzelheiten.

»Hier, hast du schon einen Wunsch?« Fiona drückte Sean einen Streifen Stoff in die Hand, als sie das Areal erreicht hatten, in dem Bäume um die Quelle standen. Wie immer hatte sie welche in ihrem Mantel parat.

»Ja, aber den verrate ich dir nicht, weil er sonst nicht in Erfüllung geht.«

»Gut, immerhin hast du einen.« Seine Mutter schritt zielstrebig auf den Rag Tree zu, der sich auf der gegenüberliegenden Seite des Eingangs befand und umrundete die heilige Quelle. Die Bäume, die um sie standen, wuchsen in die Richtung des Windes, eher schmal zur Seite, denn rund und buschig. Die Quelle selbst war ein kleiner See, der weder einen Zustrom noch Abstrom hatte.

Sean sah sich um, anscheinend verirrten sich heute nicht viele Menschen hierher und nachdem die Gruppe den Holy Well verlassen hatte, waren sie allein. Sein Blick fiel auf den Steinaltar rechts vom Eingang, auf dem wie Sean annahm, früher die keltischen Rituale stattgefunden hatten, heute allerdings eine Madonnenfigur thronte.

Die Christen hatten es schon immer verstanden, sich das Brauchtum der alten Völker zu eigen zu machen, dachte Sean, während er seiner Mutter folgte, und hätte fast gelacht. Er konnte sich rechtzeitig zurückhalten. Solch ungehöriges Gedankengut hätte ihm einen bösen Blick seiner Mutter eingebracht, für die das hier bitterer Ernst war. Sie verstand es als Katholikin sehr gut, die alten keltischen Bräuche mit dem Christentum zu verbinden und zu verteidigen.

In den Bäumen knackte und raschelte es, als der Wind hindurchfuhr was die gesamte Szenerie unheimlicher erscheinen ließ, als Sean sich sowieso schon fühlte.

Sean beeilte sich, seiner Mutter zu folgen, die ohne ihn weitergegangen war. Bei seiner Mutter, die Abstand zu dem Rag Tree hielt, blieb er stehen und erblickte einen Rotschopf am Wunschbaum mit einer dazugehörigen Statur, die ihm wohlbekannt war. Julie hängte gerade ihren

Stofffetzen an einen Ast. Der Baum war ein einziges buntes Gewimmel aus Stoffstücken. Zum Teil waren sie verblichen oder faserten an den Enden aus. Der Stamm war breit, neigte sich aber wie die Krone in Windrichtung.

»Da ist Julie.« Fiona hielt ihn auf, indem sie ihn am Oberarm fasste. »Wir sollten ihr den Moment geben.«

»Okay.« Sean war nicht wohl dabei, seiner Schwester hier zu begegnen. Er hätte ein klärendes Gespräch lieber zuhause geführt, denn hier könnte jederzeit ein Fremder vorbeikommen, aber nun konnte er es nicht ändern.

Julie stand einen Moment am Baum, den Kopf gesenkt, nachdem ihr Fetzen hing. Dann drehte sie sich um und ging ein paar Schritte, bis sie Sean und Fiona entdeckte. Fiona überbrückte schnell die Distanz zwischen ihnen und drückte ihre Tochter an sich.

Julie sah blass aus, sogar durch das Make-up konnte er die Augenringe erkennen. Ihre Haare hingen strähnig hinunter, flossen nicht wie sonst über ihre Schultern. Die Sorgen waren ihr ins Gesicht geschrieben, so tief gruben sich die Falten in ihre Stirn. Sean tat es mit einem Mal schrecklich leid, nicht früher einen Schritt auf sie zugetan zu haben. Stattdessen hatte er den Streit weiter eskalieren lassen. Er trat zu ihnen. Seine Mutter murmelte etwas, was er nicht verstand und Julie nickte dazu.

»Hi.« Sean zog seine Schwester in eine feste Umarmung. Er hatte das starke Bedürfnis, sie um jeden Preis beschützen zu müssen, ganz egal, was zwischen ihnen stand.

»Hi«, drang es gedämpft zu ihm.

»Es tut mir leid. Alles, was ich gesagt habe.«

Julie löste sich aus der Umarmung. »Mir auch.« Tränen standen in ihren Augen. »Ich fühlte mich verletzt, weil Tim mit dir und nicht mit mir geredet hat. Da ist alles wieder an die Oberfläche getreten.« Sean strich mit dem Handrücken über ihre kalte Wange. Genauso wie er es in Kindertagen schon gemacht hatte, wenn es seiner kleinen Schwester schlecht ging.

»Wir machen es in Zukunft besser. Vielleicht müssen wir uns öfter zusammensetzen, Tim, du und ich und miteinander reden statt übereinander zu denken.«

Julie nickte. »Gute Idee.« Ein zaghaftes Lächeln bildete sich auf ihren Lippen. »Ich hätte dich hier nicht erwartet.«

»Mam bekommt uns doch alle dazu.« Er hielt seine Hand mit dem türkisfarbenen Stofffetzen hoch. »Ich habe sogar einen Wunsch.«

»Dann lasst die Magie des Baumes frei. Ich warte am Eingang auf euch.«

Sean zog seine Schwester erneut in eine Umarmung, gab ihr einen Kuss auf die Stirn und wandte sich mit seiner Mutter dem Baum zu. Sie verknoteten an einem nahegelegenen Ast ihren Stoff und jeder sprach in Gedanken seinen Wunsch aus.

Er hätte so gerne wieder Frieden im Haus, einen gesunden Tim und keinen Geist mehr. Einer müsste doch wenigstens in Erfüllung gehen.

Seine Mutter fasste ihn an den Oberarm. »Bist du dann so weit?«

»Ja.« Sie drehten sich um und gingen den Weg zurück. Sean wandte sich noch einmal um. Sein Stoff wehte im Wind und einen seiner Wünsche davon. Er nickte ihm auffordernd zu, bevor er sich auf den Weg konzentrierte, um nicht in die heilige Quelle zu fallen.

Linker Hand lag ihr Ort. Nur ein fünfzehnminütiger Fußweg durch die Nässe von oben. Sean unterdrückte ein Seufzen. So sehr er die Kulisse mochte, die Weite der Wiesen, eingerahmt von den Bergen, durchschritt er sie lieber an trockenen Tagen.

Die Autos am Eingang waren verschwunden, als sie ankamen. Julie saß auf der Bank, die am Parkplatz stand und massierte sich die Stirn. Sie erhob sich, als sie die beiden kommen sah. Der Nieselregen ließ nach und es tröpfelte nur noch vom Himmel.

»Also meine Liebe, dann erzähl mal.« Fiona hakte sich links und rechts bei ihren Kindern unter.

»Ich habe dir doch die Tage erzählt, wie es Tim geht. Mittlerweile glaube ich, er ist von dem Fluch des Hauses befallen. Er hat immer mal wieder Migräne Episoden, allerdings so schlimm wie dieses Mal war es noch nie.« Sie berichtete, was Sean bereits früher am Tag erzählt hatte. Ihre Mutter hörte ihr trotzdem aufmerksam zu, warf hier und da einige Fragen ein. Sie halfen Sean ebenfalls, wieder klarer zu sehen. Dabei kamen sie der Stadt näher. Ihr Haus selbst lag auf der anderen Seite, das ihrer Mutter mittendrin.

Sean kickte einen Stein vor sich her. Julie beendete ihre Erzählung. Sie verfielen alle drei in Schweigen und hingen ihren Gedanken nach.

»Vielleicht sollten wir Tim ins Krankenhaus bringen. Dort könnten sie sich besser um ihn kümmern«, sagte Julie auf einmal.

»Was sollen die machen? Ob er dort oder bei uns in einem abgedunkelten Zimmer liegt, macht keinen Unterschied«, erwiderte Sean.

»Im Krankenhaus gibt es keinen Fluch, im Gegensatz zum Haus.« Julie seufzte. »Wobei Tim vermutlich die Einlieferung verweigern wird.« Sie ging einen Schritt schneller und kickte den Stein mit Wucht fort. Er prallte gegen einen der ältesten Bäume der Stadt. Ihm war über die Jahrzehnte ein Gesicht gewachsen. Das Loch, das im unteren Teil entstanden war, stellte den Mund dar, eine knorrige längere Hervorhebung die Nase und direkt darüber waren zwei Knoten, die als Augen herhielten.

»O nein, ich habe Face abgeschossen.« Julie schlug sich die Hand vor den Mund. »Das ist ein mieses Omen, oder?«

»Julie, das ist ein Baum. Kein Omen oder sonst irgendetwas.« Sean lachte, wie konnte ein Mensch so abergläubisch sein?

»Aber er ist alt. Woher weiß ich, ob es ihm nicht wehtut?«

Sean verdrehte die Augen und wollte zu einer Erwiderung ansetzen, als Fiona sich einmischte.

»Schluss jetzt ihr beiden. Ich habe mir etwas bezüglich eures Hauses überlegt.« Sie machte eine Pause, bis sie sich gewiss war, die Aufmerksamkeit von Sean und Julie zu haben. »Was haltet ihr von Exorzismus?«

»Den Fluch austreiben?« Julies Stirn legte sich in Falten. Sean starrte die beiden ungläubig an. Er setzte sich wieder in Bewegung, wäre fast über eine hervorstehende Wurzel von Face gefallen, konnte sich allerdings rechtzeitig fangen. »Warum hat das vorher noch keiner gemacht?«

»Vielleicht hat es schon jemand praktiziert, aber es hat nichts gebracht?«, wandte er ein. »Weil es Unsinn ist.«

»Glaubst du nun daran, ob etwas Unnatürliches in unserem Haus vor sich geht oder nicht?«

»Abgesehen davon, tut es keinem von euch weh, wenn Priester MacArthur Exorzismus durchführt.« Fiona blickte Sean streng an. Der seufzte und ergab sich.

»Gut, führen wir eine Austreibung durch. Ich besorge mir schon mal Nasenklammern, damit ich dem Weihrauchgeruch entgehe.«

»Du hast doch gar keine Ahnung, wie das funktioniert«, wandte Julie ein.

»Aber du, oder was?«

»Hört auf, euch zu streiten.« Fiona hakte sich bei ihren Kindern ein. »Ihr seid schlimmer als Kindergartenkinder. Vertragt euch und steht das gemeinsam durch.«

Schuldbewusst sah Sean Julie an. Hatte er nicht selbst vorhin seine Schwester schützen wollen? Wenn ihr dieser Exorzismus Sicherheit gab, würde er das durchstehen. Er war schon gespannt, was Cathal dazu sagen würde. Als überzeugter Atheist in einem katholischen Land hatte er es nicht immer leicht, aber als ein Mann, der schwul war, wollte er mit der Kirche, die seine Weise zu lieben ablehnte, nichts zu tun haben. Ob er wohl lachen würde? Auf jeden Fall würde er Julie dabei unterstützen, wenn es ihr helfen sollte.

»Mam, kannst du mit dem Priester reden? Ich komme auch dazu«, bat Julie.

»Natürlich. Lass uns gleich zu ihm gehen und einen Termin ausmachen.«

»Sehr gut.« Julie lächelte und wirkte direkt etwas beruhigter als die letzten Tage.

»Gut, ihr geht zum Priester, ich nach Hause. Habe noch einiges für den Unterricht für die nächsten Tage vorzubereiten.«

»Wundere dich nicht, Mrs Walsh vorzufinden. Ich habe sie gebeten, auf Tim aufzupassen. Eigentlich wollte ich nur zum Rag Tree.«

»Ah, ich dachte, Cathal wäre früher nach Hause gekommen.« Leichte Enttäuschung machte sich in ihm breit, wie gerne hätte er mal wieder Zeit mit Cathal verbracht, ohne die Garda oder Julie um sich zu haben und das mitten am Tag. »Hat sie Kekse mitgebracht?«

»Nein.«

»Na, dann kann ich mir wenigstens von ihr in aller Ausführlichkeit erzählen lassen, weshalb die Garda ihretwegen da gewesen ist.«

Julie seufzte. »Das ist mir so unangenehm. Ich habe sie wegen der ganzen Geschehnisse verdächtigt. Dabei wollte sie nur helfen.«

»Sie wird es dir nachsehen und hat bestimmt Verständnis.«

»Mrs Walsh ist eine Seele von Mensch.«

Sean nickte und verabschiedete sich von seiner Mutter und seiner Schwester.

Kapitel 27

Julie

»Es ist Tierblut.« Cathals Worte standen eine Weile im Raum. Er hatte das Mobile noch in der Hand, auf dem er eben den Anruf bezüglich der Testergebnisse bekommen hatte. »Das ist gut, also zumindest besser als Menschenblut.«

Julie nickte. Langsam ließ sie ihren Blick über die Nachricht an der Wand schweifen, die dort nach wie vor prangte und drückte Miss Woodhouse unwillkürlich fester an sich, die unzufrieden maunzte.

Sie warteten gemeinsam im Wohnzimmer im Erdgeschoss auf die Ankunft von Priester MacArthur. Selbst Timothy hatte sich, trotz anhaltender Schmerzen, hinuntergequält. Auch wenn nicht alle von dem bevor stehenden Exorzismus überzeugt waren, hatten sie sich darauf geeinigt, ihm eine Chance zu geben.

Julie hatte am gestrigen Tag, als es Tim etwas besser ging, mit ihm in Ruhe gesprochen und alles erklärt. Sie hatte ihm zwar nicht explizit von ihren Befürchtungen, der Fluch würde ihn einnehmen, erzählt, jedoch dass sie eine übernatürliche Ursache seiner Beschwerden nicht für unmöglich hielt. Hätte er dem Ganzen nicht zugestimmt, hätten sie dem Priester abgesagt. Im Gegensatz zu ihr, glaubte er natürlich nicht an einen Zusammenhang, sondern schob die Migräneanfälle auf den Stress der letzten Wochen und Monate mit der Renovierung, dem Umzug.

Doktor Brennan, der nach ihm gesehen und nur weitere Tabletten verschrieben hatte, bestätigte dies ebenfalls. Immerhin verheilte der Schnitt in seiner Hand und er brauchte keinen Verband mehr.

»Woher bekommt jemand, von einem Geist ganz abgesehen, all das Tierblut?«, fragte Sean gedankenverloren. Er schaffte es nach wie vor nicht das Wort ›Geist‹ ohne einen leicht sarkastischen Unterton zu sagen.

»Vielleicht ist unsere Rattenpopulation im Dachboden doch größer als angenommen«, sagte Cathal mit einem amüsierten Blitzen in den Augen in Richtung Sean, der das Gesicht verzog.

»Das spielt nach dem Besuch des Pastors alles keine Rolle mehr.« Julie fuhr mit fahrigen Bewegungen durch das weiße Fell ihrer Katze. »Gott, ich hoffe es so sehr.«

Sean und Cathal warfen sich einen unsicheren Blick zu, der Julie nicht entging. Timothy starrte währenddessen aus dem Fenster, gegen das unablässig Regen prasselte.

Julie warf ihnen einen sorgenvollen Blick zu, als es an der Tür klingelte. Sie setzte all ihre Hoffnung auf heute Nachmittag. Ruckartig stand sie auf, was Miss Woodhouse zu einem artistischen Sprung auf den Boden zwang. Vorwurfsvoll sah sie zu ihrer Besitzerin auf.

»Tut mir leid«, murmelte diese, war aber schon auf dem Weg in die Eingangshalle.

Sie öffnete die Haustür und stand dem Priester gegenüber, der unter seinem offenen Mantel wie immer seine ehrwürdige Kleidung trug. Dagegen hob sich der bunt geblümte Regenschirm, von dem es tropfte, als starker Kontrast ab, was Julie ein leichtes Lächeln entlockte.

»Priester MacArthur, kommen Sie rein«, begrüßte sie ihn hoffnungsvoll, während er seinen Schirm schloss. »Ich bin froh über Ihr Erscheinen.« Julie umfasste die dargebotene Hand des Geistlichen mit ihren beiden, als wäre sie ein Rettungsring inmitten von tosendem Meer.

Das Gesicht des Mannes zeigte Unmengen von Falten, als er ihr Lächeln erwiderte. Er strahlte etwas Weises, Sicheres aus. MacArthur war in ihrem Städtchen tätig, seit sie denken konnte und auch wenn sie keine regelmäßige Kirchgängerin war, verband sie mit ihm eine gewisse Autorität, die hoffentlich den Fluch beeindrucken würde. Gleichzeitig war er für seine kauzige Art und seinen schrägen Humor bekannt. Eine seltsame Mischung, die sich dennoch stimmig in dem alten Mann vereinte.

»Ich hoffe sehr, euch helfen zu können.« Er stellte den Schirm in eine Nische neben der Eingangstür ab.

»Machen Sie das oft?«, fragte sie, als er eintrat, sie ihm den Mantel abnahm und ihn an die Garderobe hängte.

»Im Laufe meiner Karriere schon einige Male, aber ich muss zugeben, diesen Teil meiner Arbeit nicht wöchentlich zu vollziehen.«

»Wie ist Ihre Erfolgsquote bisher?« Sie biss sich auf die Lippe. Hoffentlich war sie nicht zu forsch.

»Keine Sorge«, beschwichtigte der alte Mann schief und grinste. »Ich habe eine Zufriedenheitsgarantie. Wenn der Geist in vierzehn Tagen noch nicht verschwunden ist, gibt es eine geweihte Kerze und eine weitere Austreibung gratis dazu.«

Julie lachte gequält auf. Sie wollte nicht unhöflich sein und die humoristischen Bemühungen des Priesters übergehen.

Sie betraten das Wohnzimmer, in dem sich die Männer kurz erhoben, um ihren Gast zu begrüßen. Alle drei sahen ihn skeptisch oder unsicher an. Wenigstens machte keiner einen unangebrachten Scherz. Sean hätte sie das durchaus zugetraut.

Der Priester stellte seinen schwarzen Lederkoffer auf den Wohnzimmertisch und begann auszupacken. In dem mit Samt ausgekleideten Innenraum waren Mulden eingelassen, aus denen er eine Glasflasche, ein Weihrauchfass und ein Döschen hervorholte. Julie vermutete in Letzterem den Weihrauch.

»Wie läuft das jetzt genau ab?« Cathal beugte sich nach vorne, um die Gegenstände besser betrachten zu können.

»Nun, wir suchen uns zunächst ein Blutopfer, das wir dem Haus anbieten können«, erwiderte MacArthur ernst. Als er nur ungläubige Stille erntete, lachte er auf. »Das war ein Scherz. Wir werden jedes Zimmer erst mit Weihrauch und Weihwasser reinigen und schließlich Gebete sprechen.«

Julie war die Einzige, die sich an einem unbeholfenen Lachen versuchte. Der schräge Humor des Priesters war in dieser Situation schwer zu würdigen, doch sie hatte den Männern im Vorfeld eingeschärft, sich auf die Prozedur einzulassen. Anscheinend wagten sie es deswegen nicht einmal zu lachen, wenn er einen Witz machte. Die langsam braun werdende Schrift an der Wand musste der Priester ebenfalls gesehen haben, denn als er den Kopf gehoben und dorthin geguckt hatte, runzelte er die Stirn.

»Dann fangen wir besser an.« Sean erhob sich und machte eine ausladende Geste. »Das Haus hat einige Räume, da sollten wir keine Zeit verschwenden.«

Julie war unwohl dabei, in ihr zog sich alles zusammen und ihr Frühstück lag auf einmal wie ein schwerer Stein in ihrem Magen. Sie stand als einzige voll hinter der Idee den Exorzismus durchführen zu lassen. Jetzt hatte sie das Gefühl, zwischen dem Priester und ihren Mitbewohnern vermitteln zu müssen.

»Also ich hab heute nichts mehr vor«, erklärte sie beschwichtigend und lachte, um den Geistlichen nicht in Bedrängnis zu bringen.

Die angespannte Atmosphäre schien MacArthur nicht zu stören. Er machte sich in aller Ruhe daran den Weihrauch vorzubereiten, während er vor sich hin summte. Abgesehen davon war es still im Raum. Alle beobachteten den alten Mann, wie er luftgetrocknetes Gummiharz in das Weihrauchfass gab, es anzündete und schließlich wieder ausblies. Noch während der Priester sich erhob, begann sich der schwere Duft auszubreiten.

»Nun denn, lasst uns den Mächten des Bösen den Tag ein bisschen vermiesen.« Er blickte ihnen allen abwechselnd ins Gesicht, ein aufmunterndes Lächeln auf den Lippen.

Plötzlich verschwand die wenige Farbe, die sich in Tims Wangen befunden hatte, endgültig. Er sah sogar grau aus. »Tut mir leid«, murmelte er, schlug sich eine Hand vor den Mund und lief aus dem Raum.

»Tim«, rief Julie ihm nach, völlig überrascht von der Reaktion. Sean war bereits an der Tür.

»Sean«, erklang Cathals Stimme. »Nicht du.«

»Ich warte ein paar Minuten. Gehen Sie Ihrem Mann ruhig nach.«

Julie lief als erstes ins Bad neben der Küche. Es war das nächstgelegene. Die Tür war nur angelehnt und aus dem Raum erklangen Würggeräusche. Julie blieb davor stehen.

»Tim? Kann ich reinkommen?« Statt einer Antwort hörte sie Timothy sich erneut übergeben. Kurz entschlossen betrat sie das Badezimmer und hockte sich neben ihn. Sie strich ihm über den Rücken. »Ich bin da.«

Als Timothy sich wieder aufsetzte, drückte er die Spülung und hockte sich vor die Toilettenschüssel. Schweiß stand ihm auf der Stirn. »Dieser Geruch ... ich kann nicht dabei bleiben. Tut mir leid, Julie. Ich weiß, wie wichtig dir das ist.«

»Schon gut. Leg dich hin und ich gebe dir rechtzeitig Bescheid, bevor wir in unserem Schlafzimmer ankommen. Dann kannst du dich hier unten im Wohnzimmer auf die Couch legen. Bis dahin sollte sich der Weihrauch verzogen haben.«

Timothy nickte ihr nur zu, stand auf und verließ das Badezimmer. Mit schweren Schritten schleppte er sich die Treppe hinauf. Julie sah ihm hinterher. Seine Jeans saß viel zu locker auf den Hüften und rutschte fast herunter. Beim Einzug passten sie ihm noch perfekt. Julie erschrak bei seinem geschwächten Anblick. Die mit der Migräne einhergehende Übelkeit hatte ihn kaum etwas essen lassen. Sollte es innerhalb der nächsten zwei Tage wie vom Arzt angekündigt, nicht besser werden, schleppte sie ihn ins Krankenhaus für nähere Untersuchungen.

Wo sollte das nur alles noch enden? Was, wenn er doch vom Fluch betroffen war und dieser sich so weigerte, ihn zu verlassen?

»Können wir anfangen?«, erklang Priester McArthurs Stimme aus der Wohnzimmertür und holte Julie aus ihren Gedanken.

Sie schloss die Augen, atmete einmal tief ein und vertrieb ihre düsteren Bedenken. Dies hier half bestimmt. Sie ging zurück ins Wohnzimmer. Sean und Cathal standen am Wohnzimmertisch.

»Was sollen wir machen?« Sean hatte seine Hände in die Hosentaschen seiner Jeans geschoben.

»Am besten führt ihr mich durch das Haus und sprecht die Gebete mit, wenn ich euch dazu auffordere. Es schadet auch nicht, das eine oder andere eigene Stoßgebet an den alten Herren dort oben zu schicken.« Der Priester drückte Cathal das Weihrauchfass in die Hand. »Wenn Sie das bitte schwingen würden?« Ohne auf eine Antwort zu warten, wandte er sich wieder an Julie. Cathal begann mit zuckenden Mundwinkeln das Fass hin und her zu schwenken. Julie warf ihm einen bösen Blick. »Wo sind die meisten Vorkommnisse aufgetreten?«

»Vor allem in der Küche und dem angrenzenden Bad, aber auch in der Eingangshalle und im Arbeitszimmer.«

Sie warf einen Blick in die Runde, doch niemand hatte etwas hinzuzufügen. Sean nickte zu ihren Worten und Cathal schwang das Fass mit seiner besten Tierarzt-Miene, der man nichts entnehmen konnte.

»Gut, dann beginnen wir hier im Wohnzimmer und arbeiten uns Raum für Raum vorwärts.« Der Priester holte aus seiner Tasche noch einen Sprengel und einen silbernen verzierten Kessel, in das er das Weihwasser füllte.

Julie verfolgte gespannt wie Priester MacArthur mit dem Sprengel Weihwasser versprühte, Cathal Anweisungen bezüglich des Weihrauchs gab und mal leiser, mal lauter Gebete auf Latein rezitierte. Hin und wieder sollten sie ihm nachsprechen, was alle anstandslos taten. Der Priester sprach vor und sie wiederholten es so gut es ging. Wobei Cathal und Sean ihn wahrscheinlich verstanden, da sie Latein im Studium gelernt hatten.

»Müssen wir die Speisekammer auch segnen?«, fragte Cathal mit schiefem Grinsen, als sie in der Küche angekommen waren.

»Wenn der Geist sich nicht in der Kaffeedose vor unseren Gebeten entziehen soll, bleibt uns nichts anderes übrig«, erklärte MacArthur in gespieltem Ernst.

»Hm, dann gibt es heute Abend Brot mit Weihraucharoma«, bemerkte Sean, der ebenfalls grinste.

Julie musste unwillkürlich lächeln und ertappte auch Cathal dabei. Entfaltete der Exorzismus jetzt schon seine Wirkung? Sie hatten zumindest bereits seit einer Weile nicht mehr miteinander gescherzt.

Sie machten weiter und mit jedem Raum, den sie verließen, fühlte Julie sich etwas befreiter. Auch wenn die oberen Stockwerke bisher vom Spuk verschont geblieben waren, blieben sie das nicht von der Segnung und so dauerte es mehr als zwei Stunden, bis sie sich endlich in der Eingangshalle wiederfanden. Timothy hatte sich wie abgesprochen ins gemeinsame Wohnzimmer zurückgezogen.

Julies Sorge im Vorfeld über laute Geräusche, Möbel, die sich bewegten oder plötzlich auftauchendes Blut während des Exorzismus erfüllte sich Gott sei Dank nicht und sie schickte ein stummes Dankesgebet gen Himmel. Was sie zuvor als drohende Ruhe vor dem Sturm empfunden hatte, fühlte sich nun beinahe friedlich an. Die komplette Entspannung ließ noch auf sich warten, aber es ging ihr besser als in all den Wochen zuvor. Der schwere unsichtbare Mantel, der sie immer mehr umhüllt hatte, sie einengte und ihr die Luft zum Atmen nahm, hatte sich langsam gehoben.

Wie ein gutes Omen, so empfand sie es zumindest, hörte es auf zu regnen, als der Priester sich verabschiedete. Julie atmete tief und befreit ein. Der schwere Geruch des Weihrauchs waberte noch schwach durch das Haus. Sie stand in der geöffneten Haustür und blickte dem Geistlichen hinterher.

»Ein wirklich uriger Kauz«, bemerkte Sean, der hinter sie getreten war. Der Priester verwendete nun den geblümten Schirm als Gehstock.

Julie drehte sich um. »Ja, aber nett.« Sie schloss die Tür hinter sich und ging ins Wohnzimmer. Timothy hatte zwei Fenster geöffnet und kalte, klare Luft strömte ins Zimmer. Er selbst lag eingemummelt in eine Decke auf ihrem Sofa. Julie setzte sich auf die Kante und fröstelte. Von dem Weihrauch war in diesem Zimmer nichts mehr zu riechen. Sie lächelte ihn an.

»Was ist?«, fragte Timothy, als er ihren Blick auf sich spürte.

Sie seufzte, legte sich auf ihn und schlang ihre Arme um ihn. »Ich habe wirklich Angst um dich gehabt. Du hältst es zwar für eine Einbildung meinerseits, aber ich glaubte daran, der Fluch des Hauses wäre vielleicht auf dich übergegangen und deine Schmerzen, sowie das Schlafwandeln kämen daher.«

Er schüttelte den Kopf und strich ihr über das rote Haar. »So was verrücktes«, murmelte er gegen ihre Stirn. »Jetzt hast du diese Sorge nicht mehr?«

»Ich weiß nicht.« Sie richtete sich mit dem Oberkörper auf, um besser in sein Gesicht blicken zu können. »Aber du hast zumindest nicht angefangen, rückwärts krabbelnd die Wände hochzugehen, als der Priester das Weihwasser ausgepackt hat, also habe ich Hoffnung.« Sie küsste ihn und Timothy drückte sie fest an sich.

Kapitel 28

Seine Glieder schmerzten schrecklich. Er konnte sich kaum bewegen und verglühte innerlich wie äußerlich. Der Lord lag neben ihm, regte sich nicht. Es tat alles so weh.

»My Lord, wir schaffen das, obwohl der Fluch stärker wird«, krächzte er und wandte sich auf dem Boden hin und her.

Um ihn herum krabbelte es, doch er war zu schwach, um sich zu wehren.

»Wir schaffen das auch dieses Mal.«

Kapitel 29

Sean

Es vergingen drei Tage, in denen nichts geschah, was man etwas Übernatürlichem, oder einem Einbrecher, zuordnen hätte können. Ian McGregor hatte sich zwischendurch gemeldet. Die Garda hatte keinen neuen Spuren gefunden. Immerhin stimmten die Ergebnisse ihres Labors mit denen von Cathals Praxis überein.

Die Atmosphäre des Hauses hatte sich grundlegend verändert. Selbst als Sean vergaß, Tee zu kaufen — was einer Katastrophe glich, da dieser drohte auszugehen — gab es keinen Streit. Die Stimmung war gelöst.

Timothy, dessen Migräne ihn endlich aus ihren Fängen gelassen hatte, überstrich die Nachricht im Wohnzimmer. Julie und Sean schmückten in der anderen Ecke des Raumes den Weihnachtsbaum und Cathal kam mit einem Tablett Glühwein ins Zimmer.

»Ich weiß, wir wollten das dieses Jahr sein lassen, aber wie wäre es, wenn wir trotzdem Wichteln?«, überlegte Julie laut, während sie eine große, goldene Kugel an einen Zweig hängte.

Sean stöhnte auf. »Was sollen wir denn so kurzfristig besorgen? Es sind nur noch vier Tage bis Weihnachten.«

»Es muss ja nichts Großes sein«, beschwichtigte seine Schwester. »Wir könnten Schrottwichteln mit irgendwelchem Krimskrams.«

Cathal lachte auf. »Wir sind erst umgezogen. Schrott haben wir vorher aussortiert.«

Julie schmollte. »Dann vielleicht Erlebniswichteln? Wir losen aus und jeder muss seinem Wichtelkind eine gemeinsame Unternehmung fürs neue Jahr schenken.«

Sean zögerte. »Das klingt nach einer schönen Idee.«

»Ja?«, fragte Julie und hielt inne. Ihr Vorschlag kam sogar bei ihrem Bruder an.

»Ja, aber nur wenn es sich wirklich um Unternehmungen handelt, bei denen der Beschenkte sich freut. Ich werde auf keine Messe für Inneneinrichtung mit dir gehen, solltest du mich wichteln.« Er sah Julie mit hochgezogenen Augenbrauen an, ein Grinsen im Gesicht.

»Na dann eben ins Nagelstudio.« Julie grinste noch breiter und packte die Christbaumspitze, einen goldenen Stern, aus ihrem Karton. »Sind alle einverstanden?«

»Hab ich eine Wahl?«, fragte Timothy, der eben die Malerutensilien zusammenpackte. »Solange ich nicht ins Nagelstudio muss, bin ich dabei. Gegen eine Massage im Wellnessstempel hätte ich zum Beispiel nichts.«

»Das ist doch kein richtiges gemeinsames Erlebnis«, warf Julie ein.

»Paarmassage.« Cathal zuckte mit den Schultern. »Danach einen Tag im Spa.« Er sah Sean intensiv an.

»Gut, also steht es fest, wir Wichteln.« Julie betrachtete zufrieden ihr bisheriges Werk. Vorfreude auf die nächsten Tage machte sich in ihr breit.

»Was ist mit Weihnachten an sich?«, meldete sich erneut Cathal zu Wort. »Im ganzen Trubel haben wir uns nicht weiter darum gekümmert, wir könnten jedoch eure Eltern einladen, wenn sie spontan nicht schon was anderes vorhaben. Beim Umzug haben sie sich relativ gut verstanden.« Er sah kurz zu Boden, seine Mundwinkel zeigten nach unten. Doch er hatte sich schnell wieder im Griff, sein Lächeln wirkte jedoch bemüht und traurig.

Hatten seine Eltern sich nicht gemeldet? Sowohl Cathal als auch Sean sprachen kaum über sie. Das Einzige, was sie einmal erwähnt hatten war, wo Cathals Eltern sich gerade in Spanien aufhielten. Würden sie Weihnachten dort verbringen? Sie wagte nicht zu fragen.

Stattdessen war dies doch der richtige Moment, um anzusprechen, was ihr noch zusätzlich auf der Seele lag, oder? Auch wenn Callum Hall seit dem Exorzismus Ruhe gab, war ihr der Gedanke, Weihnachten, vor allem den Heiligabend in seinen Mauern zu verleben, unangenehm.

»Wir könnten zu Mam gehen und da feiern. Das haben wir die letzten Jahre auch so gemacht.« Sie vermied es, die anderen anzusehen. Sie merkten garantiert, woher der Ursprung ihres Vorschlags stammte: Ihre Angst vor dem Fluch. »Sie hat bestimmt nichts dagegen, wenn wir bei ihr übernachten. Unsere ehemaligen Kinderzimmer stehen bereit und so können wir alle dem Glühwein frönen.«

»Wenn wir über Weihnachten hierbleiben würden, könnten wir uns allerdings beweisen, wie wenig an dem Fluch und den Geistern dran ist.« Sean war zu seiner alten Meinung zurückgekehrt, ruderte jedoch zurück, als er Julies Blick erfasste. »Oder der Exorzismus hat gewirkt.«

Julie biss sich fest auf die Lippe. Er hatte sie ertappt, dennoch wollte sie kein Risiko eingehen.

»Dann müsste aber einer von uns kochen und wir hätten hier die ganze Sauerei. Da klingt Weihnachten bei Fiona doch um einiges angenehmer.« Timothy sprang ihr zur Seite und Julie schenkte ihm einen dankbaren Blick. Mit Timothy als Rückendeckung fühlte sie sich gleich viel sicherer.

»Ich habe nichts dagegen, wenn wir bei Fiona feiern«, bemerkte Cathal und zuckte mit den Schultern. »Wenn wir am nächsten Tag zurückkommen, ist das Geisterthema auf jeden Fall endgültig durch.«

»Na schön.« Sean reichte Julie, die auf einen Stuhl gestiegen war, die letzten Kugeln aus dem Karton. »Ihr habt ja recht, schaden kann es nicht und wenn Mam nichts dagegen hat.«

Julie lächelte zu ihm herab. »Danke.« Sie hob ihren Kopf und schnupperte. »Oh, ich glaub, ich sehe mal nach den Plätzchen.« Sie sprang vom Stuhl und machte sich auf den Weg in die Küche. Endlich waren Ruhe und Glück in Callum Hall eingezogen.

Kapitel 30

Das Haus tobte. Überall raschelte es, knackten die alten Balken und schlugen die Läden gegen die Wände, obwohl sie festgezurrt waren. Seit Tagen verkroch er sich in den Ecken und Winkeln von Callum Hall, voller Angst und Schmerzen vor dem, was kommen würde.

Er rollte sich zusammen und winselte, als ein besonders lautes Knacken ertönte. Wie konnten die Menschen dort unten so fröhlich sein? Lachen und den Baum schmücken? Fühlten sie denn den Fluch nicht auf sich zukommen? Was sollte er noch machen, um sie zu beschützen?

Dabei konnte er sich zurzeit so schwer bewegen. Jeder Schritt bereitete ihm Qualen, er brauchte ewig für ein paar Meter.

Der Fluch war wie ein lebendes Wesen, ein Schatten, der zu einem Teil der Mauern geworden war und wütend sein Unwesen trieb. Diese Wut gepaart mit dem Höhepunkt seiner Macht, die kurz bevorstand, ergab eine unheilvolle Mischung, die keiner erleben wollte. Mit eisernem Griff holte er sich, was ihm zustand.

Kapitel 31

Sean

»Ist dort dein Wichtelgeschenk drin?« Sean griff nach der Stofftasche, die auf dem Boden neben der Tür stand.

»Finger weg«, mahnte Cathal, als er im Stövchen auf dem Tisch das Teelicht anmachte und die Teekanne darauf stellte. Auf dem Herd standen zwei Pfannen, in einer brutzelte Speck, in der anderen bereitete Cathal Spiegeleier zu. Bohnen dampften bereits in einer Schüssel, die auf dem Tisch stand.

Der Tisch war mit Tannenzweigen dekoriert, die einen würzigen Duft verbreiteten.

»Bist du nicht einen Tag zu früh mit dem festlichen Essen? Weihnachten ist erst morgen.« Sean warf der Tasche einen letzten neugierigen Blick zu. Er musste sich wohl bis zum nächsten Tag gedulden. Dabei hätte er zu gerne gewusst, wen Cathal gewichtelt hatte. Es blieben nur er oder Julie, denn er hatte Timothy. Die Geschenke für ihre Eltern hatte Julie besorgt und lagen im Auto.

»Setz dich hin und iss. Für ein ordentliches Frühstück bedarf es keiner Feiertage.« Cathal legte die Toastscheiben in einen Korb, den er auf den Tisch stellte.

»Ist ja schon gut.« Sean goss sich und Cathal Tee ein und kippte jedem einen Schuss Milch dazu. »Wo bleiben nur Julie und Tim? Wir wollten doch um neun frühstücken, für Ordnung sorgen und dann zu Mam gehen.«

Cathal legte Untersetzer auf den Tisch und platzierte die Pfannen darauf, danach setzte sich er neben Sean.

»Es ist gerade mal kurz nach neun. Gib ihnen doch ein bisschen Zeit für sich. Oder hältst du es nicht mehr mit mir alleine aus?« Er stupste Sean an, der lächelte.

»Wir sind viel zu selten für uns. Meinetwegen bleiben wir heute Abend hier und feiern in kleiner Runde.«

Cathal lachte leise. »Das wäre eine verlockende Vorstellung. Allerdings hat deine Mutter ihre leckeren Mince Pies gebacken und wahrscheinlich ihr Stew auf dem Herd stehen. Ich muss leider ablehnen.«

»Du ziehst also Mams Essen mir vor. Das werde ich mir merken.« Sean füllte sich den Teller mit Bohnen, Speck und Eiern und nahm sich eine Scheibe Toast. »Ich werde Mince Pies einpacken«, sagte er. Er grinste breit. »Dann hast du mich morgen garniert mit Pies.«

»Eine leckere Vorstellung.« Cathal lächelte und tat sich Essen auf den Teller.

»Was ist eine leckere Vorstellung?«, fragte Julie, als sie die Küche betrat. Sean zuckte zusammen. Er musste sich unbedingt angewöhnen, solche Andeutungen nur noch zu machen, wenn sie in ihren privaten Räumen waren.

»Nichts«, antwortete er, während Julie zwei Umschläge in die Tasche mit den Geschenken steckte.

»Hast du wieder irgendwelchen Fantasien nachgehangen, die nicht in unsere gemeinsamen Wohnräume gehören?« Julie setzte sich. Sie sah blass aus, vor allem bei der kräftigen Farbe des blauen Samtkleids, das mit ihren roten Haaren, die sie zu einem kunstvollen Zopf geflochten hatte, harmonierte.

»Wo ist Tim?«, fragte Cathal, der sich eine Gabel in den Mund schob.

Julie seufzte, setzte sich Sean gegenüber. »Er kommt, sobald wir losfahren. Migräneanfall. Noch nicht schlimm, doch er will sich lieber ausruhen, bevor es wieder wie beim letzten Mal wird und der tagelang anhält. Er wird sich bei Mam direkt hinlegen.«

»Dann sollten wir keinen Krach machen mit dem Staubsauger.«

»Du Nuss willst nur dem Saubermachen entkommen.« Cathal stupste Sean liebevoll gegen die Schulter.

»Ich meine es nur gut.«

»Sean hat nicht unrecht. Verschieben wir das auf die Tage nach Weihnachten. Ich möchte jetzt so wenig Aufruhr wie möglich verursachen und Tim schonen.« Julie trank einen Schluck Tee. »Ich mache mir echt Sorgen. Ihr wollt das nicht hören, aber der Fluch …«

»Julie.« Sean nahm ihre Hand und sah sie ernst an. »Es ist jetzt eine Woche lang nichts passiert und das wird es heute ebenfalls nicht. Timothy hat vielleicht noch ein Nachbeben. Gib ihm Zeit, bis sich sein Körper wieder beruhigt hat.« Sean tat es wirklich leid, wenn Timothy den heutigen Abend nicht mit ihnen feierte, sondern im Bett blieb. Auch wenn sie sich im selben Haus befanden. Er konnte sich kaum an einen Heiligabend erinnern, den sie nicht gemeinsam verbracht hatten. »Es ist schade, Tim nicht dabei zu haben, aber morgen wird es ihm bestimmt besser gehen. Dann können wir zusammen frühstücken.«

Tatsächlich machte er sich mittlerweile Sorgen um seinen besten Freund, allerdings eher wegen der Migräne. Was, wenn doch etwas Schlimmeres dahinter steckte? Erst vor einigen Tagen hatte er danach im Internet gesucht, in Foren nachgelesen, was andere gegen ihre Migräne taten, wie so oft schon. Nach Weihnachten würde er auf ein MRT bestehen, heute wollte er jedoch Julies Angst und Sorgen nicht weiter befeuern.

Julie seufzte. »Ja, du hast recht. Dann lasst uns aber gleich zu Mam fahren, damit ich es mir nicht anders überlege. Außerdem kann sie bestimmt Hilfe brauchen und sobald Dad auftaucht, sind wir da. Als Puffer sozusagen.«

»Weiß Mam Bescheid? Nachher ist sie böse, weil wir unangekündigt früher kommen und Tims Bett ist noch nicht fertig oder so.«

Julie zog ihre Augenbrauen hoch. »Als ob es sie stören würde, ihre Kinder früher als geplant zu sehen. Lasst uns gemütlich frühstücken. Das sieht wirklich lecker aus und riecht so gut.«

»Mam, dein Essen war hervorragend.« Sean rieb sich über den Bauch, als er das Besteck auf den Teller legte.

»Absolut. Ich habe keine Ahnung, wohin die Mince Pies sollen.« Cathal fiel in Seans Lobgesang ein und legte einen Arm um die Lehne von Seans Stuhl.

»Keine Sorge, für Gebäck gibt es einen extra Magen.« Oisin griff nach seinem Weinglas und trank einen Schluck.

»Danke euch. Freut mich, dass es geschmeckt hat. Aber ich hoffe, ihr habt für den Truthahn morgen Platz gelassen.« Fiona lachte und lehnte sich mit zufriedenem Gesichtsausdruck zurück. »Ich bin froh, nicht in ein Pub gegangen zu sein. So ist es doch viel gemütlicher, als wenn man alle nasenlang aufstehen und jemanden begrüßen muss.«

»Du kennst aber auch alle hier.« Julie lachte, stand auf und sammelte das schmutzige Geschirr ein. »Soll ich schon einen Teller Mince Pies, ein Glas Milch und Karotten vor die Tür stellen?«

Sean und Cathal prusteten los, ob des unschuldigen Tons Julies.

»Wenn du noch an den Weihnachtsmann glaubst, kannst du das gerne machen, Schatz«, antwortete Fiona ernst, wobei es um ihre Mundwinkel zuckte.

Sean erhob sich ebenfalls und half seiner Schwester beim Abräumen. »Soll ich Tim was hochbringen?«, fragte er, als sie die Küche betraten.

»Nein. Ich wollte gleich hochgehen und fragen, ob er etwas braucht.«

»Gut. Wahrscheinlich schläft er, sollten die Schmerzen zugelegt haben.«

Sie gingen zurück ins Wohnzimmer, in dem Cathal, Oisin und Fiona auf das Sofa und die Sessel umgezogen waren. Ein großer Teller der Mince Pies stand in der Mitte des Wohnzimmertisches. Sean setzte sich neben Cathal.

Eine durch das gute Essen und die friedliche Stimmung genährte Müdigkeit machte sich in ihm breit. Hätte Cathal vorgeschlagen, ins Bett zu gehen, wäre er sofort dafür gewesen. Dabei zeigte die Uhr nicht einmal neun an.

»Ich bin eben oben.« Julie verschwand im Flur.

Das Gespräch zwischen Seans Eltern und Cathal, sowie die ausstrahlende Wärme seines Freundes lullten ihn ein und er schloss die Augen.

»Er schläft und wirft sich hin und her.« Julies besorgte Stimme riss Sean zurück in die Realität. Er war doch tatsächlich angelehnt an Cathal eingenickt. Er reckte sich und gähnte dabei, als ein Schauer ihn durchlief.

»Er schläft, Schatz, es war früher auch nicht unge-wöhnlich, wenn er dabei unruhig war. Setz dich und versuche es später noch einmal.« Fiona klopfte auf den leeren Sessel neben ihr. Nur zögerlich kam Julie der Aufforderung nach.

Cathal lächelte Sean an, nahm seine Hand. Jemand hatte ein Feuer angezündet, als er geschlafen hatte. Es knackte leise im Kamin und verbreitete eine angenehme Wärme im Raum.

»Sollte ich nicht doch nach Hause fahren und noch Tabletten holen? Doktor Brennan sagte, er könnte bis zu sechs am Tag nehmen. Wir haben nur zwei mitge-nommen, weil Tim nicht so viele schlucken will.« Die Sorge um ihren Mann klang aus jedem ihrer Worte heraus.

»Wenn er sie nicht möchte, bleib hier. Draußen herrscht ein Unwetter und du kannst ihn nicht zwingen«, erwiderte Cathal mit seiner ruhigen Art. Trotz der Erklärungen konnte Sean Julie verstehen.

»Geh in einer Stunde noch einmal hoch. Sollte er unruhig werden, holen wir die Tabletten.« Damit versuchte Sean nicht nur Julie, sondern auch sich zu beruhigen. »Der Anfall ist dieses Mal nicht so schlimm wie beim letzten Mal.«

»Bis jetzt, sollte es sich allerdings verschlimmern, fahre ich nach Hause oder …«

»Lass ihn einfach schlafen«, erwiderte Cathal. Julie runzelte ihre Stirn, schien in sich gekehrt. Sie konnten höchstwahrscheinlich jetzt sagen, was sie wollten, es würde sie nicht überzeugen, bis es Timothy besser ging. Hoffentlich dachte sie nicht wieder über den Fluch nach, der Timothy angeblich befallen hatte. Dann hätte der Hokuspokus mit dem Priester überhaupt nichts gebracht.

Sean war die Tage noch einmal mit Cathal das Haus durchgegangen, aber es gab keine Tür oder Luke nach draußen, die sie nicht kannten. Alle Fenster waren verschlossen gewesen. Sie waren ratlos und an Geister konnte und wollte Sean nicht glauben, trotz des Blutes, das sich niemand erklären konnte. Außerdem hatte er noch nie eine Geschichte gelesen oder einen Film gesehen, in dem Geister Fingerabdrücke hinterließen.

»Woran denkst du?«, fragte sein Vater und holte ihn aus seinen Gedanken.

»Wie die Fingerabdrücke eines fremden Menschen in unser Haus gelangen konnten. Ob es da noch jemanden gibt, von dem wir nichts wissen, der einen Schlüssel hat? Eventuell hat der Schlüsselmacher beim Nachbestellen welche für sich gemacht und bricht jetzt mit schöner Regelmäßigkeit bei uns ein.« Jesus Christ, warum fing er damit auf einmal an? Er wollte das doch alles vergessen und nicht wieder drüber nachdenken. Sean fuhr sich mit der Hand durch den Nacken. Allerdings einmal angefangen, konnte er sich nicht stoppen. »Vielleicht schleust er fremde Menschen durch unser Haus, um ihnen Führungen durch das Spukhaus zu geben.«

Fiona schüttelte ihren Kopf. »Du solltest Bücher schreiben bei deiner Fantasie. Ich kenne Padraig, das ist ein herzensguter Mensch. Er käme nie auf die Idee, auf diese Weise Geld zu machen. Außerdem müssten eure Böden sehr schmutzig aussehen.«

»Da gibt es Schuhüberzieher. Habe ich oft genug in Ställen an. Die kannst du ganz einfach im Internet bestellen.« Cathal fing sich einen bösen und zugleich amüsierten Blick von Fiona für seine Bemerkung ein.

»Siehst du, Mam, es gibt für alles eine Erklärung.« Dann wandte sich Sean Cathal zu. »Diese Kondome für Schuhe kommen an die Garderobe für Besuch. Jeder muss sich die überziehen. Da haben wir weniger zu putzen.«

»Du wirst wirklich kreativ, wenn es darum geht, Arbeit aus dem Weg zu gehen«, erwiderte Oisin lachend.

»Zeit ist ein kostbares Gut.« Sean setzte ein ernstes Gesicht auf und reckte die Nase in die Höhe, was ihm einen Nasenstupser von Cathal einbrachte.

»Ich schaue noch einmal nach Tim. Sollte er schlafwandeln, bekommen wir das hier unten gar nicht so schnell mit«, beschloss Julie, die nur hin und her gerutscht war in ihrem Sessel. Sie stand auf.

»Warte, ich komme mit, um mir eine bequemere Hose anzuziehen. Diese zwickt etwas am Bauch.« Mit einem

Grinsen griff sich Cathal einen Pie und gemeinsam gingen sie nach oben.

»Sie macht sich wirklich Sorgen um Tim.« Fiona seufzte, stand auf und legte ein Holzscheit nach.

»Ein bisschen mache ich mir die auch. Was ist, wenn er ein Gerinnsel im Kopf hat, von dem keiner etwas weiß? Den ausübenden Druck verwechseln wir mit Migräne. Plötzlich platzt es und dann?«

Fiona stöhnte. »Hast du wieder online nach Medizintipps gesucht?«

»Was?« Sean sah seine Mutter unschuldig an und fühlte sich gleichzeitig ertappt. »Das könnte doch sein? Ich hätte ihn schon längst ins MRT oder CT gesteckt oder wie das heißt.«

»Bücher, Sean, schreib Bücher.« Fiona setzte sich wieder, als der Scheit zu ihrer Zufriedenheit im Kamin lag und Feuer fing.

»Du kannst einem damit ganz schön Angst einjagen«, meinte Oisin. »Ich hoffe, du verschonst deine Kinder in der Schule mit deinen Ideen.«

»Ha, ihr wollt gar nicht wissen, was die mir alles Gruseliges erzählen. Die sind viel schlimmer als ich, der rationale Denker.«

Cathal kam wieder ins Zimmer, noch in seiner Jeans, die ihm so gut stand. »Sag mal Sean, hast du für uns beide die Tasche gepackt oder nur für dich?« Er zog seine Augenbrauen nach oben.

»Öhm, für uns beide?« Dann riss er die Augen auf. »O nein, ich habe deine Sachen auf dem Bett liegen gelassen, weil du so gedrängelt hast.«

Cathal verdrehte die Augen. »Hast du ein Glück, bereits so viel getrunken zu haben. Ich werde mal nach Hause fahren und meine Sachen holen. Dann bringe ich auch die Tabletten für Tim mit.« Mit einem missmutigen Blick sah er nach draußen. Es stürmte, regnete Bindfäden, durchsetzt von Schnee und Hagel.

»'Tschuldigung. Das wollte ich nicht. Ich komm mit.« Er hätte Cathal seine Sachen anbieten können, doch die olle Frostbeule liebte seinen warmen Schlafanzug. Ein Shirt und eine einfache Jogginghose würden ihm nicht reichen.

»Ich fahr eben alleine. Bin es eh gewohnt, bei diesem Wetter raus zu müssen.« Cathal kam zu Sean, verpasste ihm eine verspielte Kopfnuss und küsste ihn. »Das nächste Mal packe ich wieder.«

»Wirklich, sorry.«

»Bis gleich.« Cathal verließ das Zimmer und kurz darauf fiel die Haustür ins Schloss.

Kapitel 32

*E*r konnte nicht da raus gehen. Vor lauter Furcht zitterte er. Die kalte Luft strömte durch den offenen Hintereingang in die Küche. Er bekam einige Tropfen des Sturms ab, der unablässig um das Haus fegte.

Der Schatten beobachtete ihn, die Augen in den Furchen seiner Augenhöhlen verborgen.

»Ich muss.« Er hatte solche Angst, hinaus zu gehen. Was, wenn er verbrannte, sobald er einen Schritt nach draußen tat?

»O mein Lord, wie soll ich das schaffen?« Er trat hinaus. Kaum erfasste ihn eine Böe, schrie er laut auf, doch der Schrei wurde geschluckt. Er brüllte den gesamten Weg, getrieben vom Schmerz und dem Schatten, der in der offenen Tür stand und nicht nach draußen trat.

Er musste es machen, obwohl ihm sein kompletter Körper wehtat. Er sich mehr schleppte, als ging. Seine Sünden mussten gesühnt werden. Überall brannte es, Hitze umgab ihn, trotz der Kälte und des Sturms.

Als er nach mehreren Minuten, die sich wie Stunden angefühlt hatten, zurück in der Küche war, schlug er die Tür hinter sich zu, brach zusammen. Alles wurde schwarz um ihn. Er konnte keinen klaren Gedanken mehr fassen. Der Fluch bestrafte ihn für seinen Ungehorsam, das Haus verlassen zu haben.

Kapitel 33

Sean

»Sag mal, wie lange braucht Cathal, um seine Sachen zu holen?«, fragte Julie, die auf die Uhr blickte. Eine dreiviertel Stunde war seit dem Aufbruch vergangen.

Sean seufzte. »Bei dem Wetter kann es schon mal länger dauern. Er kann nicht schnell fahren und wer weiß, wie glatt die Straßen sind.« Er schaute selbst seit einiger Zeit ständig auf die Uhr. Die Sorge um Cathal wuchs mit jeder verstreichenden Minute. Was, wenn er von der Straße abgekommen war? Er hätte ihn nicht gehen lassen sollen. Andererseits fuhr Cathal oft im Winter bei solch einem Wetter zu seinen Notfällen.

»Ihm wird schon nichts passiert sein.« Fiona trank einen Schluck frisch gekochten Glühwein. »Liegt Tim im Bett und schläft endlich ruhiger?«

Sean unterdrückte ein trockenes Lachen. Sie saßen hier und machten sich Sorgen um ihre Lieben. Der eine lag mit Migräne im Bett, der andere meldete sich nicht, reagierte nicht einmal auf die Nachricht, die Sean ihm geschrieben hatte. Dabei hatte Cathal sein Mobile immer in der Nähe. Was war das dieses Jahr für eine traurige Gesellschaft.

Zum zigsten Mal kontrollierte Sean den Chat mit Cathal. Er hatte die Nachricht nicht einmal gelesen. Leise seufzte er.

»Mach dir keine Sorgen.« Oisin lächelte Sean zu und trank aus seinem Glas.

Plötzlich krachte es draußen laut. Sean zuckte zusammen und sprang auf. »Was war das?« Er lief zum Fenster und blickte in die Dunkelheit hinaus, konnte allerdings nichts erkennen.

»Nichts zu sehen«, erwiderte Julie, die zu ihm getreten war. Sie eilten beide zur selben Zeit zur Haustür, Sean riss sie auf und stellte die Außenbeleuchtung an. Die alte Fichte vor dem Haus seiner Mutter war umgekippt, direkt auf ihr Auto.

»Jesus Christ«, entfuhr es Sean, an dessen Hemd und Haaren der Wind zerrte.

»Niemandem etwas passiert, oder?« Julie quetschte sich an Sean vorbei, doch der hielt sie fest.

»Da ist keiner. Bleib drinnen. Das ist sicherer.« Er schob Julie hinter sich in den Hausflur. Darum mussten sie sich morgen kümmern. Heute war es zu gefährlich.

»Was ist passiert?«, erklang die Stimme seines Vaters hinter ihm. Er schloss die Haustür und wandte sich um. Julie erzählte bereits von ihrer Entdeckung.

Auf einmal erstarrte Sean. Seine Fantasie spielte ihm Cathals Kleinbus vor, wie er im Graben lag, begraben unter einem umgestürzten Baum.

»Ich muss nach Cathal suchen. Was, wenn ihm etwas Ähnliches passiert ist? Er hat mir bis jetzt noch nicht geantwortet. Das macht er sonst nur, wenn er eine OP

274

hat.« Hektisch griff Sean nach seiner Jacke und suchte seine Autoschlüssel in der Schale bei der Garderobe. Mist, er hatte gar keine dabei, weil sie mit Cathals Wagen hergefahren waren.

»Jesus Christ!« Sean stieß die Schale von sich. Vor lauter Angst zog sich sein Herz zusammen und in seinem Kopf türmten sich die Vorstellungen vom verletzten Cathal.

»Wir könnten Dads Wagen nehmen.« Julie war an ihn herangetreten. »Ich fahre dich. Du bist viel zu aufgewühlt und ich werde verrückt, wenn ich mich um dich auch noch sorgen muss. Mam und Dad können hier nach Tim sehen.«

»Ihr könnte beide nicht mehr fahren«, warf Oisin streng ein.

»Das ist mir scheiß egal. Ich muss nach Cathal sehen«, rief Sean. »Er ist viel zu lang fort.«

Fiona seufzte. »Ich rufe euch ein Taxi, falls ich eines bekomme.«

Sean nickte. Er pilgerte im kleinen Flur auf und ab. Seiner Meinung nach bewegte sich seine Mutter im Schneckentempo, als sie ihr Telefon zur Hand nahm und wählte. Er wendete sich wieder ab, sah, wie Julie die Treppe nach oben rannte. Was wollte sie denn da? Sie mussten los und keine Zeit vergeuden.

»Mam, bitte«, sagte er gereizt.

»Das reicht, lass deine Mutter telefonieren.« Oisin packte Sean bei den Schultern. Dieser starrte auf das Telefon, welches Fiona sich ans Ohr hielt. Vielleicht konnte er allein durch die Kraft seiner Gedanken alles beschleunigen.

»Hallo, Fiona hier. Kannst du noch fahren? … Sean ist bei mir und müsste dringend nach Hause … Nein, niemand da … Ja, schreckliches Wetter, ich weiß, mir ist ein Baum aufs Auto gefallen … Bitte, Charlie, es ist wirklich wichtig. Wir können Cathal nicht erreichen … Ach, danke dir.« Fiona legte auf. »Er kommt.«

Charlie fuhr sicher durch die Dunkelheit, in der Schneeregen vom Himmel fiel und die Straßen glatt werden ließ. Statt der normalen zehn Minuten benötigten sie die doppelte Zeit.

Sean musste sich sehr zusammenreißen, um Charlie nicht zu bitten, stärker aufs Gaspedal zu drücken. Mit seiner Hand trommelte er auf seinen Oberschenkel. Zwischendurch erfasste sie eine Böe und Sean spürte die kleinen Schlenker, die von Charlie abgefangen wurden. Er sah aus dem Fenster, blickte links und rechts, doch bis jetzt konnte er Cathals Wagen nicht entdecken.

Kaum parkte Liam vor ihrem Haus, sprang Sean aus dem Auto. Der Tierarztbully stand direkt vor der Haustür.

»Cathal?«, rief Sean. Unwahrscheinlicherweise Cathal dort zu finden, riss er die Fahrertür auf und spähte hinein. Nichts. Er beugte sich vor und sah in den Rückraum, doch erneut entdeckte er nichts.

»Sean, die Tür ist offen«, hörte er Julie rufen. Er eilte zu ihr. »Er ist bestimmt oben.«

Sean atmete durch, Erleichterung strömte durch seinen Körper. Wahrscheinlich hatte Cathal ebenso lange wie sie gebraucht und packte gerade die Sachen zusammen. Vielleicht ging er auch noch einmal auf die Toilette. Woanders nutzte Cathal die nicht so gerne.

»Ich warte hier draußen auf dich«, teilte Julie ihm mit. Sean antwortete ihr nicht. Er nahm sich nicht einmal die Zeit, mit den Augen zu rollen. Ihre offensichtliche Angst vor Geistern fand er völlig fehl am Platz.

Er ließ seine Schwester vor der Eingangstür stehen. Wenn sie unbedingt völlig durchnässt und durchgepustet werden wollte, hielt er sie nicht auf.

Kaum war er in der Eingangshalle, schaltete er das Licht ein. Ohne weiter auf seine Umgebung zu achten, durchquerte er sie eilig und lief die Treppe hinauf. Wenige Sekunden später betrat er das Schlafzimmer.

»Cathal?« Die Sachen seines Freundes lagen neben einer kleinen offenen Tasche, von ihm selbst nichts zu sehen. Auch hier brannte überall Licht. Also nutzte er doch noch eben schnell das Bad. Er entspannte sich etwas, ging auf die geschlossene Tür zu und lächelte. »Mam hat übrig…« Er öffnete die Tür und erstarrte. Es war nicht viel, doch es befand sich ein wenig Blut auf dem Fliesenboden.

Kälte ergriff Sean. »Cathal? Das ist nicht witzig. Wo bist du, verdammt?« Er lief vom Badezimmer durchs Schlafzimmer in ihr Wohnzimmer. Das konnte nicht sein.

Julies markerschütternder Schrei klang bis zu Sean nach oben. Sean sprintete zu ihr nach unten. Julie stand stocksteif in der Halle, atmete heftig und starrte zum Geländer. Sean folgte ihrem Blick und versteifte sich.

Eine Schlinge baumelte am Geländer der Galerie.

»Nachdem du keine Entwarnung gegeben hast, hab ich einen Blick rein geworfen.« Julies Stimme zitterte.

»Cathal«, brachte er atemlos hervor. Die Angst um seinen Freund kroch ihm den Nacken hinauf. »Cathal?«, rief er nun laut.

Was ging hier vor? Hatte sein Mann etwa vor, sich etwas anzutun? »Jesus Christ, wo ist er?« Verzweiflung machte sich in ihm breit und er hörte den hysterischen Ton in seiner Stimme. Er wandte sich Julie zu, in deren Augen Tränen schimmerten.

»Was …?« Julie starrte ihn an. »Ist er nicht oben?« Seine eigene Angst und die Sorge um seinen Freund spiegelten sich in ihrem Gesicht.

»Nein, dafür habe ich Blut im Bad gefunden.« Er fuhr sich mit beiden Händen durch die Haare. »Kein Hinweis darauf, wohin er verschwunden ist.«

»An der Stelle hat sich Hutch Murphey erhängt«, sagte Julie leise. »Was, wenn gar nicht Tim, sondern Cathal vom Fluch befallen ist und er seine Sachen ausgepackt hat, um einen Grund zu haben, hier zu sein?« Ihre Stimme erstarb, ihre Augen schreckgeweitet.

»Julie, das hilft nicht. Cathal könnte verletzt sein oder …« Nein, er durfte nicht weiterdenken. Er konnte es nicht zu Ende denken, dann wäre er zu nichts mehr fähig.

»Ich rufe die Garda«, sagte Julie mit erstickter Stimme, ihre Hände bebten, als sie ihr Telefon hervor holte.

»Was dann? Sie konnten uns bisher auch nicht helfen!« Sean lief auf und ab, konnte nicht klar denken. Er drehte sich um, rannte wieder nach oben und durchsuchte noch einmal ihre Räume, sah sogar unter den Möbeln nach.

»Sean, ich habe die Garda gerufen.« Julie erschien im Türrahmen zum Wohnzimmer, als er gerade auf dem Boden hockte und unter ihrem Regal nachgesehen hatte.

»Merkwürdigerweise ist nur im Badezimmer auf dem Boden Blut. Ansonsten nirgendwo. Vielleicht ist er bei euch. Hat dort nach Verbandsmaterial gesucht und ist zusammengebrochen.« Sean stand auf, zwängte sich an Julie vorbei auf die Galerie und lief zu Julies und Tims Räumen.

»Sean«, rief Julie ihm hinterher und folgte ihm. »Hast du gehört, was ich gesagt habe?«

Er blieb stehen, drehte sich zu ihr um. »Ja, trotzdem ist Cathal verschwunden und ich weiß nicht ob, oder wie schwer verletzt er ist. Ich kann nicht warten, bis die Garda da ist.« Ein dicker Kloß setzte sich in seinem Hals fest. »Es geht hier um Cathal. Wie würdest du reagieren, wenn es um deinen Mann ginge?«

»Du hast recht. Lass uns in meinen Räumen suchen.«

Mit einem Knall fiel die Haustür ins Schloss. Sean schrak zusammen, Julie stieß einen gellenden Schrei aus. Laub war in die Halle geweht worden und eine Pfütze hatte sich im Eingangsbereich gebildet.

»Das war bestimmt nur der Wind«, sagte Julie, klang allerdings nicht sehr überzeugt.

Sean hielt sich nicht länger in der Galerie auf, sondern stürmte in Julies Wohnzimmer. Seine Schwester lief weiter, um in den anderen Räumen zu schauen. Er rechnete ihr das hoch an, so wie sie vor lauter Angst aussah. Ihre Stirn war mit Falten durchzogen und ihre Schritte schienen zwischendurch immer etwas unsicher, als ob sie sich erst überreden musste, weiterzugehen. Dies erinnerte ihn daran, wie er vor einigen Wochen erst nach Timothy gesucht hatte. Es fühlte sich an wie ein Hamsterrad, dem man nicht entkommen konnte.

Auch hier schaute er in jede Ecke, unter jedes Möbelstück, doch er fand nichts. Er blieb auf dem Boden vor dem Sofa sitzen, lehnte sich mit dem Rücken dagegen. Kurz überließ er sich der Verzweiflung, der Angst um Cathal. Sah ihn verblutet in einer verlassenen Ecke von Callum Hall liegen und er war nicht bei ihm, konnte ihm nicht helfen. All das nur, weil er vergessen hatte, Cathals Sachen einzupacken.

»Nichts.« Julie kam zu ihm.

»Lass uns unten nachsehen.« Sean stand schwerfällig auf, trotzdem getrieben davon, Cathal zu finden.

Er stürmte die Treppe hinunter, vermied den Blick auf das Tau. Ob Cathal es aufgehängt hatte? Er konnte es sich nicht vorstellen. Nur woher kam das Blut? Wenn sein Freund wirklich vor hatte sich zu erhängen – ein Gedanke, der ihm so fremd war wie nichts je zuvor – warum hatte die Tasche auf dem Bett gestanden? Konnte etwa ein Geist …?

»Cathal?«, rief er, als er das gemeinsame Wohnzimmer betrat und das Licht anmachte. Nichts. Er lief um die Sofas, um den Weihnachtsbaum, doch nirgendwo war er zu sehen. Gerade als er durch den Durchgang zur Küche ging, klingelte es an der Tür.

»Sean? Kommst du mal? Liam Doyle ist hier und braucht uns beide«, erklang Julies laute Stimme aus der Halle. Er seufzte. Die Garda war also da.

Julie stand bei vier Gardas, die sich fragend umblickten, einer hörte ihr aufmerksam zu.

»Ist Ihr Freund Selbstmord gefährdet?«, fragte Liam Doyle vorsichtig.

Das Wort hallte in Seans Kopf nach. »Nein«, rief er.

»Wir wissen es nicht. Fakt ist, die Schlinge hängt dort und unser Freund ist verschwunden«, antwortete Julie.

»Gut, Sie haben bereits mit der Suche begonnen?«

»Natürlich.« Sean zeigte nach oben, erstaunt darüber, wie ruhig er sich anhörte, obwohl in seinem Inneren ein Sturm tobte, der dem draußen Konkurrenz machte. »In unserem Bad ist etwas Blut auf dem Boden, allerdings nicht viel und ich weiß nicht, ob es von Cathal ist.« Er stockte. Bitte lass es auch dieses Mal nur Tierblut sein, betete er stumm. Julie stupste ihn an. Er atmete tief durch. »Das Haus ist recht groß und es gibt einige Räume, die kaum bis gar nicht genutzt werden. Bisher haben wir nur die Wohnräume durchsucht.« Sean konnte sich zwar nicht vorstellen, was Cathal in einem der verwaisten Räume hätte tun sollen, doch im Moment schien nichts unmöglich.

»Gut, beginnen wir mit der Suche.« Der Guard sah sich um. »Sie kommen mit mir und zeigen mir ihr Badezimmer.« Er wandte sich einem Kollegen zu. »Sie kommen ebenfalls mit mir.« Nun sah er Julie an. »Mrs Ó Briain, Sie gehen bitte mit den zwei anderen Kollegen mit und führen Sie durch die anderen Räume. Zunächst überall, wo Sie beiden noch nicht waren.« Er folgte Sean nach oben. Dem ging das alles zu langsam. Viel lieber würde er mit den Gardaí mitgehen, um weiter das Haus zu durchsuchen, statt noch einmal die Räume mit dem Gardaí zu begehen.

Julie zog mit den Polizisten los. Sean führte Ian Doyle, der unterwegs kurz telefonierte und den weiteren Guard in ihr Badezimmer. Er hatte solche Angst um Cathal.

Als Sean die kleine Blutlache erneut auf dem Boden sah, wurde ihm schlecht. Er würgte. Was, wenn sie Cathal zu spät fanden? Er fasste sich an die Kehle, versuchte verzweifelt ruhig zu atmen.

Kapitel 34

*S*chmerz durchzog seinen ganzen Körper, mit seinen Händen umfasste er seinen Kopf, doch es half nicht. Das Brummen des Hauses übertönte all seine Empfindungen.

Er wippte vor und zurück, umgeben von Schwärze. Konnte den Lord neben ihm nicht erkennen.

Dabei musste er es zu Ende bringen. Er musste es schaffen. Die Schlinge …

Erneut griff die Dunkelheit nach ihm.

Kapitel 35

Julie

Die Garda begann mit Julie in den Büroräumen zu suchen. Sie rüttelten an jedem Fenster, sahen wie vorhin auch in alle Ecken und unter die Möbel.

Vom großen Büro gingen sie in ihr kleines für die Arbeit gedachtes, um dann in der Küche weiterzumachen, damit sie die unteren Räume fertig hatten.

Entsetzt keuchte Julie auf. Kurz vor der Tür zur Küche entdeckte sie einen Stuhl, der an der Wand daneben stand. Wie konnte sie den übersehen haben?

»Was ist?«, fragte einer der Guards.

»Dort. Das ist meiner, aus dem Büro.« Mit aufgerissenen Augen sah Julie zwischen der Schlinge und dem Stuhl hin und her.

Hätte Cathal sich darauf gestellt, wäre es genau seine Höhe gewesen. Entsetzt schlug sie sich die Hand vor den Mund. Nicht auszudenken, wenn sie nicht zurückgekommen wären.

»Er ist vom Fluch besessen.« Sie versteifte sich, konnte das Bild von Cathal, der am Geländer hängen könnte, nicht aus dem Sinn bekommen. Sean würde nicht mehr glücklich werden. »Ich bin mir sicher. Dabei dachte ich, er hätte Tim getroffen.« Ihre Stimme zitterte. »An dieser Stelle ist Hutch Murphey gestorben.«

»Kommen Sie, wir finden den Tierarzt. Mein Hund will nämlich zu keinem anderen.« Der Guard schob sie sanft in die Küche. Sein Kollege stellte das Licht an und er drückte sie auf einen Stuhl. Julie war wie gelähmt, dabei war noch nicht einmal Timothy betroffen.

»Er konnte nie mehr ins Freie und musste die Ewigkeit mit einem Geist fristen. Der Showdown fand immer an Heiligabend statt. Nun war es an dem Lord, dem Fluch zu dienen«, zitierte Julie aus den Notizen ihrer Mutter, die sie immer bei den Stadtführungen dabei hatte.

»Bitte was?«, fragte der Guard, der ihr ein Glas Wasser hinstellte und nun in ihrer Vorratskammer nachschaute.

»Schau mal Paddy, hier ist es feucht und Laub liegt herum.« Der zweite Garda, stand an der Hintertür nach draußen. Er wandte sich Julie zu. »Haben Sie die Tür geöffnet, nachdem Sie nach Hause gekommen sind?«

»Nein.« Sie stand auf, starrte auf die kleinen Pfützen und das Laub. Sah dann auf, direkt dem Guard in die Augen. »Ob er nach draußen ist? Das würde gegen den Fluch sprechen. Der Betroffene kann das Haus nicht verlassen, weil der Fluch das verhindert.« Julie nestelte an ihrem Kragen. »Was ist, wenn er selbst zum Geist geworden ist?«, flüsterte sie. »Es heißt doch, James Redfield wird auf ewig sein Leben in diesem Haus mit einem Geist fristen.« Was war aus James Redfield geworden? Derjenige, dem der Fluch überhaupt erst gegolten hatte? Waren sie zu zweit? Oder zu dritt, sollte Hutch Murphey dabei sein?

Ihr Mobile klingelte und Julie schrak zusammen. Der fröhliche Ton passte so gar nicht zur Stimmung. Sie holte es aus ihrer Rocktasche hervor.

»Hallo Mam.«

»Kind, wie gut. Ich hatte schon Angst, euch ist auch etwas passiert. Ihr habt euch nicht mehr gemeldet.«

»Cathal ist verschwunden. Die Garda ist hier und wir suchen ihn«, antwortete Julie mechanisch.

»O nein, sollen wir kommen?«

»Nein, bleibt bitte Timothy und passt auf ihn auf. Ihm soll nicht auch noch etwas passieren.«

»Machen wir, Schatz. Meldet euch bitte sofort.« Ihre Stimme klang nun sorgenvoll. Julie seufzte. So viel Leid und das alles nur, weil sie in dieses Haus gezogen waren. Sie hätte niemals die anderen dazu überreden sollen, nur weil es perfekt für ihr kleines Unternehmen passte.

»Machen wir.«

Einer der Gardaí hatte sich unbemerkt von Julie eine dicke Jacke angezogen.

»Wir gehen draußen nachschauen«, sagte er zu ihr, reichte dem anderen Guard seinen Parka. »Sie bleiben am besten hier drin. Es genügt, wenn wir nass werden.«

Gerade als die beiden die Küche verlassen wollten, klingelte es an der Tür. »Sind bestimmt die Kollegen. Ich weise sie eben ein. Wartest du?« Der vorhin genannte Paddy verließ rasch die Küche. Stimmen aus der Halle hallten bis zu Julie.

Betriebsamkeit breitete sich aus. Der Garda kehrte zurück. »Die Kollegen beginnen mit der Sicherung der Spuren. Wir gehen jetzt nach draußen suchen.«

Über ihnen rumpelte es und sie sahen alle zur Decke.

»Was machen die denn da?«, fragte der andere Guard, öffnete allerdings bereits die Tür. »Bleiben Sie bitte hier, falls die Kollegen Fragen haben?«

Julie nickte und sank auf ihren Stuhl. Die Gardaí verschwanden nach draußen. In Julie wurde es ruhiger, auch wenn sie weiterhin um ihre Beherrschung kämpfte. All ihre nicht ernst genommenen Ängste erfüllten sich gerade.

Trotzdem wurde endlich etwas getan und die Garda wirkte, als ob sie wüsste, was sie tat. Das nahm ihr ein klein wenig von der Angst um Cathal. Nur warum musste dies erst geschehen, damit man sie ernst nahm?

»Was ist denn hier los?« Mrs Walsh kam in die Küche. »Da komme ich aus dem Pub nach Hause und sehe die Blaulichter schon von der Entfernung hier einbiegen. Muss ich mir Sorgen machen? Warum hängt in der Halle eine Schlinge?«

»O Mrs Walsh.« Nun war es vorbei mit Julies Beherrschung und sie begann zu weinen. »Cathal, er ... er ist dem Fluch verfallen. Er ist verschwunden und wir können ihn nicht finden.« Julie barg ihr Gesicht in den Händen. Tränen tropften auf den Rock ihres Kleides.

»Liebes, wie kommen Sie darauf?« Mrs. Walsh setzte sich auf den Stuhl neben Julie und zog die weinende Julie an ihre Brust.

»Die Schlinge. An der gleichen Stelle hat sich Hutch Murphey erhängt. Der Fluch hat sich zuerst James Redfield, dann ihn und schließlich Cathal geholt.« Julie schluchzte bitterlich.

»Aber Mister Murphey hat sich nicht erhängt.« Mrs Walsh sah sie überrascht an. »Die Schlinge hing dort in der Halle, ja, doch sie war leer. Man weiß nicht, ob er anderweitig gestorben ist oder sich aus dem Staub gemacht hat, nachdem er mutmaßlich seine Frau ermordet hat.« Mrs Walsh schnaubte. »Bei all den ganzen Geschichten erzählen, ist das irgendwann untergegangen und heutzutage wird es weggelassen. Wahrscheinlich viel zu unspektakulär in einer Zeit, in der alle nach dem Morbiden gieren.«

Julie blickte auf. »Das heißt ...«

»... dass er am Leben sein könnte. Die meisten vermuten, er wäre nach Amerika abgehauen. Im heutigen Badezimmer, damals herrschte noch die alte Aufteilung und es lagen die alte Küche, Büro des Butlers und der Hausdame und Gemeinschaftsraum in diesem Bereich, hat er seine Frau erstochen. Da sollte eine Anliegerwohnung hin, die er vermieten wollte. Aber daraus ist nichts mehr geworden.«

»Der Mann ist spurlos verschwunden?«

»Ja, an Heilig Abend vor genau 50 Jahren. Ich kann mich noch erinnern, das Ehepaar Murphey tagsüber gesehen zu haben und am nächsten Tag fand ich seine Frau tot vor und die Schlinge am Geländer. Aber von ihm gab es nirgends eine Spur. Viele behaupten mittlerweile, Hutch Murphey wäre dem Fluch erlegen.«

Ein Ruf erscholl von oben.

Julie horchte auf. Was ging da vor? Sie stand auf und trat in den Türrahmen. Die Herren der Spurensicherung eilten die Treppe hinauf.

»Da muss ich hinterher. Es ist was passiert.« Hatten sie endlich Cathal gefunden? Es kribbelte hoffnungsvoll in ihrem Bauch.

»Ich komme mit.« Mrs Walsh folgte ihr. Gemeinsam liefen sie die Treppe hinauf in den ersten Stock, wandten sich nach links und blieben bei einem Eckzimmer stehen, das Cathal und Sean noch nicht renoviert hatten. Sie wussten nicht, was sie damit machen sollten. Davor standen vier Gardaí mit einem bleichen Sean. Julie trat zu ihm, ergriff seine Hand, die feucht war.

»Was ist passiert? Haben sie Cathal gefunden?«, fragte Julie ihn.

Ihr Bruder schüttelte nur den Kopf.

»Wenn Sie nichts dagegen haben, werden wir die Tür aufbrechen.« Ian Doyle, der die Aufsicht führte und mit Sean mitgegangen war, sah ihn mit hochgezogenen Augenbrauen an.

»Nun machen Sie schon«, entfuhr es Julie. Zwei der wartenden Gardaí stemmten sich dagegen, ein dritter drückte die Klinke herunter. Bis auf wenige Millimeter tat sich nichts.

Merkwürdig. Sie hatten die Tür immer geschlossen gehalten, doch sie war nie abgeschlossen gewesen.

»Mit der Schulter dagegen stemmen«, schlug einer vor, sie ging einen Schritt zurück, woraufhin Julie und Sean beiseitetraten.

Ian Doyle zählte bis drei, dann rammte die Garda die Holztür. Auf der anderen Seite kratzte etwas über den Boden, als die Tür sich einen Spaltbreit öffnete. In dem Augenblick kam Miss Woodhouse anspaziert, schlängelte sich an Julies Beinen vorbei in das ihr unbekannte Zimmer.

Julie erschrak. Sie hatte ihre Katze völlig vergessen, aber nun fiel ihr ein Stein vom Herzen. Miss Woodhouse schien unberührt von der Stimmung und den fremden Menschen zu sein.

»Noch einmal«, forderte Ian Doyle von seine Kollegen auf, die sich die Schulter rieben, aber einen entschlossenen Ausdruck zeigten und die Katze nicht beachteten.

Julie mochte sich nicht ausmalen, was sie hinter der Tür fanden. Trotzdem flackerte vor ihrem inneren Auge ein Bild von Cathal auf, wie er blutüberströmt im Zimmer lag. Mit einem Messer in der Hand.

Energisch schüttelte sie den Kopf. Das durfte sie nicht. Sie durfte sich nicht von ihrer Angst leiten lassen, sondern musste ihrem Bruder Halt schenken. Er lehnte sich gegen sie. Sie hatte Schwierigkeiten, sein Gewicht zu halten, ohne umzukippen.

Erneut krachten zwei Männer gegen die Tür und sie öffnete sich weiter. Ian Doyle konnte sich zwischen Rahmen und Tür schieben und drückte mit seinem Hintern gegen das Türblatt. Millimeterweise schob sie sich auf. Sein Gesicht lief rot an vor Anstrengung und seine Adern stachen an Hals und Stirn hervor. Er presste seine Zähne aufeinander und keuchte leise.

Mit einem letzten Kratzen öffnete sich die Tür endgültig und der Weg war frei.

Julie zog Sean nach der Garda mit in den Raum. Bis auf ein paar noch nicht ausgepackte Kartons und einer alten Kommode von Cathal, mit der sie nichts anzufangen wussten und die die Tür blockiert hatte, fanden sie nichts, nachdem sie das Licht eingeschaltet hatten.

»Sehr merkwürdig. Wer hat die Anrichte davor geschoben?« Mister Doyle ging zu den Fenstern und überprüfte diese. »Alle geschlossen.«

Julie bekam nicht mit, wie die anderen darüber sinnierten, wie und vor allem wer die Kommode von innen vor die Tür geschoben hatte. In Julie stritten sich die Erleichterung, Cathal nicht auf dem Boden vorgefunden zu haben mit der Angst, ob er überhaupt noch am Leben war. Wo befand er sich nur? Irrte er etwa durch die kalte und dunkle Nacht? Hoffentlich fanden ihn die anderen zwei Gardaí.

»Er ist nicht hier«, sagte Sean erstickt. In seinen Augen standen die Tränen. »Wir haben jetzt überall gesucht.«

»Er könnte draußen sein. Dort suchen sie auch schon.«

Sean drehte sich im Kreis, wirkte völlig verloren und schlang die Arme um sich. Ihre Kehle fühlte sich wie zugeschnürt an und sie rang nach Luft. Dabei sollte sie ihren Bruder beruhigen.

»Ganz ruhig, mein Lieber, wir werden ihn finden. Nicht mehr lange und Sie können Ihren Mann in die Arme schließen.« Mrs Walsh strich ihm über den Rücken.

»Ich frage mich immer noch, wie das Möbelstück vor die Tür gekommen ist«, sagte Ian Doyle, während er es inspizierte. Sein Blick flog zwischen den Fenstern und der Kommode hin und her.

Noch bevor in Julie erneute Schreckensbilder von einem Geist aufkommen konnten, blieb Miss Woodhouse fauchend vor der vertäfelten Wand stehen. Ihr standen die Haare zu Berge.

»Was ist das?«, fragte Doyle. »Wo geht es dorthin?« Er deutete auf einen Spalt, der in der Täfelung sichtbar war. Julie kniff die Augen zusammen. Sie ging darauf zu, Sean an ihrer Seite.

»Diesen Spalt kenne ich nicht. Der war doch vorher nicht da.« Julie öffnete das Stück Wand, das sich als Tür entpuppte und ein dunkles Treppenhaus offenbarte. Die Stufen führten hinauf und hinunter. Verbanden die Etagen im Geheimen miteinander.

Miss Woodhouse schlug mit der Tatze und ausgefahrenen Krallen in Richtung des Durchgangs, dann flitzte sie aus dem Raum. Julie sah ihr hinterher, wobei ihr Blick auf die alte Dame fiel. »Mrs Walsh, kennen Sie diese versteckte Treppe?«

Die Nachbarin kam näher, gefolgt von Sean. »Nein, die ist mir nie aufgefallen. Das muss der alte Dienstbotenaufgang sein. Ich wusste nicht, dass der noch existiert.«

»Ich habe das auch nie gesehen.« Seans Stimme klang belegt. Er stellte sich in den Eingang.

»Was schließt denn hier an?«, fragte Doyle.

»Das Badezimmer von Tim und mir«, antwortete Julie mechanisch. Aber da gab es keine Ecke. Sie überlegte kurz, die Originalpläne des Hauses waren nicht mehr auffindbar gewesen und so genau hatte sie sich diesen Raum nicht angesehen, da Cathal und Sean ihn noch nicht nutzen wollten. Grenzten ihr Badezimmer und Seans Zimmer womöglich nicht direkt aneinander? Anders konnte es doch nicht sein.

Sie zog Sean zurück und schloss die Geheimtür fast vollständig.

»Sie fügt sich nahtlos in die Wand ein. Kaum zu sehen, wenn man es nicht weiß.« Erstaunt stellte Doyle sich hinter sie. Er zückte seine Taschenlampe und knipste sie an.

»Machen Sie bitte Platz, ich gehe mit meinen Männern vor. Fassen Sie nichts mehr an.« Doyle zeigte auf zwei Gardaí. »Sie gehen nach unten.« Dann auf den Dritten. »Sie kommen mit mir.«

Alle drei Gardaí holten ihre Taschenlampen aus dem Gürtel und schalteten sie an. Dann öffneten sie die Tür und gingen los.

»Ich gehe mit.« Sean schob sich an Julie vorbei.

»Nein, Sean, bleib hier.« Julie griff nach ihm, doch er schüttelte sich los.

»Hier geht es um Cathal. Natürlich gehe ich mit«, erwiderte er und wirkte auf einmal hart. »Du würdest bei Tim nicht anders reagieren.« Sean wandte sich von ihr ab, ließ ihr keine Zeit zu antworten, als er bereits hinter Ian Doyle her stieg.

Julie schluckte ihr Unbehagen herunter. Er hatte recht. Sie hätte genauso gehandelt.

Kapitel 36

Sean

Sean schlich der Garda die Treppe hinterher nach oben. Das alte Holz knarzte leise in der Dunkelheit unter ihren schweren Schuhen. Vorsichtig ertastete sich Sean mit jedem Schritt die Stufen. Im Gegensatz zu den Gardaí hatte er keine Taschenlampe dabei, nicht mal sein Mobile, das in der Küche auf dem Tisch lag und er verfluchte sich bereits, ihnen überhaupt gefolgt zu sein. Aber hier ging es um niemand Geringeren als Cathal.

Ihm war schlecht, vor lauter Sorge zog er ständig seine Schultern nach oben, die ihm bereits wehtaten. Zudem war ihm heiß und kalt zugleich, aber er war froh, nicht nur dazusitzen, sondern mit suchen zu können. Dies lenkte ihn von seiner Angst ab.

»Da oben ist ein schwacher Lichtschein«, flüsterte Doyle. Er musste stehengeblieben sein, denn als Sean die nächste Stufe nehmen wollte, stieß sein Fuß gegen den des zweiten Guards, dessen Namen er sich nicht gemerkt hatte.

»Sorry«, murmelte er.

»Seien Sie vorsichtig.« Die Antwort glich dem Zischen einer Schlange.

Leise stiegen sie die Treppe weiter hoch. Mittlerweile konnte Sean den spärlich flackernden Schein ebenfalls ausmachen. Als Doyle bei einer Tür ankam, warf die Taschenlampe, die er auf den Boden hielt, Schatten an die Wand. Sean hörte ein Klicken und wäre es nicht so leise gewesen, dass man die sprichwörtliche Stecknadel hätte fallen hören, wäre es ihm entgangen.

Mit einem Ruck zog Doyle die Tür auf und stürmte, gefolgt von seinem Kollegen den Raum.

»Hände hoch«, rief er.

Sean folgte ihnen mit schnell klopfendem Herzen. Leise Hoffnung keimte in ihm auf.

Doch als er hinter den Männern zum Stehen kam, war da kein Cathal. Das kleine Pflänzchen der Hoffnung erstarb sofort. Ein widerlicher Gestank nach Exkrementen und Verwesung schlug ihm entgegen und er verzog angewidert das Gesicht.

Die vier Guards leuchteten den Raum mit ihren Taschenlampen aus. Langsam nahm er wahr, wie der Schneeregen auf das Dach donnerte und es tropfte in eine altmodische große Zinkbadewanne.

In einer Ecke auf einer fadenscheinigen Decke saß ein alter von mehreren Kerzen umringter Mann. Seine Haare und sein Bart waren so lang und ungepflegt, wie Sean es noch nie gesehen hatte.

Der Fremde wiegte sich vor und zurück, murmelte die gesamte Zeit etwas, was Sean nicht verstand. Doyle ließ seine Hand sinken, in der er eine Waffe hielt. Daher kam das Klicken also vorher, Doyle hatte seine Pistole gezogen und entsichert.

»Ich glaube, der ist ungefährlich.« Ian Doyle ging auf den Mann zu, blieb aber außerhalb seiner Reichweite. »Mein Name ist Liam Doyle von der örtlichen Garda, wer sind Sie?«

Der Fremde antwortete nicht und während Doyle immer wieder versuchte, zu dem Mann durchzudringen, sah Sean sich in dem Raum um, zog sich sein Hemd vor Mund und Nase, um sich etwas vor dem Gestank zu schützen. Die Gardaí taten es ihm gleich.

Leere alte Dosen lagen herum, ein Eimer mit einer braunen Flüssigkeit ließ ihn würgen. Schnell wandte er den Blick ab. Er entdeckte einen weiteren, verrosteten Eimer in einer anderen Ecke.

»Wo ist Cathal Kennedy?«, versuchte Doyle es weiter.

Überall an den Wänden standen ebenfalls Dosen. Geöffnete, ungeöffnete. Auf einigen klebten noch verblichene Plaketten, die, wenn Sean es richtig entzifferte, Bohnen abbildeten. Dazu kamen ein paar Lebensmittelverpackungen, die Sean aus ihrem Kühlschrank, sowie der Speisekammer bekannt vorkamen.

In einer Ecke entdeckte er Fellstücke und kleine Knochen. Ihm wurde nun richtig übel. Hatte dieser Mann sich von Ratten und Bohnen ernährt? Wie lange lebte er schon hier?

»Hören Sie, my Lord? Der Fluch. Es ist so weit.« Die Stimme des Mannes zitterte und er sah zur Seite, während er weiter vor und zurück wippte. »Aber ich habe sie gewarnt. Sie wollten nicht hören. Ich habe es versucht. Immer wieder.«

»Wer sind Sie, Sir?«

Sean bewunderte Doyle für seine Hartnäckigkeit, doch er würde garantiert nichts herausbekommen.

»Die Schlinge für Lord Redfield hängt bereit«, sagte Sean laut, dem das alles zu langsam ging. Vielleicht wusste der Mann, wo Cathal steckte. Eventuell brauchte er dringend ihre Hilfe und sie verschwendeten hier wertvolle Zeit. Dieser Mann schien mit einem Lord zu sprechen. Da konnte es sich doch nur um James Redfield handeln.

Der Mann gab ein leises Wimmern von sich. »Hören Sie, Lord? Der Fluch wirkt. Wir werden nie wieder rauskommen. Werden auf ewig hier wandeln, egal, wie oft wir versuchen, es zu beenden.«

»Wo hast du den Menschen hingebracht?« Sean trat trotz seines Widerwillens und seinem Drang, aus diesem Raum zu fliehen, einen Schritt vor.

»Das werde ich dir nicht verraten«, spie der alte Mann hasserfüllt hervor. »Lord, sagen Sie es ihm nicht.«

Doyle und sein Kollege zogen sich zur Tür zurück.

»Sag es mir, Lord Redfield. Ich lasse dich frei und vielleicht deinen Gefährten.« Mit wem der alte Mann auch in seiner Vorstellung sprach, er hielt ihn anscheinend für den Geist des alten Landlords von Callum Hall.

»Nein, Lord, nein, halten Sie sich zurück. Sagen Sie es ihm nicht.«

»Ich werde ihn sowieso finden. Ich kann das Haus verlassen.«

Angst breitete sich auf dem Gesicht des Alten aus. »Das geht nicht, wir können nicht raus. Wir verglühen, wenn wir zu lange draußen sind.«

»Sag mir, wo der Mann ist«, sagte Sean mit kalter, unerbittlicher Stimme. Dann kam ihm ein Geistesblitz und er fügte an: »Hutch.«

DerMannes erzitterte bei der Nennung des Namens. »Ich wollte ihm helfen«, wimmerte die zusammengesunkene Gestalt. Das Schaukeln nahm zu, er brabbelte nur Unverständliches vor sich hin und war entschwunden in eine Welt, in die Sean ihm nicht folgen konnte.

»Ja, wir benötigen sofort einen Krankenwagen für einen psychisch und vielleicht physisch kranken Mann«, hörte Sean hinter sich Doyles leise Stimme.

Enttäuschung kroch in ihm hoch. Dieser Fremde wusste, wo Cathal sich befand, gab es allerdings nicht preis. Seine Schultern sanken nach unten. Trotzdem keimte wieder ein kleines Stückchen Hoffnung in ihm. Dem Mann schien kein Blut an den Händen zu kleben. Er wollte Cathal beschützen, von daher könnte dieser noch leben. Doch wo hatte er ihn versteckt?

Dieser Mann vor ihm war der festen Überzeugung, vom Fluch gefangen zu sein. Was, wenn es Cathal ebenso erging und an der ganzen Geschichte doch etwas dran war? Heute war nun mal der Heilige Abend.

Eine Hand legte sich auf seine Schulter. »Kommen Sie, wir gehen nach unten und suchen weiter. Der Kollege bleibt hier bei ihm, bis der Arzt eintrifft.«

Sean nickte, war sich nicht sicher, ob er einen Ton herausbringen konnte, so eng schnürte sich seine Kehle vor lauter Sorge um seinen Freund zu. Der Mann, der nicht nur sein Herz höher schlagen ließ, sondern auch das der Tiere, um die er sich kümmerte.

Ein letztes Mal blickte er sich um, dann folgte er dem Garda, erleichtert das stinkende Zimmer verlassen zu können, die Treppe nach unten. Wie hatten sie nur diesen Raum übersehen können?

Doyle rief die Kollegen, die die Treppe nach unten gestiegen waren. Seine Stimme hallte durch das dunkle Treppenhaus.

Als sie in der ersten Etage eintrafen, sah Julie ihnen entgegen. Hoffnung stand in ihren Augen, die er mit Kopfschütteln erstickte. Er war den Tränen nahe, er kämpfte jedoch gegen sie an. Er musste für Cathal stark sein.

Julie kam auf ihn zu und nahm ihn fest in die Arme. Das konnte er so gut gebrauchen. Er schluchzte, konnte die paar Tränen, die ihm nun doch über die Wangen liefen, nicht verhindern.

»Wir suchen weiter, Julie, bis wir ihn gefunden haben. Lebend.« Sean schlang seine Arme um seine Schwester.

»Was war da oben?«, fragte Mrs Walsh. In einer anderen Ecke besprach sich Doyle mit den zwei Kollegen, funkte die zwei Gardaí an, die draußen suchten. »Gut, die Kollegen sind bei den Ställen angekommen. Wir helfen ihnen dort. Sie sind sich nicht sicher, doch auf dem Weg dorthin liegen abgeknickte Zweige. Keine Morschen, die vom Sturm herrühren könnten.«

Sean nickte, atmete tief durch. Ein neuer Hoffnungsschimmer. Nur wollte er ihn zulassen und eine erneute Enttäuschung erleben? Er schüttelte den Kopf, wandte sich dann Mrs Walsh zu. »Ich denke, wir haben unseren mysteriösen Geist gefunden in Form eines alten Mannes. Vermutlich Hutch Murphey.«

Mrs Walsh keuchte auf, sie riss die Augen auf. »Ein alter Mann? Hier im Haus und dann Hutch Murphey? Woher wissen Sie das?«

Julie wand sich aus seinen Armen. »Bist du dir sicher?«

Kurz und knapp erklärte Sean, was sich in dem Zimmer unter dem Dach abgespielt hatte. Mrs Walsh schlug sich die Hände vor den Mund.

»Lasst uns später weiterreden und der Garda draußen helfen. Der Krankenwagen ist unterwegs und ich will nicht sehen, wie sie ihn runterbringen. Nicht, wenn …« Sean sprach nicht weiter, sah nur nach oben.

»Klar.« Julie nickte, blass geworden. »Ich komme mit.« Doch es klang eher mechanisch. »Mrs Walsh …«

»Ich bin zu alt für solch ein Wetter.« Sie wirkte mitgenommen. Es musste ein Schock sein, zu erfahren, wie Hutch Murphey anscheinend über Jahrzehnte in diesem Haus gelebt hatte, sich von dem ernährte, was ihm unter die Finger kam und jeden Bewohner verscheuchte. Wie konnte das nie aufgefallen sein?

Sean und Julie machten sie sich auf den Weg nach unten, jeder seinen eigenen Gedanken nachhängend. Sie zogen ihre dicken Regenparkas an, stiegen in ihre Gummistiefel und rüsteten sich mit Taschenlampen aus. Draußen zogen sie ihre Kapuzen über, um sich vor dem Wetter zu schützen.

Sean blickte sich um. Die Gardaí waren alle bei den Ställen, hatte Ian Doyle gesagt. Dann sollten sie ebenfalls dorthin.

Eine Böe erfasste Sean, drückte ihn einen Schritt beiseite. Er stolperte, konnte sich allerdings noch abfangen.

»Komm mit zu den Ställen. Sie sind zur Hintertür raus.« Julie fasste Sean am Arm und ging mit ihm in die Richtung. »Murphey könnte, falls er es denn ist, mit verantwortlich für das Verschwinden sein. Es liegen dort hereingewehte Blätter und es hat reingeregnet.«

Sean nickte, ließ sich von Julie mitziehen. Gemeinsam folgten sie dem schmalen Pfad im Licht der Taschenlampen um das Haus herum. Warum waren sie nicht hinten herum gegangen?

Der Regen schlug ihnen ins Gesicht, stach schmerzhaft in die Haut wie Nadelspitzen, bis sie im Park ankamen und sich zu den Gebäuden wandten.

Cathal wollte mal seine Tierarztpraxis daraus machen. War er dazu noch in der Lage, sobald sie ihn fanden?

Sie atmeten auf, als sie die schützenden Mauern des Stalles um sich hatten, obwohl es durch die zerbrochenen Fenster regnete und zog. Seans Hose war an den Unterschenkeln klatschnass, trotz der Gummistiefel.

Er sah sich um, entdeckte die Lichtkegel der Taschenlampen der Gardaí im hinteren Teil des Stalles. Mit leisen Rufen verständigten sie sich.

»Hier!«, erscholl plötzlich ein lauter Ruf. Sean stürmte dem Schall hinterher in den hinteren Teil.

»Ich hab ihn«, rief einer der Guards aufgeregt. Sean kam bei ihm an, ebenso die anderen Gardaí. Er blieb an der Box mit den Futtertrögen vor den Gittern stehen.

Julie erschien an seiner Seite, fasste nach seiner Hand. Sean konnte nur auf Cathal starren, der mit dem Bauch auf dem kalten Betonboden lag. Nur eine dünne Decke befand sich unter ihm.

»Cathal«, murmelte er. Angsterfüllt betrat er die Box, kniete sich neben ihn. Seine Taschenlampe fiel klappernd auf den Boden. Lebte er noch? Seine Hände waren auf dem Rücken mit einem schmalen Seil gefesselt. Sean wollte sie lösen, doch eine behandschuhte Hand legte sich auf seine.

»Ich mach das.« Ein Guard griff danach. Ian Doyle funkte seinen Kollegen an und orderte den Arzt.

»Cathal, mein Lieber.« Zärtlich streichelte Sean ihm über die Haare, an einer Stelle waren sie mit Blut verklebt. Er wollte sich gar nicht ausmalen, was er gemacht hätte, wenn Cathal nicht mehr am Leben gewesen wäre. »Ich bin hier, ich bin da.« Er zog seinen Parka aus und legte ihn über seinen Freund.

»Er lebt, ist allerdings bewusstlos und wahrscheinlich unterkühlt«, sprach Ian Doyle in sein Funkgerät.

Sean liefen die Tränen über die Wangen. Nie hätte er gedacht, seinen großen, starken und immer die Ruhe bewahrenden Cathal so vorzufinden. Er fühlte sich so zerbrechlich an, dabei war er sonst sein Fels in der Brandung. Dieses Mal musste er das sein. Unwirsch wischte er sich die Tränen aus dem Gesicht.

»Der verdammte Arzt soll sich beeilen«, sagte Sean mit rauer Stimme. Wut auf den alten Mann in ihrem Haus machte sich in ihm breit. Der war für Cathals Zustand verantwortlich.

Er presste die Zähne aufeinander, musste sich zurückhalten, um nicht ins Haus zurückzugehen und den Alten zu verprügeln. Ihm den letzten Rest an Verstand aus seinem Kopf zu boxen.

Doktor Brennan, der alte und beste Notarzt in dieser Stadt, traf ein und kniete sich neben ihn. »Ich kümmere mich jetzt um ihn, Sean. Mach mir bitte Platz.«

Nur widerwillig erhob Sean sich und überließ dem Arzt das Feld.

Kapitel 37

Julie

$\mathcal{V}$ier Tage später standen Julie, Timothy, Sean und Cathal auf dem Platz vor ihrem Haus. Julie sah an der Fassade hinauf. Sie liebte sie immer noch, trotz der schrecklichen Ereignisse, die sie neuerdings mit dem Haus verband.

Cathal war heute Vormittag aus dem Krankenhaus entlassen worden. Zu Seans Erleichterung hatte er nur eine leichte Gehirnerschütterung davon getragen, eine befürchtete Lungenentzündung blieb aus. In den nächsten Tagen würde Sean sich garantiert besonders um ihn kümmern.

Bei dem Gedanken musste Julie lächeln. Ihr Bruder tat immer so, als ob jeder Schritt einer zu viel wäre, dabei würde er sich für jeden von ihnen ein Bein ausreißen, wenn es sein musste.

Cathal konnte sich leider an nichts mehr erinnern, bis auf den Schlag, den er auf den Kopf bekommen hatte. Ihm tat Hutch Murphey leid, der jahrzehntelang in ihrem Haus im Untergrund gelebt hatte und dachte, dem Fluch verfallen zu sein. Ansprechbar war er nicht mehr, doch die Garda vermutete, er hätte seine Frau umgebracht. Die einzigen gefundenen Fingerspuren damals passten zu ihr und nun endlich auch zu ihm.

Julies Blick fiel auf ihren Mann. Er wirkte ausgeschlafen, die Migräne hatte sich verflüchtigt. Julie hatte trotzdem auf ein MRT bestanden, welches weitere Krankheiten ausgeschlossen hatte. Vermutlich war doch der Stress durch das Haus und ihre Streitereien für die Anfälle verantwortlich gewesen.

»Also bleiben wir hier?«, fragte sie, nicht sicher, was sie empfand. Sie liebte dieses Haus, verband es mit ihrer Selbstständigkeit. Nachdem ihr heimlicher Mitbewohner jedoch augezogen war, hoffte sie, die Räume mit neuen Eindrücken anfüllen zu können, schönen, die die Unangenehmen übertünchen würden.

»Auf jeden Fall«, antwortete Timothy und legte ihr einen Arm um die Schultern. »Wir haben schließlich den Weihnachtsfluch gebrochen. Ich will unsere Kinder, sollten wir welche bekommen, hier aufwachsen sehen. Außerdem wären wir nicht nur zu zweit, sondern hätten zwei Babysitter.« Er küste Julie auf das Haar.

Sie lächelte. Sie hatten schon einmal über Kinder gesprochen, wollten beide welche, aber bisher noch nie einen Zeitrahmen festgesetzt.

Sean und Cathal schnaubten, schmunzelten dann jedoch. Sie würden ihre und Timothys Kinder wahrscheinlich nach Strich und Faden verwöhnen und die besten Onkel der Welt werden.

»Das Kind wird auf jeden Fall früh genug lesen lernen, bei der Bibliothek.« Sean, der ebenfalls neben Julie stand, knuffte sie gegen die Schulter. »Also bleiben wir hier.«

»Immerhin haben wir genug Arbeit hineingesteckt. Es wäre doch schade, wenn wir das für jemand anderen erledigt hätten. Wo soll ich denn sonst meine Tierarztpraxis eröffnen?«, fügte Cathal an. »Vielleicht sogar eine kleine Klinik?«

»Gut.« Julie atmete tief durch, wenn auch Cathal zustimmte, konnte doch nichts mehr schiefgehen. »Hauchen wir dem Gemäuer endlich gute Erinnerungen ein.«

»Eventuell habe ich keinen Job mehr und könnte im Moment nichts zum Haushalt beitragen.« Timothy strich sich über den Nacken, beugte sich vor und sah sie alle an.

Julie fuhr ein Schreck durch die Glieder. »Was? Warum? Wieso weißt du nicht, ob du noch einen Job hast?«

»Erinnert ihr euch, wie ich vor einem halben Jahr von dem Kollegen gesprochen habe, der vieles werden kann, aber kein Tischler?«

»Ja«, antworteten sie im Chor. Julie konnte sich gut an Timothys Tiraden erinnern.

»Was ist mit ihm?« Verständnislos sah sie ihn an.

»Nun ja, er ist der Neffe des Chefs und wird uns weisungsbefugt sein. Leider habe ich meinem Chef dazu vorletzte Woche meine Meinung gesagt, als er das verkündete. Er selbst will weniger arbeiten und die Führung langsam übergeben.«

»Da hat er dich gekündigt?«, fragte Sean ungläubig.

»Noch nicht, ich bin erkrankt und habe seitdem nichts mehr gehört. Vielleicht ein Grund für meine Migräne.«

»Mach dich selbstständig.« Das klang so normal aus Cathals Mund, als ob es beschlossene Sache war.

»Das kann ich mir nicht leisten. Dafür braucht man Gerätschaften, einen Firmenwagen, eine Werkstatt. Woher soll ich das alles nehmen?«

»Erstelle einen Budgetplan, beantrage einen Kredit und kaufe dir die Sachen, die du benötigst. Die Werkstatt besteht doch längst.« Cathal deutete auf das Gebäude neben ihrem Haus. »Du hast dir dort sowieso schon einen Raum eingerichtet. Nimm dir mehr dazu, wenn du sie brauchst. Wir helfen dir beim Ausbau.« Er verschränkte die Arme vor der Brust.

»Ich weiß nicht. Zwei Selbstständige? Was ist, wenn wir beide scheitern?« Julie biss sich auf die Lippen. Sie sollte Timothy unterstützen und nicht dagegen reden, doch die Kosten erschienen vor ihrem inneren Auge. Konnten sie sich noch einen Kredit leisten? Sie verdiente nicht annähernd so viel, wie sie gerne wollte. Zwar hatten sie Reserven, aber die nutzten sie für das Haus, um die Raten abzuzahlen, sollte es eng werden.

»Warten wir ab, was passiert, wenn ich nächste Woche wieder auf der Arbeit aufkreuze.«

Julie war erleichtert über diese Antwort. Timothy und sie sollten sich erst darüber klarwerden, wie sie das schaffen konnten, bevor ein Plan in die Tat umgesetzt wurde.

»Wollen wir länger in der Kälte herumstehen, oder in unser Haus gehen? Da wartet einiges an Reinigungsarbeit und Missy muss bei Fiona abgeholt werden.« Cathal blickte auffordernd in die Runde.

»Also ich muss noch Klassenarbei…«

»Die laufen dir nicht weg«, fiel Julie Sean ins Wort und lachte, als der die Augen verdrehte.

»Dann mal los, Leute. Auf in ein neues Kapitel von Callum Hall.« Sean und Julie sahen sich lächelnd an und freuten sich auf das, was in der Zukunft noch auf sie zukommen mochte.

Kapitel 37

Hutch war nun schon Wochen nicht mehr im Haus und ihm war nichts geschehen. Trotzdem spürte er nach wie vor, wie Callum Hall ihn zu sich rief. Er hatte es nie für möglich gehalten, aber der Lord fehlte ihm. Der Leidensgenosse über all diese Jahrzehnte. Ob er wohl immer noch dort durch die Gänge wandelte?

Er schloss die Augen. Endlich war er nicht mehr ständig müde und von Angst und Kälte zerfressen.

Zum ersten Mal seit vielen Jahren stahl sich ein Lächeln auf seine Lippen.

Neuer Lesestoff

Welcome to my Ghost World

Mit einem dumpfen Laut landet das Notizbuch auf dem Teppich. Auf der ersten Seite ist fast alles mit schwarzem Filzstift ausgemalt worden. Die Stellen, die ausgelassen wurden, bilden Buchstaben. Kunstvoll verschnörkelte Buchstaben. „Welcome to my Ghost World", begrüßen sie mich.

Life sucks, soviel weiß die siebzehnjährige Lu. Am liebsten will sie nichts mit der Welt zu tun haben und mit ihrem Groll auf die Menschen allein sein. Das kann sie vergessen, als Kaya auftaucht und Lu um Hilfe bittet herauszufinden, was ihr zugestoßen ist – denn Kaya ist ein Geist und niemand außer Lu kann sie sehen.

Ein grauenhaftes Geheimnis, eine Bedrohung kaum erkennbar und eine Freundschaft, die Grenzen überwindet.

V(PH)ENOMENON

„Wer hat Angst vorm bösen Mann?" Nichts könnte Darayas Furcht vor dem finsteren Hünen Venom, der in den Diensten des grausamen Morguls steht, besser beschreiben als die Frage aus dem alten Kinderspiel.

Seit sie denken kann, versetzen die beiden sie in lähmenden Schrecken und sie weiß wirklich nicht, wer die größere Gefahr darstellt.

Und auf einmal steht ihre Welt ... in Flammen.
Nichts ist so, wie sie Zeit ihres Lebens angenommen hat.
Unerklärliche Dinge geschehen.
Auch Venom ist nicht der, der er vorgibt zu sein.

Daraya, die nicht mal einer Fliege etwas zuleide tun kann, ist weit davon entfernt, eine Heldin zu sein. Nichts wünscht sie sich mehr, als in Ruhe und Frieden zu leben.
Doch dann muss sie plötzlich nicht nur um ihr eigenes Leben, sondern um das einer ganzen Art kämpfen.

Venom entpuppt sich als ihr größter Widersacher ... oder?

Dieser Roman enthält Szenen, die möglicherweise nicht für zartbesaitete oder traumatisierte Personen geeignet sind. Vorwort beachten!

Die verlorene Erinnerung

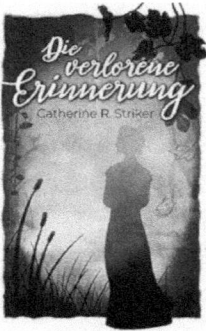

Als Spross einer vermögenden Familie von Zauberern ist der junge James Gremory in jeder Hinsicht privilegiert. Mit seinen Eltern bewohnt er ein großes Herrenhaus und wird in Kürze die wunderschöne Elisabeth heiraten. Die Sorgen und Nöte anderer sind dem Einzelgänger fremd.

Anlässlich der Verlobungsfeier seines Sohnes bereitet James' Vater eine besondere Darbietung vor, doch dabei geschieht etwas Unvorhergesehenes: Durch einen missglückten Zeitzauber reist James zehn Jahre in die Vergangenheit. Dort begegnet er nicht nur seinem jüngeren Ich, sondern sieht sich auch mit Personen und Geschehnissen konfrontiert, an die er sich nicht erinnern kann.

Während James verbissen an einem Rückreisezauber arbeitet, droht sein Blick in die Vergangenheit seine gesamte Zukunft in Frage zu stellen.
Welche Konsequenzen wird sein Erscheinen in der Vergangenheit für alle Beteiligten haben?

Milton Keynes UK
Ingram Content Group UK Ltd.
UKHW040940141024
449705UK00005B/213